2018年度陕西省学校共青团工作研究课题
（项目编号：SXGQT2018YB11）成果
中央高校基本科研业务费专项项目成果
西安市2019年度社会科学规划基金项目
（项目编号：19S21）研究成果

主编

卢胜利

不负

师 / 大 / 学 / 子 / 求 / 职 / 故 / 事 / 录

芳华

陕西师范大学出版总社

图书代号：WX19N0393

图书在版编目（CIP）数据

　　不负芳华：师大学子求职故事录／卢胜利主编. —
西安：陕西师范大学出版总社有限公司，2019.5
　　ISBN 978-7-5695-0722-5

　　Ⅰ.①不…　Ⅱ.①卢…　Ⅲ.①回忆录—作品集—
中国—当代　Ⅳ.①I251

　　中国版本图书馆CIP数据核字（2019）第073644号

不负芳华——师大学子求职故事录
BU FU FANGHUA SHIDA XUEZI QIUZHI GUSHI LU

卢胜利　主编

出版统筹	刘东风
责任编辑	郑　萍　郑若萍
责任校对	陈柳冬雪
封面设计	张潇伊
出版发行	陕西师范大学出版总社
	（西安市长安南路199号　邮编710062）
印　　刷	陕西龙山海天艺术印务有限公司
开　　本	787mm×1092mm　1/16
印　　张	19.75
插　　页	2
字　　数	280千
版　　次	2019年5月第1版
印　　次	2019年5月第1次印刷
书　　号	ISBN 978-7-5695-0722-5
定　　价	58.00元

读者购书、书店添货或发现印刷装订问题，请与本公司营销部联系、调换。
电话：（029）85307864　85303629　　　传真：（029）85303879

《不负芳华——师大学子求职故事录》编委会

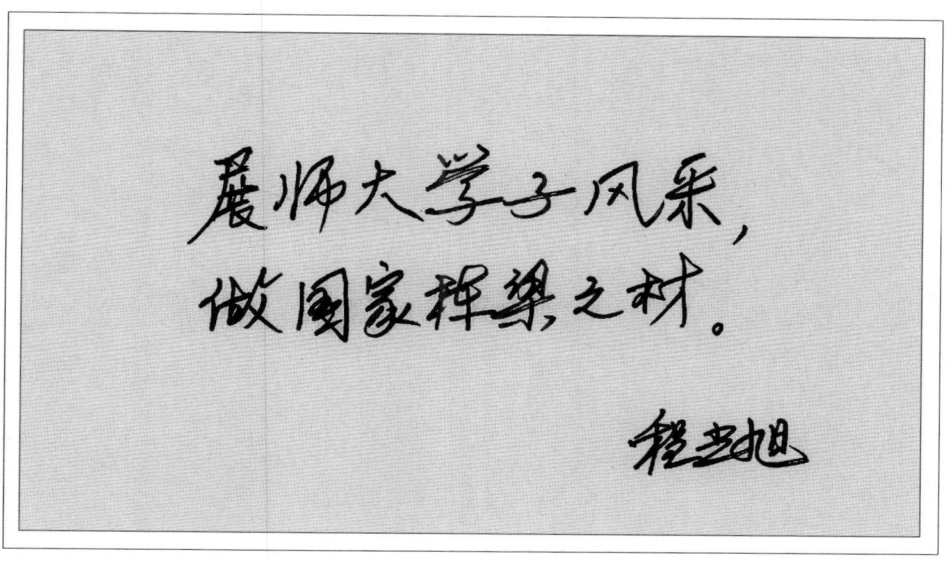

展师大学子风采，
做国家栋梁之材。

程光旭

陕西师范大学党委书记程光旭题词

路在脚下，梦在前方

——写在《不负芳华——师大学子求职故事录》前面的话

当看完《不负芳华——师大学子求职故事录》书稿的时候，我被这些小故事深深地感动。同学们在求职时，有坚定的信念，也有刻骨的教训，有错过的机遇，也有执着的等待，有成功后的欢呼雀跃，更有签约后的喜极而泣。就像习近平总书记说的那样："现在，青春是用来奋斗的；将来，青春是用来回忆的。"书稿中那些鲜活生动的故事，展示的是师大毕业生孜孜以求、积极向上的青春，读来让人感动，让人感慨，让人忍不住点赞。

就业工作是一项政治任务。习近平总书记在党的十九大报告中指出："就业是最大的民生，要坚持就业优先战略和积极就业政策，实现更高质量和更充分就业。"高校毕业生是一个特殊群体，充分就业，关乎每一位学生的前途和命运，关乎数百万家庭的希望和幸福，更关系到国家、社会、学校的发展和前景。从这个意义上来讲，千方百计地做好就业工作，让每一个毕业生找到最适合自己的社会舞台，最大限度地实现自己的社会价值和人生价值，是我们义不容辞的责任和担当。

为了做好就业工作，学校想了很多办法，出了很多实招，特别是从2014年开始，每年在全校应届毕业生中开展"我的求职故事"征文活动，邀请毕业生讲述自己求职就业的故事并分享给学弟学妹，分享给更多有同样需求的人，分享了经验和喜悦，共享欢欣的同时也让后来者少走弯路。这种"用身边的事例教育身边的人"的做法，恰恰体现了就业工作者的温暖情怀和良苦用心。五年来，1724名毕业生踊跃投稿，结合自己求职、深造、创业的经历，用真实的事例、生动的故事、切身的感受，找问题，说经验，原汁原味，娓娓道来。一个故事就是一条大路，充满酸甜苦辣；一个故事就是一个梦想，满眼绚丽多彩。

一所大学的社会声誉和地位，主要是由它培养出的人才的质量和水平决定的。毕业生及时就业、充分就业、高质量就业，是检验、评判学校办学质量和水平的重要指标。我们正在进行的"双一流"建设，最关键的就是要走好"内涵发展、质量提升"之路，抓住毕业生就业这个"牵一发而动全身"的突破口，我们将以更高远的站位，更宽广的视野，更扎实的举措，补齐人才培养短板，培养更多适应新时代需求的高素质人才，使我校毕业生就业工作再上新台阶。

"千淘万漉虽辛苦，吹尽狂沙始到金。"路在脚下，梦在前方。希望每一名毕业生在求职就业乃至更长远的人生旅程中，书写精彩，马到成功！

陕西师范大学校长 游旭群

2019年3月

目录

CONTENTS

深造篇

其他篇

求职篇

我的师大梦

◎ 刘　炜

寄语：追随梦想，锲而不舍。

工作，不是找出来的；工作，是做出来的。

师大，是我的梦开始的地方，我一直追逐着她。

或许，梦想是有基因的。儿时就听闻有个学校叫"师大"，虽不能至，心向往之。母亲曾是人民教师，却囿于时代的局限，没能继续在三尺讲台上一展风彩，于是便将当老师的梦想耳濡目染给了她的儿子。从那时起，当老师成了我的人生方向，去培养人民教师的师大便成为一个遥远的梦想。因为在师大读书是一件神奇而骄傲的事情——所有教辅材料上都有师大的影子。于是，我梦想着师大。

梦想是需要培养的。或许是冥冥之中已注定，师大总萦绕在我的心头，我也随着时光的变迁，变换着方式与她接近。对于一个高中生，一个新鲜的组织——研究生支教团的出现，使我终于有机会看到从书中走出来的师大人。师大、研究生、志愿者，这些充满理想和热血的名词，是一个个"淳厚博雅、知行合一"的师大人心系天下、踏实奉献的生动实践。他们为山里的孩子打开了一扇窗户，带来了书香气息和热血青春，让山里孩子心中充满了对未来的憧憬。于是，我循着他们的足迹，来到师大。

有时，梦想也是需要更新的。有了师大这座灯塔的照耀，我的目标专一而坚定，也终于顺利来到了师大，来到了前辈们追梦的地方。这里古朴典雅、钟灵毓秀，这里现代开放、气势恢宏，是"西北教师的摇篮"，但是，梦想实现的过程总是曲折的，我没能成为一名师范生，似乎身在师大却离师大很远。幸运的是，四年本科，在"宽口径、厚基础"的培养模式下，我练就了全面的素质，得以及时调整自己的人生规划，重新起航。于是，我不懈努力，学在师大。

的确，梦想是用来追随的。"厚德、积学、励志、敦行"的训诫回荡耳旁，兼济天下、回报社会的理想铭记心间，我光荣地加入了陕西师范大学研究生支教团，作为一名志愿者在祖国西部奉献青春、挥洒热血，帮助别人实现梦想，让每一条支流都顺利通向大海，使一个个生动鲜活的"小梦"汇聚成国家富强、民族复兴、人民幸福的"大梦"。在追随梦想的过程中，我成了梦想的传递者。师大圆了我的大学梦，圆了我的教师梦，让我有机会帮助别人圆梦！于是，我脚不停歇，感恩师大。

当然，梦想也需要调整和加固。支教志愿者与人民教师之间，毕竟还有很大的差别。内心深处那最纯粹的"人民教师梦"在不断召唤，然而，读研期间我却没拿到教师资格证。未来的职业生涯该如何规划？于是我接受现实，再次调整。做研究，需要锲而不舍的执着精神、批判反思的问题意识和源源不断的创新能力，还要带着问题去实践，泛泛而谈并不能取得成功。在努力"揽万卷文集，汲百代精华"的过程中，坚决不落下学习，从学习中追求真理，从思考中认识自我。同时，我努力争取到了研究生助管兼职团干部的工作机会，还担任了校青年志愿者协会主席、政治经济学院研究生会副主席，参与或组织开展了丰富多彩、形式多样的学生活动：大学生"自强之星"寻访评选活动、大学生暑期社会实践活动、青年志愿者社会助学"知识援助行动""京佳杯"职业技能大赛和公务员模拟考试大赛等等。还发挥专业优势，运用所学所悟，参与起草了《陕西师范大学青年志愿者组织管理办法》《陕西师范大学青年志愿者协会章程》《陕西师范大学班级团支部工作职责》等制度性文件，运用法治思维推动工作的规范化和制度化。长期、大量的团学工作，提升了我在组织管理、沟通协调、书面表达和分析决断方面的能力，为调整之后的职业规划搭建了框架，也写下了序言。于是，我相信天道酬勤，奋斗在师大。

没错，梦想接近时需要及时果断地抓住机会。就业季如期而至，作为学生最后一次参与招聘会志愿服务，看着招聘会现场人山人海的场景，感受更加深刻，内心也更加沉重。然而，将目标定在高校的我，做足了思想和技能方面的准备，并没有慌不择路，广泛撒网，而是卯足劲头，静观其变。各单位招聘启事陆续发布，我有过犹豫和彷徨，是不是都投份简历，尝试下？但细细忖度后，根据自身兴趣喜好、单位招聘条件、工作环境及特点，我有选择性地向两家单位投了简历。幸运的是，因为准备充分，目标坚定且有针对性，经过层层笔试、面试和心理测试，我收到了这两家单位的邀约。但是，我在师大已经生活、学习了七年。七年间我收获了成长和荣誉；七年的春风化雨，在我的身上深深打下了师大的烙印。毕业之际，作为师大人，要知恩图报、感谢母校。于是，我选择留在师大，服务师大。

师大，是我的梦的归宿，我会珍惜她。

工作，需要认真做；工作，也需要认真找。以前，找工作是任务；以后，认真工作是使命。

刘炜，政治经济学院法学理论专业2016届硕士研究生。曾任陕西师范大学团委兼职干部、陕西师范大学青年志愿者协会主席、政治经济学院研究生会副主席等。曾获第九届"中国青年志愿者优秀个人奖"、第十二届"陕西青年五四奖章"、2015年"陕西好人"称号。现签约陕西师范大学。

追梦之路

◎ 陈　龙

寄语：失败的教训，往往比轻而易举成功的经验更为可靠。万不可浅尝辄止，梦想非有持之以恒之志向不可得。

我的故事似乎与别人略有不同，他们大多走的都是成功之路，而我却是在无数次失败的基础上走到今天的。马云说："成功的方法有很多，而失败的原因却只有一个。"我想那就是不够坚持。因此，我要分享的不是一本成功的经验秘籍，而是一段段失败的经历。

竞选失败，坦荡荆棘

2013年6月21日，是我人生中最重要的一天。那天我遭遇了人生第一次滑铁卢。而那次惨败的教训使我变得更加成熟稳重，让我更加坚韧不拔。那天学院学生会换届，我竞选主席，由于我准备不足，在众望所归的情况下落选。回想起来，当时的心志和信念尚不够坚定，对自己、对学生会及其组织结构的认识也不够准确，盲目说了一些堂而皇之的恭维之词，加之未能显示出胜任的能力和信心，不被看中也是在所难免。我被任命为副主席，老主席留任。在这样的情境下我选择了磨炼心志，坚定信心，不让自己轻言放弃。

坦然面对挫折，胸怀远大前程，认真对待每天，不使自己有遗憾。有些弯路是很有必要经历的，它将磨炼你的心志，坚定你的信念，助力你实现人生理想。

弩刀钝剑，奔向未来

回顾自身，其实我并没有什么过人的聪明才智和本领，甚至可以说是不谙世事。然而，学院副书记甄老师却并不介怀，他接纳了我的驽钝，一步步把我从一个蹑手蹑脚的普通学生培养成一个独当一面的可塑之才。读研究生后，甄老师安排我广泛参与学生工作，为我做辅导员工作奠定了坚厚的基础。在他的安排下，我先后带了2013级本科生、2015级本科毕业生、2017级本科新生，并负责了2016级本科新生军训。这一系列的工作，把我从一个懵懂的学生干部变成了一个学工"老人"，能够及时合理地处理各项工作。这些工作平凡而又烦琐复杂，乏味而又责任重大，但为我的未来铺了路，积累了经验，我也增长了见识，提升了处理问题的能力。

在我上学期间，辅导员孙老师亦给予我以较大帮助。她深知我对学生会工作的熟悉以及我对学生会工作的热情，于是安排我协助她处理团学工作的各项事宜。顶着一个名头——学生会指导老师，加上刘鑫山老师的大力支持和保驾护航，我在学工组便拥有了一席之地。这期间，团学的大部分会议及新闻、学院微信平台建设、学生会各项活动、暑期社会实践、学生骨干培养及团干部学习教育等工作基本由我实际负责。这些工作大大提高了我的实战能力。现在想起来，我依然热情高涨。

在"战场"上，心中有剑远比手中有剑更为重要。只要心中有一把刺向目标的剑，即使是一把驽刀钝剑，也依然可以刺中目标。

几次求职，梦圆重大

似乎，有了前面的工作经验积累，站在竞聘台上，虽说不是游刃有余，但也是镇定自如。然而，事实并非如此。2017年9月以后，我不仅承担着各项新生工作，也面临着自己就业的压力，常常看到硕士毕业生和本科毕业生竞争同一个岗位。我曾经的榜样，刘鑫山老师转到毕业生就业指导与服务中心工作后，对就业情况甚为了解，他常常劝解我，去深圳、福建等地，或者西安，甚至宝鸡、咸阳，谋一份中小学老师的工作，安安稳稳，压力小。我虽忐忑不安，然却心志愈坚，只因我对大学辅导员工作向往已久，无论何种境地，此心不改。

求职过程，是一次次成长的历程。在我的求职里程中，先后参加过东华大学、西安培华学院、武汉大学、暨南大学、西南科技大学、重庆大学、陕西科技大学的辅导员招聘，两次未进面试，两次未进第二轮面试，三次成功竞聘。

求职不是一次短暂的旅程，而是蓄势已久的长期作战，毕三年之功，甚至七年之功于多役。

成功的渴望度越高，成功的希望就越大，因此也就不畏惧失败。面对重庆大学，我渴望成功的愿望非常强烈，一是被这所学校的魅力吸引，更为主要的原因是我的另一半已经签约重庆，如果我能竞聘成功，那必将皆大欢喜，有最好的结果。

总结我的应聘经验，我认为求职成功需具备三条内因：第一，充足的理论知识储备；第二，坚实的实际工作经验；第三，愈战愈勇的成功信心。另外，及时总结失败经验，认真分析应聘条件，充足准备，精准发力，也是必备的。

陈龙，美术学院2018届硕士研究生。曾任美术学院2013级、2015级、2017级本科生辅导员。曾获陕西师范大学"优秀辅导员""优秀共产党员""优秀带队干部""优秀研究生""优秀学生标兵"等称号，曾获研究生国家奖学金、一等专业奖学金、中国国际大学生设计双年展入选奖等奖项。现签约重庆大学。

自己选择的就是适合自己的路

◎ 张小勇

寄语：一个人坚持干了自己最不想干的事情，往往能够得到自己最想要的结果。

　　自进入国际商学院以来，我就时常陷入沉思，对未来感到迷茫和恐惧。因为我不是本科毕业生，年龄上不占优势，已经不起折腾了。毕业后的工作是我最关心的，行业和地域的选择是我纠结的。如何给自己定位？到底是选择大城市还是中小城市？到底选择金融行业还是企事业单位？在综合考虑了各种因素后，我毅然决定在西北工作，工作地点选择了兰州和西安两个城市，一是离家（天水）近，二是社会资源多，三是气候环境适应。在行业方面，我选择了金融行业，主要原因不是金融行业待遇高等，而是从小对货币流通感兴趣，也算是个人爱好吧。明确了上述关键性目标后，根据当前金融行业发展现状及未来发展前景，我锁定了银行业。主要因为银行工作较为稳定，以后发展空间大。决定了就要努力去实现，从6月初开始就彻底开始找工作了，主要的经历分为以下几个阶段：

　　第一阶段：备考（2013年5月—2013年6月）。通过上网、咨询师兄师姐等多渠道挖掘就业备考资料，主要有证券和银行从业资格证、银行考试（宏微观两册）、英语、西方经济学、金融学、行测、申论等方面的教材或资料。

　　第二阶段：信息（2013年6月—2013年7月）。本阶段主要是上网搜索信息，查看并了解单位具体情况，包括排名、口碑、待遇及公司报表等，尤其是国内知名企业、国有四大行、城市商业银行、政府部门等。信息来源必须及时、准确、真实，途径主要有应届生网、大街网、海投网等。获取信息后就要投递简历，大部分单位都是网上投递简历，投递完简历后必须要核查是否投递成功，不要在一家单位重复投递以防人力资源老师厌烦。

第三阶段：实习（2013年7月—2013年9月）。经过前面的努力，终于迎来了招商银行西安分行的实习生公开招聘，报名人数七千左右，最终招了六十人，而我幸运地应聘成功。接下来的日子就比较艰苦了。我当时选择了两个月的实习期，被分配到个贷部，主要从事放款工作，也算银行业中比较高端的。每天早上六点起床，坐公交到单位一般是七点五十，八点正式上班，一直到中午十二点才吃午饭，中间休息两小时，下午两点准时上班，一直到下午六点下班，坐公交回到学校一般是晚上八点半，食堂没饭了就到家园服务中心随便吃点。回到宿舍冲个澡倒头就睡。每天都是这个节奏，坚持了近七十天，从没间断过。刚开始，个贷部的信号是择优录取，不经过后面的招聘环节，直接上岗为正式员工，在这种激励下我们同时到个贷部的十九个人拼命工作，最后一周检查楼盘的时候一天步行十小时左右，走了近五十千米。我就这样艰苦地度过了实习期。

第四阶段：面试（2013年10月—2013年12月）。终于等到了招商银行正式招聘的时刻，我们每个人都心怀希望，感觉很自信。笔试、一面、二面、三面、终面，在流程中有人在笔试环节就被淘汰了，还有人在二面被淘汰了，三面基本都被淘汰了。我挺到了终面，开始忐忑。尽管我在招行工作过，还是优秀实习生，但是看到同事们一个个被刷，我有种不详的预感。该来的总会来，一个忐忑的晚上收到噩耗，我们几个在个贷部实习的全被淘汰了。当时那个心酸啊，眼泪哗哗的，一想起在高温下留的汗水，心里就觉得憋屈，直到今天我还是讨厌招行。但是憋屈又有什么用，最后还是咬牙继续寻找下家。

后面紧接着迎来了北京银行、兴业银行、成都银行、光大银行等单位的面试，但是从进门那一刻起，我似乎明白了一个道理：西安这边的银行偏向于招本地人，不喜欢外地的，当然个别特殊的除外。由于招商银行带来的创伤，我应聘后面的单位时情绪都不高，心里总不是滋味，无奈中做出了选择，转移战场——兰州，可能是熟悉的缘故，心情好了很多。第一个单位是中信银行兰州分行，一天连着面试了两次，晚上收到体检通知，那一刻我如释重负，总算有人欣赏我了。后面接着中国银行甘肃分行、中国建设银行甘肃分行、兰州银行、甘肃银行等单位纷纷通知体检，当时既欢喜又遗憾：欢喜的是我找到了工作而且很多，遗憾的是没有在西安实现当初的理想。

第五阶段：选择（2013年12月—2014年4月）。过了不久，更纠结的事情来了，西北民族大学给我发了offer，是教师编制，待遇也很好；直接来了一个360度大转弯。就在这十字路口，我听从了内心的呼唤，以前从来不敢想一个硕士能进大学任教，可是机遇偏偏就来了，加上我在读研期间成果较多，科研能力也不错，主要是我也不讨厌科研。就在这复杂的心态下，我白天面试，晚上散步，偶尔约约故人，聊聊天喝喝茶。2014年年初，我找到了心爱的女朋友，幸福来得好突然。最后结合个人实际情况和家人的想法，就选择了西北民族大学经济学院。从此，找工作的事情就落下帷幕。

走到最后，多多少少有了点经验，主要总结为三个方面以供学弟学妹参考：

第一，给自己一个清晰的定位。一个人自己最了解自己，学历、能力和家境对于找工作至关重要，一定不要自欺欺人。根据实际判断和处理事情，给自己一个合理的定位，比如在众多求职者当中我在什么位置，哪些单位我能试试，哪些单位我完全够格，哪些单位我不够格。

第二，给自己一个明确的方向。喜欢从事什么工作，虽然一时说不出来，但是大概还是很清楚，慢慢删除最不喜欢的行业，逐渐选出自己能接受的领域和行业。

第三，给自己一个勇敢的选择。当面临众多单位时，不要过于听从别人的建议。正是因为没有经历过才充满好奇，如果一个人什么都经历了还找什么工作，相信自己，自己选择的路就是属于自己的路。

张小勇，国际商学院应用经济学专业2014届硕士研究生。主要研究方向为金融市场计量分析、区域金融发展。现签约西北民族大学。

奋斗的青春最美丽

◎ 李　聪

寄语：什么样的学习态度决定了你以后过什么样的生活。让自己生活有目标，并且去充实它、完善它。

著名作家柳青曾说："人生的道路虽然漫长，但紧要处常常只有几步，特别是当人年轻的时候。"而我们步入社会求得第一份工作，就是最要紧的一步。所以，我们一定要走好这一步，而且要走得坚实。

不忘初心，方能始终

在毕业求职开始之前，我就对自己的职业规划进行分析，最终定位是在西安的高校从事学生管理服务工作。因为我在研究生期间积累了丰富的学生管理服务工作经验，尤其是担任辅导员助理与本科生辅导员，给我指明了职业方向，也让我有了前进的动力。之前就了解过，学长学姐的求职经历并不是很顺利，可能会出现自己职业理想与现实矛盾冲突的现象，我也可能遭遇同样的经历。所以，在求职浪潮到来之前，我就认真地审视了自己，坚定了自己的职业理想，这使我在以后迷惑时能坚定不移地走下去。

10月份我应聘的第一个单位是陕西铁路工程职业技术学院，也许是从事学生工作的经验，再加上面试表现突出，当即就获得录用的资格，而且我也了解到后期发展会不错，但这和自己当初的职业定位还是有一定差距。在这么严酷的就业形势下，是坚持自己的目标还是服从于现实呢？我纠结了很久。在和老师沟通后，最终我还是坚持自己最初的职业理想，委婉拒绝了他们。之后就进入招聘信息搜集和复习准备阶段了。我记得最清楚的是陕西科技大学的招聘，准备得很充分，但是却因为年龄超了几个月的原因被卡掉了。看着身边的同学都进入下一轮笔试，我心里开始着急。想着之前的单位那么想要聘用我，我给拒绝了，现在连第一轮都过不去，就有点后悔了。一连几个月都没收获。好不容易等到年前学校大型招聘会，仔细看了一看，来的招聘单位基本都是中学和企业，也不是我的理想单位，但迫于就业压力，还是拿着简历去了。那时终于体会到什么是人山人海了，结果依然不顺利。

经历了前几次的不顺利，我在想到底要不要调整自己的求职意愿。到了12月初我又去了一家国企应聘，单位地址和工作环境等等都很不错，去还是不去？去的话可能就不会在学校从事学生管理工作了，这时候我是坚持还是放弃我的职业理想呢？当时我并没有果断拒绝，而是继续求职。直到后来西安工业大学的招聘开始，我才静下心来，认真准备，经过初选、笔试、面试环节，最终胜出。我委婉拒绝并向那家国企单位说明了情况。回顾找工作的经历我始终坚信：一个人只有喜欢自己的职业，才能把它做好，作为一个有理想有抱负的青年，如果不能在自己喜欢的岗位上打拼，在接下来的工作中肯定会缺乏动力，同样也不可能有好的成绩。我很庆幸自己不忘初心，坚持了自己的职业理想，且不断激励自己，在最后的求职路中胜出。

求职路上，我不是一个人在奋斗

为什么说求职路上，我不是一个人在奋斗？因为从做简历，到笔试，再到面试，都有老师和朋友在支持和鼓励我。

我记得最清楚的是开学时，辅导员王健老师询问我工作打算怎么办，实际就是看我准备的情况如何，然后把我的简历很认真地看了一遍，给我提出了很多宝贵的意见，并且告诫我在制作简历过程中一定要注意"匹配度"，切忌出现万能简历，这一点对我后期找工作起了很大作用。还有就是学院蒋毓新老师经常指导我。我印象最深刻的是西安工业大学的那次应聘，竞争的人很多，虽然有过工作经验，但我心里还是没底。于是我就给学院蒋老师打电话交流，晚上11点多，蒋老师忙完手头的事情给我发微信，我才知道她加班回去得晚，刚把小孩哄睡着。她从最基本的自我介绍开始，面试官可能会问的问题以及如何回答等等，在微信上一个字一个字地敲出来发给我，整整好几大段内容，当时心里就特别感动。她忙了一天的工作，那么晚了顾不上休息还想着我求职面试的事情。面试结束后，蒋老师也亲自询问我面试的基本情况。当得知自己被确定录用时，我马上将这一消息告诉蒋老师，一同分享喜悦。那段时间，文科部的老师们也给了我很大的帮助，尤其是姚崇老师，他远在北京访学还记挂着我的求职，在电话中给我梳理了求职知识复习的思路，这让我能在压力之下发挥最佳状态。我的导师王晓荣教授也给予我莫大的支持和帮助。

我能遇到这些恩师，很幸运，也很幸福。

如今回想求职路上的点点滴滴，内心的感慨与激动如泉水般涌现出来，我很感谢一直在奋斗的自己，以及给予我莫大帮助的老师和朋友。

当西安工业大学面试结束后，我很感慨：努力与不努力是有差距的，坚持与不坚持是有差距的。我三年的坚持与奋斗确实让自己成长了，让我在面对问题时胸有成竹。因而，求职历程其实就是对三年学习、成长的第一步考验。优秀是一种习惯，但积极也是一种习惯。积极争取，努力奋斗，未来的你会感谢现在奋斗的自己。

李聪，政治经济学院2016届硕士研究生。研究生期间担任文科基础部2014级本科生辅导员、陕西师范大学研究生会副主席、政治经济学院研究生会副主席、研究生辅导员助理。荣获过研究生国家奖学金、"优秀毕业研究生干部"、陕西师范大学社会实践"优秀带队教师"等奖项和称号。现已签约西安工业大学。

不忘初心，方得始终

◎王　格

寄语：向前，无惧无畏。

　　自己并不丰富的求职经历，好像很普通，跟别的同学一样都是投递简历、笔试、面试、等待消息，但是好像又有些不同，因为心中隐隐埋藏着一个目标，所有的付出都是有的放矢的。

珍惜在校时光，积累知识与经验

　　2010年本科毕业，工作两年多，2013年考入陕西师范大学中国哲学专业读研。还记得刚入校时，导师就跟我们说："哲学或许不能帮你找到一个很好的工作，但它可以改变你的心境，开阔你的眼界。"或许是因为有过两年多的工作经历，让我更明白自己想要的是什么。在求职的过程中，哲学让我更为理性地思考自己的未来，不断调整自己的心态，让我以更广阔的视野来应对招聘单位的提问。

　　我的校园生活并没有多么突出，和身边很多学生一样，除了认真上课、写论文外，还抓住提升自己的机会。平时上课、看书时想到的点子都会记录下来，有的最后深入研究变成一篇课业论文，有的则最终被自己推翻、否定，但这也是锻炼自己思维的一个方式。抓住稍纵即逝的点子，才能有更多"有用"的可能。学习之余也会帮着学长做一些古籍校对的事情，从对古籍校对无从下手到有点儿爱上这件事情，耐心和细心就在这个过程中被慢慢打磨了出来。图书馆里的藏书量让我惊叹，翻阅自己感兴趣的书籍，一些看似"无用"的闲书里也往往会有启发人生的良言金句。

除了学习，丰富的课余生活也少不得。研一有幸加入了政治经济学院研究生会，从学术部副部长做起，策划、联络、组织，让本不善组织管理的我也有了一些"领导"才能。研二升任部长之后，更是要对部里的活动有全盘的考虑，更加细心、全面，也学着合理分配和安排任务。策划组织的众多学术报告也让我学到了很多知识，交叉学科的信息量让我对自身所学专业有了新的视角和理解。

2013年，学院的迎新晚会上，我担任主持，还参与舞蹈表演，这是一个让我很难忘的经历。虽然从小就有很多主持的经历，但这一次自己参与的更多，从写词到节目安排，我们四个主持人协同完成。同时，我结识了一群跳舞的小伙伴，还与她们在2014年的迎新晚会上再次共舞。

这些在校的经历或许看起来与求职毫无关系，但"存在即合理"，正是这些看似微小的经历与累积，让我成为更好的自己。逻辑能力和组织策划能力都有提升，性格更加外向开朗，学会与不同的人打交道，也能应付一些突发状况，更加细心和有耐心。这些其实正是招聘单位比较看重的东西，而这些特质是无法一蹴而就的。

探问心之所向，找准目标与定位

在我看来，求职最忌讳的就是不知道自己能干什么、该干什么，一味地想要找到一个自己"理想"的工作，却不分析这个"理想"与自己的能力是否相匹配。本科毕业时的求职经历给我好好上了一课，因此，这一次，我就确定了很明确的目标。

面对再一次求职，我不再像本科毕业时那样海投简历。2015年9月，我就开始关注各种招聘信息，我的第一选择是高校行政岗位，因此除了收藏各个招聘猎头网站之外，我几乎收藏了西安绝大多数高校的官方网站或人事处网站，基本保证平均两天浏览一次。

之所以选择高校，是因为我明白自己是一个什么样的人，更适合什么样的工作。高中时想着要做一名战地记者，大学虽然进了中国传媒大学，但却被调剂学了经济专业，牺牲掉两年里所有的周末只为了攻读新闻学的第二学位，工作时也负责写公司的通讯稿或是给总部内刊投稿。喜欢旅行，喜欢抱着一颗永不满足的好奇心去探寻，喜欢与人打交道，喜欢在更为简单的环境中工作。因此，高校行政岗位是我认为最适合我的地方。而写东西，是我最喜欢做的事情，所以第一选择都是宣传部，也会投递需要文字工作的岗位，辅导员的岗位也会去尝试。

了解自身的兴趣及能力之后，就是更进一步的明确目标。西安高校众多，但结合自身条件及未来发展，我以西安的"211"高校为主要目标，兼顾"985"及其他院校。在目标确定之后，我制作了一张西安主要高校招聘信息表，表格中有各个高校去年的招聘公告发布时间、适合我自己的招聘岗位以及相关岗位的联系人等，这样可以让我不用把每个学校的人事网站每天都浏览一遍，节省很多时间。

做足充分准备，笑对困难与失败

确立目标之后就要付诸行动，针对投递的单位、岗位进行有的放矢的准备。准备的途径有很多，一味地闭门造车是最要不得的。

对于应聘准备，我觉得我还是比较全面的。第一，应聘高校自然是要经过多轮笔试、面试的，而笔试基本是以公务员考试的行政能力测试与申论写作为主，因此，对行政能力测试及申论写作的复习自然就是基础。每天给自己安排看一部分的内容，我主要看的是自己相对弱的部分，比如图形推理、数量关系等。申论主要是掌握申论写作的一些技巧，写作不仅是为了应对基本的笔试环节，也是针对我想应聘的行政岗位进行的一种写作训练。

第二，我会浏览论坛上的高校面试帖，毕竟高校行政岗位与辅导员岗位有所不同，所以对二者都要有所了解。也许有的学生觉得自己的临场应变能力还不错，就忽视了前期的积累。就我自身而言，面试环节还是多少会有一些紧张，在这种情况下，临场的应变和表达都或多或少会受到一些影响。那么，如果前期准备更为充分，不仅可以增加自己的自信，而且由于前期广泛的搜集，就有了更为宽泛的借鉴，也为自己提供了更多不同的视角。

第三，很多高校会重视英语能力，因此还是要有英语方面的准备，至少准备一个英文版自我介绍，并且练熟。

第四，更有针对性地对不同院校做准备。比如，要简单了解这个学校的历史、优势学科、校风校训，以及所应聘岗位的岗位职责等。

其实，相比身边的同学，我的应聘经历并不丰富，投递的简历并不算多，参加的应聘也只有数得过来的几场。拿到的最早的offer是欧亚学院的通识课老师一岗，但我思虑再三之后选择了放弃。当止步于西北大学终面的时候，我也会思考当初是不是应该签下欧亚学院，甚至会怀疑自己的能力。但我很快调整了自己的心态，也不断修正自己在面试时的表现。

"各位老师，上午好。我叫王格，当初父亲给我取名'格格'，大概是想让我像紫薇格格一样温婉贤淑，但没想到，长大后的我却像小燕子一样开朗而果敢。好在我现在在陕西师范大学读中国哲学专业，这才把我熏陶得更靠近淑女一些……"这是我在西安电子科大学面试时的开场白，排位靠后的我，成功地用这样的开场逗乐了在座的二十多位面试领导，不仅介绍了自己的性格、毕业院校、所学专业等，而且吸引了他们的注意力，给他们留下了很深刻的印象。

我的求职经历看起来很简单也很容易，没经历过几次应聘，也没经历过几次失败，但在应聘的背后，是以我对自己的客观分析、精准定位、充足准备为基础的。朋友曾经问我，有没有想过未来的晋升。我说：没有，写东西是我喜欢做的事情，当新闻工作者是我一直以来的梦想，如今，我的梦想实现了，我可以做我最喜欢做的事情了，我就没想过太多，很知足。

就像一句流行语说的那样："梦想还是要有的，万一实现了呢。"

王格，政治经济学院中国哲学专业2016届硕士研究生。曾担任政治经济学院研究生会学术部部长，连续两年获得学院"优秀学生干部"、校"优秀研究生"称号，获校行知公益社"优秀志愿者"称号，连续三年获得校厚德奖学金。现签约西安电子科技大学党委宣传部。

在勤奋努力中静待花开

◎ 王子暄

寄语：幸运来自你的不懈努力。求职是一个长期自我奋发有为的过程。

进入大学，我们朝气蓬勃，激情万丈，求知若渴，大喊"我辈岂是蓬蒿人"。临近毕业，疲于求职，内心跌宕不平，回首来时路，我们苦闷于就业彼岸在何处。然而，天无绝人之路。

勤于规划，蓄势而发

求职不是短暂的，而是一个长期努力奋斗积累的过程。有人兴奋全新的开始，有人懊恼专业的荒废，有人反思当初的松懈，几家欢喜几家愁。我们无法预测未来，也不知道即将面对什么，但我们可以把握当下，时刻准备迎接任何挑战。

之前的我，总是毛毛糙糙，本科保研差零点二分，以失败告终。为了实现研究生梦想只得复习考研，但由于基础薄弱，加之考场失利，我又比别人多付出了一年的努力，因此我十分珍惜研究生阶段的学习生活。入学后，总结反思，发现自己一直疏于规划人生，目标不明确，自视不清。为了更好地学习，我规划了每个阶段应该完成的任务。每个小目标堆积起来就是一个大目标，引领我实现自己的梦想。

进入研究生阶段，我的第一个大目标是毕业时觅得一份满意的工作；第二个大目标是读书破万卷，提升专业素养；第三个大目标是增进人际交往，强化组织能力；第四个大目标是保持乐观心态，完成既定目标。四个目标相互依存，相互促进。日积月累的坚持和正确的目标引领，是我找到一份满意工作的根本保证。

为了实现第三个目标，我加入了研究生会。辛勤无悔的付出和坚韧不拔的信念，使我成功竞聘研究生会主席。在此期间不仅锻炼了我的组织沟通协调能力，更拓宽了自己的人际交往圈，为日后的工作积累了经验。我心中十分明确，其他三个目标都服务于第一个目标，因此除了完成好其他三个目标之外，还特别注意增加自身的教学经验。入学以来，我利用空余时间坚持在培训机构教学，吃苦耐劳，早出晚归，收获了许多宝贵经验，尤其是在西安翻译学院教学期间，大学讲台的历练对我的求职意义重大，使我能够从容而淡定地站在面试官面前。

充分准备，精准求职

一份精美的简历，是你找到一份满意的工作的法宝。制作精美的简历，将会使你离成功的道路更近一步。很多优秀的同学与自己喜欢的工作擦肩而过，没有机会展示自己的才华，问题就在于，没有抓好简历这一点。一份能体现专业特色，展示个人特点，并且形式新颖的简历，将会是你走向成功的敲门石。简历制作需注意以下几个方面：

第一，规划制作时间。简历应在9月份开学之前准备好，一些单位会在开学不久后就开始招聘。因为准备不足，而错过心仪招聘单位的大有人在。准备简历是一个长时间的工作，在应聘工作的期间还需要根据实际情况不断进行修改完善。

第二，避免低级错误。简历中一定不能出现错别字、病句等问题，对仗要工整，姓名、联系方式等重要信息更不能出错。我曾因为忘记在简历中署名，而错过了心仪单位。虽然符合应聘条件，但是招聘单位常会因简历中的小问题放弃你，遗憾过多便是错误。细节决定成败，认真对待，反复核对，确保无误。

第三，介绍分类明确。简历中任职经历、社会实践、获奖荣誉等部分，要根据招聘单位的不同需求有意识删减，避免重复累赘，主次不明。例如应聘教师岗位，应重点突出教学经历和学术能力；应聘企业公司，则可突显社会经历和实践经验，展现团队组织协调能力。荣誉获奖部分，要有针对性地列出三四项较重要或切合应聘单位某些要求的奖项。

第四，虚心主动请教。一份完美的简历，总是在多方交流后产生的。虚心接受老师为你提出的建设性意见，多方面参考学长学姐们的优秀简历，与同学们相互交流，学习这些必然能为你的简历制作增色不少。

灵活处理，从容自信

在收到面试通知时，我们既兴奋又紧张，而后须平复心情，即刻准备。首先要掌握工作的性质，弄清单位的需求，收集应聘的资料，做到心中有数。其次要有一段精练的自我介绍，使面试官对自己印象深刻。至今记忆犹新的是，应聘西安的某一中学时，面试官并不提问，而是直接根据自我介绍打分，分数最高者直接签约。可想而知自我介绍的重要性。

在面试时，你会遇到各类问题，不要紧张，从容应对。有时面试官会根据你的自我介绍来提问题，有时也会根据你的简历内容提问题。在回答问题时，切勿不假思索直接作答，而是要找到问题的关键点，整理一下再简而精地作答。有时面试官的问题你不太了解，甚至完全超出你的专业范畴，一定要诚恳地说："对不起，这个问题我暂时回答不出来，下去后我会认真查阅，恳请面试官原谅。"这时候，面试官往往是在考查你应对问题的能力，而不是你是否精确作答。我在一次面试中，遇到这样一个问题，面试官问我愿不愿意转岗。这类问题可以与面试官交流。我思考后坚定回答到："各位老师，对不起，我目前暂时不太愿意转岗，因为我非常喜欢目前我应聘的岗位。"面试官们看着我开怀大笑，然后让我等结果。我心想着完蛋了，便打算放弃。返回宿舍，然而惊喜的是，面试官打来电话，让我签约，我格外兴奋，飞奔面试现场。他们笑着跟我说："我们很喜欢你的勇气与自信。"

面试时，自我介绍不仅要根据所应聘单位的不同需求做一些改变，也要不忘初心，让面试官欣赏你的坚持。放大闪光点，让面试官更好地认识你。面对一些问题时，不要紧张，沉着应对，勤于练习。面试前，不断模拟，换位思考，向自己提问题，成功必然属于你。

在找工作的期间，会有来自各种方面的压力，或者简历石沉大海，或者面试被拒，使你疲惫不堪，一筹莫展。当你觉得最糟糕的时候，恰恰是提升自己最好的时候，不要灰心丧气，要有破釜沉舟的勇气和决心，保持初心，坚定信念，整装再出发，一定会找到很好的工作。每次应聘都要保持斗志昂扬的精神与饱满的热情，燃烧自己，坚信自己就是最适合这个职位的人。有了这种信心与勇气才能披荆斩棘，奋发有为。

不管未来的道路如何，都要保持一个乐观平和的心态，怀着一份感恩的心，不以物喜，不以己悲。

王子暄，美术学院艺术学专业2018届硕士研究生。曾任研究生会主席、研究生第三党支部书记、本科生兼职辅导员。曾获陕西师范大学"优秀研究生"、暑期社会实践"先进个人"、研究生"优秀骨干学员"、"优秀研究生会主席"等称号；获国家奖学金。现签约重庆市商务职业学院。

为将来，为疆来

◎ 张　宝

寄语：把简单的事情做好就是不简单。

就业，一个残酷又充满挑战的词儿。我始终是打算留在伟大的十三朝古都西安的。但为什么又辗转去了新疆，去了一个原本不属于我的城市？一切要从2006年说起。

自幼喜欢画画的我，2006年以艺术生的身份先后获得了外地和西安几所大学的录取资格，因为家境贫寒，所以选择了学费最少但离美院最近的西安石油大学。当然了，大学中一定是有一份轰轰烈烈的爱情的。

也正是因为这份感情，改变了我的命运，也让我在匆忙的人生路口做出选择。

2010年大学毕业，我和她第一次面临就业的问题。我的专业是广告学，相对我的专业，女朋友严肃的法学专业要好就业得多。她是新疆人，为了毕业后能和我在一起而选择了考研。我呢，陪她一起考研。那一年的夏天，很幸运，她考进了西北政法大学，而我则因复试环节失误与陕西师范大学擦肩而过。就这样她继续上学，我在西安一家文化传媒公司工作。第二年考研时，因为有第一年的经验，我也就顺利考进陕西师范大学美术学院。边工作边读研的日子持续了两年，我也由一个小小的实习生成长为公司的客户总监，好像一切都是这么顺风顺水。

2013年，她研究生毕业，我工作顺利，而学业还有一年。

"你一个人在西安干嘛？回家吧？在西安又找不到合适的工作……"电

话是女朋友的爸爸打来的。的确，在她毕业的这段时间里，我陪她一起经历了各种求职面试、公务员考试……均以失败而告终。无奈之下我送走了她，她回到家乡考上了公务员，顺利地踏进克拉玛依中级人民法院。就这样我们开始了一年的异地恋。难得的是我们没有向现实妥协，现实打败爱情这句话，在我们这里是不成立的。

这一年在工作上我很荣幸地成长为公司的运营总监，学习上就要研究生毕业了，各种现实问题又一次袭来。毕业之后如何？她能否再调回西安？我要过去吗？过去了西安的工作怎么办？新疆有没有我的发展前景？种种问题就这样一天天地被传送在拨通的长途电话里。我承认我不忍放弃现在所取得的一切，广告业随着社会经济的发展而发展，中国的广告业和发达国家相比是落后的，西安和北上广深相比又是落后的，而新疆和西安相比又是另外一个层级。

但，不去新疆就得分手，因为她工作很稳定，在他们家人看来辞了公务员工作来到西安和我一起是不可能的。而我本身也对她这份稳定并适合她自己专业的工作比较满意。于是，我开始打探、了解新疆克拉玛依的一些情况，并试着了解和联系那边的一些公司，但都以能否下周到岗而被迫放弃。渐渐地在内心有一个坚定的声音，那就是："去新疆，为了这么多年的相守而去！为了从十八岁到二十六岁的等待而去！为了使自己不后悔而去！为生活也为更好地活着而去！为了一个男人的承诺而去！……"

功夫不负有心人，寻找总是有希望的。克拉玛依理工学院招聘教师计划无意中被我看到，但理工科院校和以石油专业为主的这么一个背景，又一次将我这个文科广告设计专业的学生拒之门外，但也抱着试一试的心态投了简历和个人作品。时间就这样在等待中度过，中间也应聘了新疆许多高中、初中、小学的教师岗位，总觉得不是那么合适，从内心上我已经放弃了。给自己最坏的打算就是，过去后自己创业。就在希望即将再一次转变为失望之际，师大就业网上的一则招聘信息又一次让我鼓起了勇气：克拉玛依理工学院将于本周六走进师大。我觉得机会来了，没有什么能够比面对面交谈来得更为真实。我拿起电话拨通了招聘老师的电话，和老师简单沟通了之后，了解到老师看过我的作品和简历，但问题是不知道如何安排我的职位和具体工作。

现场招聘会上，我再一次出现在克拉玛依理工学院老师面前。

"老师您好，我叫张宝，之前给您投过简历，打过电话。"

"哦，你好，看你这造型就知道你是那个学美术的学生，为什么要去新疆啊？我们学校没有你这个专业，也让老师比较为难，但你确实比较优秀。"

没办法了，我只有诚恳地诉说着我和她的故事以及我目前的状况。说完后就以"接下来等通知"结束了这次面试。但我看到了老师将我女朋友的名字和工作地点写到了我的简历上。

就这样我又一次游走于工作和师大之间，直到和家人一起看过了马年的春晚，而"新疆"又成了张家出现频率最高的词。

或许是因为我有四年的工作经验，或许是因为我的作品，再或许是因为爱情和执着……不管什么原因，学校来电话了。

"你好，张宝，周院长很欣赏你的作品。决定另设一个选修课让你来带，理工科学校也需要人文艺术的滋养嘛，另外学校有许多评建方面的事情也需要你这样的人才加入。恭喜你，不知道你那边有什么变动或者困难？"

"没变动，没困难，我尽快到岗。"

放弃现在所拥有的成就而去到一个陌生的城市，对我来说是有一些残忍，离开家人独自踏上新疆更显得孤独。但一个姑娘从十八岁就跟着你，什么都不图——当然我也什么都没有，跟着你，信任你，鼓励你，把一生中最宝贵的年华都给了你，我觉得就为这个，就够了。

为将来，为疆来。祝福师大，也祝福我们。

张宝，美术学院艺术学专业2014届硕士研究生。现已签约克拉玛依理工学院。

心有多大，舞台就有多大

◎ 张亚玲

寄语：要相信，一分耕耘，一分收获。

弹指间，三年的研究生生活就要结束了。回想起这三年的点点滴滴，有酸，有甜，有苦，有辣，而最让我难忘的是我的求职生活。

2013年的11月初，在陕西省测绘地理信息局网站上出现了招聘公示。我很高兴我符合招聘条件。随后我就细心准备各种资料，报名，同时开始复习专业课和公务员知识。报名后的每一天，我的生活就是从宿舍到食堂再到图书馆，很单调但很充实。我能不能考上？要是考不上我这不是白白浪费时间了？而且听说测绘局很难进，自己都没和别人站在同一起跑线了，再怎么努力估计也是到头来一场空。这种思想在自己的脑海里时不时就浮现出来了。但回头一想，我复习了没考上这很正常，但是如果我不复习那肯定是考不上的。就这样，慢慢地改变了自己的心态，虽然结果很重要，但是过程更重要。12月底，我参加了笔试和面试。坐在考场，我很紧张，但是看到那些熟悉的字眼心里很是兴奋，面试也很顺利。这是我的第一次求职经历，但也算是一次成功的求职经历。在这里，我给学弟学妹几点求职建议。

要有一个良好的心态

良好的心态是成功的一半。无论我们做什么事情，心态都是至关重要的，而对于找工作来说更是重中之重。机会都是留给有准备的人的，我们应该时时刻刻做好准备。保持一个良好的心态，才能促使自己奋发向上，不断努力，不断进步。反之，你的低迷情绪将会对你产生很大的负面影响。

要能给自己一个正确的定位

记得研究生新生刚入学时，我的导师就问我："你将来想从事哪种职业？"我说，我想在GIS（地学信息系统）行业工作，即使是公司也可以。从那开始，我便为自己的理想奋斗着。跟着实验的老师做项目，在外面的公司实习，为自己积累经验。而毕业之际我也如愿以偿地进了遥感院。其实，只要我们把自己的位置或者目标定准了，我们就会为之付出双倍或者多倍的努力。我们的潜力是需要我们自己来开发的，这点很重要。在考研或者考博中，正确的定位也很重要。首先你得正确认识自己，清楚自己的能力水平，这样你就会选择一所自己能考上的研究院所。如果只是一味地追求名牌大学，而不是在自己的基础上进行选择的话，很有可能还没起跑就已经输了。

要具备扎实的知识基础

研究生三年，你可以从老师的课堂上学到很多知识。但是你也需要更多地参与老师的科研项目，从中获取和积累一些经验。另一方面，则应该多参加一些学术活动和讲座，要清楚你所学的专业最前沿的研究状况。现在很多事业单位考试大都分为专业课考试和公共基础知识考试。对于专业课的考试我们应该把握以下几点：第一，要牢牢地以课本为基础；第二，在熟悉的基础上进行记忆；第三，要能将考题与自己所做过的科研项目联系起来。这三点很重要，一般情况下，考题会在相关的专业课本上。在熟悉的基础上进行记忆的话，肯定就没问题。另外，可能会有发散性的考题。这个时候你只需要将课本上的基础知识和你自己所从事过的项目进行结合来回答。专业课的复习最忌讳偷懒。对于公共基础知识的复习，首先应该明确考试大纲，其次可以看一些公务员考试的视频，掌握答题的技巧。

要注重提高自己的应用实践能力

我的研究生生活有大部分时间是跟着老师外出做课题或是实习，虽然很辛苦，但是收获颇多。所以，我建议学弟学妹在校期间，如果有外出参加项目或者实习的机会可以走出去看看，了解一下自己的专业和这个社会的联系到底有多大，同时考虑自己以后可能从事的岗位工作。实践经验是现在很多大型的企事业单位看中的一项技能，它能提高你的动手能力，同时能锻炼你的交际能力，更会使你的综合素质提升一个台阶。

以上就是我的求职体会，也是我给学弟学妹们的求职意见。近年来，研究生的就业压力日益增加。每一个工作机遇对于我们来说都很重要，我们要时时刻刻做好准备，牢牢抓住每个机会，调整心态积极准备。虽然过程很艰苦，很煎熬，但结果却会很完美。心有多大，舞台就有多大，只要付出就会有回报。

张亚玲，地理科学与旅游学院2014届硕士研究生。曾获一等厚德奖学金、二等园丁奖助学金。现签约国家测绘地理信息局第一航测遥感院。

八个offer背后

◎ 刘韬略

寄语：人生没有捷径，脚踏实地，努力去丰满大学四年的时光，趟出属于你自己的路。

当北京市示范高中——北京二十中的陈恒华校长在面试第三轮说出"恭喜你，你被录用了"时，我心中充满感激。两个多月的漫漫求职路，足以让我坦然地面对这份喜悦。这是我的第八个offer，诚然，也是我最希望得到的那个offer。

在2014年这个被称为史上更难的就业季里，收获与挫折、煎熬与踌躇……我的求职经历犹如一部跌宕起伏的大片。

海投——盲目中让人措手不及

也许是报刊、微博对于2014年就业"更难"的过度渲染，也许是往届师哥师姐作为过来人的口口相传，2013年10月，实习结束即将加入就业大军，等待就业季的洗礼时，背后感到的是阵阵寒意。拼学历？——受免费师范生政策限制，不能本科结束后立即脱产读研；面对北京市教育人才市场招生单位动辄要求最低"研究生以上学历"的用人门槛，我显得手足无措。病急乱投医，同时也一心想尽快拿到一个offer求个踏实，我在北京市应届大学生首场教育专场招聘会上，几乎把简历向到场的所有学校都投了个遍。不加分析、没有筛选，带来的是四处奔波的苦果。在这之后的一个多月里，先后有十几个学校通知我参加笔试、面试、说课、试讲。辗转于北京市东城、西城、海淀、朝阳、石景山的中小学之间，疲惫不已。教训最为深刻的是，我原本并不想去小学任教，由于优柔寡断、举棋不定，加上就业形势的压力，违心参加了一轮又一轮的选拔。当非常著名的北京小学——朝阳实验小学，通知我和校长单独面谈时，我才如梦初醒，再言放弃，留给双方的不仅仅是遗憾，更是时间、精力、机会的流失。在这之后，我先后得到了北京青年政治学院附中、知春里中学等四所学校的录用offer，而这些学校都不是我理想中的选择，最终的结果便是一一放弃。海投之后的骑虎难下，让我认识到，求职前一定要明确内心最向往的目标，制订出具体的求职计划，减少就业过程中的盲目性，避免做无用功。

面投——变不可能为可能

从海投过后的晕头转向中清醒过来，我集中精力将求职目标转向心目中向往的北京市示范高中。这些学校几乎都要求应聘者按照其要求的模板制作上传个人简历，在门户网站主页的显耀位置上，无一例外，赫然标明着"应聘要求：硕士学位及以上"。不出所料，我网投出去的简历一个个石沉大海，杳无回音。怎么办？放弃吗？我仔细分析：一是用人单位对免费师范生政策不了解，因政策原因，免费师范生需要本科毕业在教育岗位就业后在职攻读教育硕士。我应该找机会解释。二是模式化的个人简历展示不了自我的个性，倘若有机会和学校相关招聘人员面对面地交流，展示自己的特长和优势，或许就能获得面试的机会，而不至于直接被简历筛选环节过滤掉。

在实习间隙，我凭借北京外国语大学附属学校实习教师的身份，先后前往北京理工大学附中、北方交通大学附中、中央民族大学附中和北京市二十中等北京市优质示范高中学校，与主管人事的老师、副校长甚至校长进行了一对一、面对面的交流，努力为自己争取机会。北京航空航天大学附中、北京石油附中、北京二十中、北京海淀实验中学等知名学校都先后给我破格提供了面试机会。后来，经过数轮激烈竞争，我成功拿到了这些优质学校的聘用资格。谨此告诫师弟师妹们：路是人走出来的，机会不仅只留给有准备的人，更垂青主动争取者，求职路上，要避免一味的循规蹈矩。

展示——自信是成功的关键

从进入北京市优质高中学校第一轮面试时起，我所面临的竞争对手不乏来自北京大学、北京航空航天大学、北京邮电大学、北京师范大学等知名高校的硕士和博士。因此而放弃显然是不现实的，陕西师范大学师范生科班出身，经历了无数教育教学实践，我告诉自己，要有足够的信心。面对每一轮的面试、试讲，我都倾尽全力，精心准备。到人民教育出版社购教材，去国家图书馆查资料，上网搜集教学设计素材，发挥自己在计算机方面的兴趣和优势，制作Prezi课件以避免枯燥无味的PPT。在着装上也细致考量。每结束一次试讲，及时听取教研组长和其他参与评审老师们对我的评价与建议，从中吸取教训，并在下一次的试讲中加以改进。同时我向上一级的师哥师姐们请教，得到了他们许多宝贵意见。经过不懈的努力和坚持，我终于笑到了最后——北京石油附中、北京海淀实验中学、首都师范大学二附中、北京二十中先后为我发放了offer。在此，我想说的是：相信自己，脚踏实地，勇于拼搏，不要被别人名校和学历的光环所吓倒！

选择——适合自己的便是最好的

在我先后收到的八个offer之中，不乏名校，如何取舍无疑让人犹豫不决。北京小学，作为小学教育界的翘楚，在北京市乃至全国享有盛誉。选择这所学校，就意味着站在了全国小学教学、教研平台的最前沿，意味着无数对外交流和实践的机会。校长、书记面见时的挽留让我为之感动，然而遵从内心的声音，我艰难地选择了放弃。海淀实验中学，这所近年来教学水平突飞猛进、上升势头明显、规模庞大的优质中学，其主管教学的副校长承诺可保证我去高中部任教（一般情况下，在北京的完全中学，教师常常是初高中六年大轮回，而刚入职的新教师，尤其是本科生往往要从初中干起），我依然做出了放弃的决定。过程无疑是艰难的，放弃它，是由于我更加看重北京二十中这所北京市示范高中的软、硬件实力，同时因为二十中的陈恒华校长——虽然此前我与他仅是面试时的一面之缘，却感受到了他作为北京市示范高中最年轻的海归校长的魄力，并通过网络和媒体了解到了这位校长先进的教育理念。我坚信有这样一位具有国际视野和开放包容心态校长的学校，一定能为年轻教师提供更好的发展平台和个性成长的空间。

因而，我与北京市二十中签订了三方协议，终于圆满地结束了自己的求职之旅。最后，想告诉下一级即将面对求职的校友：理性分析，遵从自己内心的声音，做出最适合自己的选择。

回想求职这半年里的点点滴滴，收获颇丰。我将其视为自己毕生的财富，激励我在今后的工作、学习与生活中，且行且珍惜。

八个offer已成过往。我深知，今天的成功，并不代表着明天的花环。陕师大，我向你承诺：今后，不论身处何地，不论岗位如何，我都会秉承师大人厚德、积学、励志、敦行的精神，用不懈的努力，继续为母校争光。

刘韬略，外国语学院英语专业2014届本科生。大学期间任班长、学习委员、陕西师范大学英语教学广播电台新闻主播及总编。主持国家大学生创新实验计划课题"以马克·吐温为代表的美国现实主义文学探究"。曾多次获专业一等、二等奖学金。在省级核心期刊发表论文《英美文学积淀在中学英语教学中的实践》。大二时赴美国犹他州Roosevelt Union High School实习。现签约北京市示范高中北京二十中。

追寻而不是等待

◎ 王佳强

寄语：明确自己想要的是什么并为之努力奋斗。

在人生的又一个岔路口处，你的远方在哪里？怎样到达？是追寻自己的梦想还是等待现实的安排？我想说，正值青春的我们，不去追求梦想，青春还有何意义呢？

实习结束已经11月中旬，从深圳回到西安，巨大的温差犹如梦想与现实的差距。空间和微博里同学们找到工作的好消息，时刻提醒着我：抓紧时间，去追寻你理想的工作。于是，到达学校后就立刻赶到院里领取就业协议书和推荐信，准备好一切求职需要的材料后就迎来了人生中第一次面试。

这是深圳那边一个区教育局的招聘会，8点半开始。由于自己是主场，就想着8点去应该不算晚，早上7点起床洗漱后去吃了早餐来到新勇活动中心，顿时傻了眼，一个偌大的报告厅但"正装帝"们已经排到了门外。人群中发现了几个熟悉的面孔，克服巨大阻力挤到他们身边，发现他们面容憔悴，交谈后才知道，他们坐了一夜的火车从武汉赶过来参加面试。其中一个女生从10月底就开始追着深圳各区教育局的招聘会全国奔波，真没想到同学三年一直让我觉得弱不经风的她，骨子里有着这样巨大的能量。她说："我一直都渴望去深圳工作，除了物质条件富足外，最重要的是孩子以后成长的起点高，我不想我的下一代还需要像我这样辛苦地死读书才能上个好点的大学，所以为了追寻深圳的教育局，几乎跑遍了大半个中国。"她的话让我这个男人都自愧不如，今天的面试我最初的心态是感受一下求职氛围，积累一些面试经验，但她的一番话让我开始认真对待这次面试，更让我追寻理想工作的心态都发生了改变：主动出击。天上掉馅饼也不会掉到屋子里，只有走出去才可能被馅饼砸到。而随后的求职成功也印证了这句话。再看看周围的学生，都是来自全国各地的高校，有的甚至是从东北师范大学和华南师范大学来的，坐上二三十个小时的火车就为了一个不一定能拿下的offer，这就是现实的残酷。最后的结果是我成功落选，海选就溺死在人海中了。没有失望的低落，相反我摆正了心态，为了理想的工作单位，尽一切努力地追寻，不放弃一丝希望。

第二次招聘会很快就来了，地点在华中师范大学，立刻买了最早一列到达武汉的火车。凌晨2点多的武汉很是安静，由于预算有限，只能在火车站的快餐店借宿一宿。说实话内心挺激动的，再过几个小时的招聘会有几所很好的学校，也算是理想的工作单位。我是抱了很大期望来的，幻想着各种面试情景和结果。然而十五个小时的火车使我身体的疲惫轻而易举地战胜了激动，我昏昏沉沉地睡着了。

早上6点半坐上去华中师大的公交车，走进校园转悠了半天都没找到未曾谋面的同学的宿舍楼。大冬天的7点多正是睡觉的好时间，不好意思打电话让"熟人"来接我。这个"熟人"，是我第一次面试时认识的一位华中师大的学生的舍友，因为那位同学要在我们学校等笔试结果没地住，刚好我们宿舍有空床位，就借他睡了几晚，而当他得知我要去他们学校面试时就打电话给他舍友说："一朋友过来你们招待一下。"于是有了这个未曾谋面的"熟人"。华中师大的校园，真是没一条路是直的，走惯了正南正北的西安道路，实在不习惯这种"通幽曲径"。一看快8点了，9点招聘会开始，时间快来不及了，狠下心打了电话叫熟人出来接我，他人挺好的，到了宿舍我立即洗漱一番，拿上求职材料赶去招聘现场。

人还不算多，招聘单位主要是中部省份的学校，人气果然没有沿海学校高。找到我的首要目标十堰二中后将简历递上，工作人员接收后说11点半等面试通知。在招聘会转悠了几圈，看手中还有两份简历，就又找了两个目标学校，其中一个是黄冈中学。选择黄冈中学完全是出于初生牛犊不怕虎的心态，赫赫有名的黄冈中学在小学时就开始"折磨"我了，它的招聘位置前面排的人不多，不知道是不是都畏惧于它的名声，想着会要求很高还是别去浪费简历了。但我就不知天高地厚地跑过去递上了手中最后一份简历，换来了同样的回答：11点半等面试通知。离开招聘现场，心里轻松许多，仔细欣赏着初冬时的华师校园，长青的树木也透露着冷清，但来来往往的男生女生为其增添了许多生机。也不知道转到了哪里，找个地方发起了呆，脑袋被抽空了，或许死机了，等待着11点半的到来。11点整，11点15分，11点20分，11点30分，没有短信，没有电话，我在想中国的单位一惯时间观念不强，办事效率低，会不会晚点才通知。这样安慰着自己，不断地翻看手机，12点了，已经12点了。走呗，又成功地落选了，打电话给老妈说今晚回来，买了火车票，又是四个小时的铁轨声"萦绕"耳边。

途中，接到十堰二中的电话约见，我说我已经离开武汉了，那边一句"那算了吧"就断线了。第一反应居然不是后悔，而是小声说了一句："你们办事也太没时间观念了吧，说好的11点半呢？"然后真想抽自己一嘴巴子，多等几个小时不就有戏了，唉！到家后吃过晚饭，看到手机有一条短信，打开一看是黄冈中学的面试通知：明天9点半在华师城环院四层面试。老妈正在给我铺床，我冲进房间说："我接到黄冈中学的面试通知了，明天9点，今晚必须坐火车赶过去。"老妈说："坐一夜火车明天面试哪有精力，怎么发挥？"我说："如果我不去连发挥的机会都没有了。"说着我已经把去武汉的车票订好了。晚上11点先去襄阳，再转车去武汉。现在是晚上8点，我就在爸妈房间里暂时睡了一会儿，他俩比我紧张，一个盯着时钟，一个看着手表，生怕时间错过了。

10点半我被叫醒，老爸开车送我到火车站，我让他先回家，初冬的晚上温度已经是个位数了。火车果然晚点，突然想：自己这样疯狂值得吗？第一列火车就晚点，再转车又晚点，预定的8点到武汉，坐个公交到华师城环院就8点半了，然后洗漱换装，估计会迟到，这样面试就会错过。可是，真要和黄冈中学擦肩而过吗？不去努力争取一下不会后悔吗？思想斗争中，一声长啸帮我做了决定，踏上火车，到了襄阳。夜晚很冷，候车室里没有几个人，这还是我第一次感觉到火车站的冷清。庆幸第二列火车准点到达，上了火车强迫自己闭上眼睛，即使睡不着也要缓和一下紧绷的神经。到达武汉时准点，一路狂奔到公交上，打电话让"熟人"拿上他的正装和皮鞋到东门等我，这次没有不好意思，因为都没有时间犹豫是否打扰了他，他成了真正的熟人了。到了东门就见到他的身影，拎着正装和皮鞋，貌似还在打哈欠。一看8点半了，我让他直接带我到面试地点，他说："你不吃点东西？"我说："中午我请你吃大餐，现在没时间了。"到了华师城环院找到洗手间，进去简单洗漱后换上正装，8点50分，走到候考室。

　　里面有历史和地理两个学科的应聘者，我找到地理组，加我一共四个人，闲聊中得知对手都"来者不善"：俩主场作战，另一个北师大的。这不就是死亡小组嘛，关键是其中一个华中师大的不仅主场作战，而且是男生，还是黄冈本地的，天时地利人和占尽，瞬间觉得自己"绿叶"了。但是来都来了，想着自己差不多一周没有睡过床了，日赶夜赶，而且大学四年也算学得踏实，在深圳实习师父也尽心尽力，老爸老妈昨晚一直守到凌晨，为了自己，为了他们，也得尽力展现自己。心中的理想工作就在眼前了，黄冈中学给了机会，结果如何就看自己的了。

　　抽签决定试讲顺序，恭喜我是第一个，"炮灰"当定了。于是我也先抽试讲题目，看到题目我笑了，实习时讲得最烂的一节课，课后被师父批得体无完肤，然后又重讲，最后被师父认可。我的心也淡定了很多，走进面试教室，一共七位评委，阵容有些强大。深呼吸后我做了简短的自我介绍，然后就将大学四年和实习三个月所学的东西一起展现在评委老师面前。整个过程还算顺利，走出教室，首先给师父发了微信，感谢他当时真心实意地批评我而不是敷衍我，也感谢自己认真听取了他的建议而不是自以为是地敷衍他。等他们三个都试讲完了，评委老师说："下午或明天上午出结果。"走到熟人的宿舍时老妈的电话过来了，问结果咋样。我说："结果还没出，自我感觉讲得不错，如果黄冈中学有地域情节的话就没戏了，如果按实力招人我觉得自己还有戏。"挂了电话请熟人去大吃了一顿，也犒劳一下自己。

下午时接到了校方的通知，去上午面试地点详谈。顿时整个人都精神了，先把消息给了老妈，我说："黄冈要签我，你没意见吧？"她说："只要你中意就行。"再次见到评委老师时，他们和悦多了，然而问题却是步步逼人，还好都能从容回答。其中一个老师后来告诉我："你的性格很好，帮了你大忙。"就这样，通过还算简单的招聘程序，和黄冈中学签下了协议，最终追寻到了我心中的理想工作。

时隔小半年再次回过来写求职经历，感慨颇多，一些小的心得希望对学弟学妹们求职有所帮助。首先，要有一颗追梦的心。心中有了理想的工作单位就要去追寻，不要怕苦怕累怕麻烦，坐在宿舍是不可能被天上的馅饼砸到的，就算捡也没机会，主动出击，不放弃一丝希望，年轻就要拼。其次，弄清自己的硬件配置。现在很多学校都要求研究生学历，或者有获几次奖学金、过四六级等等一些硬性条件，如果自己达不到就不要浪费时间和精力，除非你觉得自己不去是那所学校的损失，那你可以尝试一下，大多数情况下要把心中理想的工作单位和自己的硬件配置平衡一下，这样可以增加自己成功的概率。最后，助人如助己。在求职过程中多和其他人交流，可以得到很多有用信息，别人需要帮助时也要热心一些，不要认为进了招聘会的人都是你的对手，这样就断了自己的信息来源。

祝愿母校每一届的毕业生都能追寻到自己心中理想的工作！

王佳强，地理科学与旅游学院地理科学专业2014届本科生。曾担任班长、学生会办公室副主任等，获专业二等奖学金、班级建设贡献奖、第九届"挑战杯"二等奖及校运会"优秀运动员"称号。现签约黄冈中学。

当勤奋遇上自信

◎任　琳

寄语：路漫漫其修远兮，吾将上下而求索。大学时光美好而短暂，要有远大的志向和顽强的毅力，要能坐得住冷板凳，方能有所作为。

作为一个来自农村的寒窗苦读的学子，在大学本科毕业后便找到了一份在省会西安重点中学任教的工作，实为不易。当身边的老师和同学得知我签约的消息后，都伸出了他们的大拇指，说我了不起，以后必有大发展。对成功之花，人们往往惊羡它绽放时的明艳，殊不知，它的芽儿却浸透了奋斗的泪泉，洒满了牺牲的血雨。2013年12月前后，我先后参加了西安交通大学附属中学和西安市铁一中的招聘会，最终被西安市铁一中聘用。

与西安交通大学附属中学擦肩而过

2013年10月的一天，我还在家乡淳化中学进行教育实习，挚友贾志宏给我打电话，告诉我西安交通大学附属中学的招聘信息。那一刻，我万般高兴，十分感激：高兴源于我对交大附中仰慕已久，今有应聘的机会，不得不兴奋；感激源于我的挚友远在甘肃天水实习，却在得知交大附中招聘的信息后便第一时间通知了我。

我将教育实习的相关事情安排好后，便背起行囊，从家乡赶往省城西安。交大附中是较早来到师大招聘毕业生的学校。那一天，招聘地点定在师大新校区新勇活动中心的二层，宣讲会期间，整个大会场挤满了四方毕业学子。地理学科被安排在了最后，从早上8点入场，到12点多才见到面试的老师，其间我耐心等待、信心满满，顺利通过了第一轮面试环节。

随后一周内我去了交大附中曲江校区三次：第一次是给学校的老师讲一节课，实际时间为十五分钟；第二次是参加学校统一的笔试；第三次是进班级给高一学生讲一节课，时间为四十五分钟。最终我并未与交大附中签约：史有刘备三顾茅庐，卧龙相助建霸业；今有本人三顾附中，条件难从未签约（当时交大附中对将要签约的本科生提出三年内不准读研的要求）。

我虽未签约交大附中，但还是要感谢交大附中给予我一次求职机会，在整个求职过程中，我学到了很多，体会了很多，思考了很多，虽有遗憾，但也不虚此行。

我与西安市铁一中相见恨晚

在交大附中遭遇首次求职滑铁卢之后，我返回实习学校，继续进行教育实习工作，努力做好实习工作，充实度过实习每一天，不断积累科学知识和教学经验。

返回实习学校两周后，我又接到了同学的通知，西安铁一中向社会公开招聘各科教师，闻此消息，激动的心情难以言表。在上一次交大附中求职后，我对西安名校的招聘环节及要注意的地方都较为熟悉了，加之我具备丰富的学科知识和熟练的讲课技能，心中略下决心，不出意外，本次必将签约铁一中。

我再次背起行囊回到西安，走进铁一中校园，便被整洁美丽、朴素典雅的校园环境吸引。在往应聘地点的途中，我的脑海中浮想起铁一中"视质量如生命，视学生如子女，视家长如亲朋"的办学理念，"优秀+特长"的培养目标，"责任+荣誉"的校训，"来为求知，去做栋梁"的校铭。且行且思，且思且感，顿觉铁一中的魅力和我眼前所见、身心所感是如此契合。

走进招聘教室，同来的还有几个同校同学，经询问才知其他的几位应聘者都是在职教师，我与其中一位交流了两句后方知他已经任教八年且这次专程从河北省石家庄赶来。瞬间，我感到应聘竞争之激烈、压力之大。然而，我又是一个非常自信的人，我对自己的此次应聘充满自信。见应聘者较多，主考老师便将所有应聘者分为应聘初中地理教师和应聘高中地理教师两拨，我信心满满地选择了应聘高中地理教师。对于人数较多的高中应聘者，主考老师先为应聘者准备了一份笔试试题。对于推迟几分钟才拿到试题的我，看到别的应聘者正在埋头答卷，并未感到紧张，而是不慌不忙，拿题便做，最后竟提前交卷。铁一中的老师办事素来麻利，考卷收上去后一刻钟，考试成绩公布了，我的名字是被第一个念出来的。闯进了第二关试讲，我更加自信。我抽到的试讲题目是"黄赤夹角"，理清了思路，明确了重难点，我走上讲坛，边画图边讲课，大约十五分钟后，主考老师便叫停了，说可以了。试讲完后，我便离开了铁一中，回到了实习学校，静待佳音。

时隔四周，我的教育实习已经结束，回到师大后，我收到了铁一中发来的短信，让我去学校面试。面试是最后一关，是和学校校长面谈约半个小时。和校长面谈即将结束时，校长问了我，如果因为我学历较低、经验不足等，不能被铁一中录用，我将怎么办。针对这个问题，我这样回答：我是陕师大应届本科毕业生，能来到铁一中应聘，我感到非常荣幸。首先要感谢铁一中的老师和校长您，铁一中是陕西省的重点中学，学校"视质量如生命，视学生如子女，视家长如亲朋"的办学理念，我极赞同，也十分钦佩。如果不能被录用，我将继续努力奋斗，不断增强自身实力，提高自身综合素质，将来有机会，还会再来铁一中应聘。最后，再次感谢校长花费三十分钟跟我长谈，这个过程使我受益匪浅，谢谢校长！

回首我的大学生涯与求职经历，有几点想对学弟学妹们说：

第一，大学是有志者奋斗的舞台，也是碌碌无为者度日的温床，来到大学，要学大学问，要树大志向。

第二，大学期间要认真学习专业课程，以此为基，涉猎更加广泛的、自己感兴趣的知识。

第三，大学是一个多彩的地方，要珍惜在大学的每一天，多参加学校的各类活动，丰富自己的大学生活，提升自身的综合素质。

第四，今天来到大学是为了明天更好地走向社会，毕业之际找工作考验的是自身的综合素质而非其他。综合素质的高低又源于大学四年的点滴积累和步步总结。

"不积跬步，无以至千里；不积小流，无以成江海。"古人诚不欺也！

任琳，地理科学与旅游学院地理科学专业2014届本科生。大学期间，先后担任陕西师范大学理工部外教服务办公室助理、班级科研委员、学院2010级学生第一党支部副书记等职务。先后获得二等专业奖学金、一等专业奖学金、地理科学与旅游学院"东东包""法自然"奖学金、何崇本奖学金等。2013年12月签约西安市铁一中学。

太"幸运"是一种什么样的体验？

◎ 徐　静

寄语：人生没有所谓的弯路，越努力，越幸运。

作为一名免费师范生，我们有别人羡慕的就业"先天优势"。从大一开始，我的求职目标就坚定地只有一个：留在西安。我喜欢其历史文化积淀带来的厚重感，更享受着一个新一线城市所有的现代与便捷。在省城求职，其竞争压力也必然会很大。如果用两个字概括我的求职路，那就是"幸运"。没有国家奖项加持，没有学生会主席光环的我，想用自己的经历和你分享，我是如何一路逆袭到"五大名校"之一的铁一中学的。

在我看来，首先教育实习是求职的敲门砖。为何？从我的面试经历来看，因为应届生缺乏相应的教学经验，中小学单位在招聘应届毕业生时往往会很注重其实习经历。如果有在名校实习过的经历，无疑会极大地提高用人单位对你的好感。在选实习学校时，就要为不久之后的就业做打算。因为我只想留在西安，所以一开始就选了西安的一所初中进行实习，事实证明，实习成为我日后面试过程中最大的加分项。"高新一中"四个字，成为面试老师脑海中对我的记忆点，成功通过面试之后，才能开启新一轮的"打怪升级"。

其次求职简历要有plan B。也许有人会说，简历最重要的是内容，而不是形式。诚然，一份光鲜的履历绝对会让人印象深刻，可是如果面试老师都没有来得及翻开看看呢，那么再光鲜的简历也会被埋没在废纸堆里。所以，这个环节同样需要认真对待。除了一些网投的简历会有规定的形式，面投的简历一般不会做过多限制。在参加招聘会之前，我也纠结过简历要不要封面、做几页等问题。整个求职期间，我结合自己的经历，征求指导老师和有求职经验的学长的建议，把简历来来回回做了很多改变。有一目了然只写重点的两页纸，也有将经历介绍得相对详细丰富的版本。在招聘会上我把不同版本的简历都带上，细细观察揣测面试老师需要什么。果然，成功率因此高了很多。

如果以上两条建议属于求职过程中易行的硬条件，那么接下来想和大家分享的，则是需要在人生路上不断积累才能获得的软实力。

出于兴趣，大学期间我参加了许多看起来似乎与学业无关的活动。在做这些事情的时候并没有觉得占用了自己的时间，也未曾想着是为了特定的目的，仅仅是出于喜欢。没有功利心，反而更容易全心投入。没想到在求职过程中成就我的，正是这些看起来与工作无关的经历。

在面试浐灞欧亚中学时，到了第二轮校领导面试环节，看到我的简历上有曾经随学校秦风诗社赴台湾参加诗词联吟活动的经历，校领导提出让我吟诵一段诗词。2016年冬天不管有多冷，我们都坚持在新勇活动中心二楼排练的那些日子，让我早已对吟诵过的诗词烂熟于心。于是我便吟了一首李白的《将进酒》，之后满意地走出面试教室。不出所料，我的名字出现在第三轮试讲环节的名单中。参加诗社的初心，是真心喜欢吟诵，喜欢志同道合的社友，却没想到这次经历使我的求职路更加顺畅。

这样的"幸运"，伴随着我走到签约铁一中的路上。无领导小组讨论时，铁一中的老师问我："为何选择做老师？"听到这个问题后，我脑海中浮现的全是支教时孩子们一声声甜甜的"徐老师"，偷偷塞给我的小纸条……于是我便分享了自己参加支教团的经历，分享了学生带给我的欣喜与感动，而我要把这份欣喜与感动珍藏，带着他们成为更好的自己。面试的确需要技巧，可最高级的技巧却是真情。只有自己真的经历过，往事历历在目时才能触发最真实的情感流露，打动每一个人。

小组讨论成功通过，接下来就是试讲环节了。这是对所有准备当老师的应聘者最全面、最综合的考查，因此也是评分占比最高的环节。有些用人单位会提前一两天通知讲课篇目，进班试讲一节课。铁一中要求应聘者当场试讲，准备时间和讲课时间各五分钟。不管是哪种形式的试讲，都需要充分重视。但针对试讲的时长，讲课策略也需略做调整。当天我抽中的题目是杜甫的一首诗，一看题目便有些慌乱，新课标教材和文学史课上都没有学过这首，不能用手机和教参的情况下，如何用五分钟时间把这首诗准备好？想到实习指导老师曾对我说过："短时间的试讲，其实更多的是考查你作为教师在讲台上的仪态、气场，以及语言组织能力。"便又很快镇静下来。静心理解并梳通这首诗的大意，发现诗歌意思并不难理解。但这是幸事也是不幸，不难便不会在讲台上出错，可又很难讲得有新意有亮点，在一众人中脱颖而出。此刻作者"杜甫"这两个字吸引了我的注意，杜甫是唐代著名的诗人，思绪不免跟着他一起梦回大唐。又因为自己曾经在陕西历史博物馆担任过大学生讲解员，那幅无数次为游客介绍过的唐代长安城的平面图浮现在我眼前。长安（西安）！大唐！杜甫！这三个关键词从脑海中跳跃出来，从自己熟悉的居住的城市，到这首一千多年前的诗歌，我们之间的距离其实并不远。可以从这个角度切入！五分钟很快过去了，我走下讲台，虽然心里对自己的表现没有太大把握，但感谢两年前一次又一次想放弃背诵那三十万字的讲解稿却最终坚持下来的自己。在博物馆的工作经历，让我越来越为自己所在的城市感到骄傲，让我收获了如此多的历史知识和灵感。

记得红柯老师在"文学与人生"课上讲过，文学之于人生，是无用之用。其实不止文学，许多事情之于人生，都是无用之用。看似选择了人迹罕至的那条路，可你不曾料到那条路上的风景有多美。意外的经历与收获，都是在为日后对抗人生困境默默积攒能量。人生没有所谓的弯路，只有踏踏实实往前走。

以上好像都是自己应聘成功的经验，但其实我也有很多次简历被拒绝，面试时回答不上尴尬得不知所措，试讲失败的经历……好在，失败并没有影响我下次全力以赴。恰恰因为每次全力以赴，让我一路幸运地敲开了自己心仪的学校的大门。

越努力越幸运，听起来像一句心灵鸡汤，可自己求职的经历让我明白，此言不虚。愿你们比我更努力，也更幸运。

徐静，文学院汉语言文学专业2018届本科生。曾任汉语言文学1班团支书，文学院秦风诗社诗词创作部部长。曾在2016年文学院团委暑期支教活动中获得"先进个人"称号，获得秦风诗社"先进工作者"称号。现签约西安市铁一中学。

越努力越幸运

◎ 边　伟

　　寄语：找准自身定位，寻求适己工作。

　　Duang——我大四了！岁月已经无情地将"睡意蒙眬"的我推向了大学的"最高峰"，校园里再难寻觅学长（姐）们的身影，有的只是耳边随时传来的"学长"的称呼，猛然起身擦拭双眸，发现我真的多了一个既熟悉又陌生的称号——"大四狗"。

　　昔日寒窗苦读十二载，只为金榜题名大学梦；今日勤修专业长知识，只为扬名立业入社会。大四，意味着要开始求职，到了要向这片培育了我四年的桃李园交上答卷的时候。此刻的我，少了一分稚气，多了一分稳重，但求职，无疑是"大姑娘上花轿——头一回"。就这样，我带着既激动又紧张的心情踏上了求职征程。

　　虽同为免费师范生，然就业政策因地而异。通过咨询江西省教育厅和往届学长学姐，得知江西省的免费师范生就业政策不同于陕西等省份，不会举办免费师范生专场双选会，而是在11月初起，各教育局和学校会在相关教师招聘网站（免费师范生网、文武教师网等）上刊登中小学教师招聘信息。若符合招聘条件者，即可前往竞聘。要是在次年5月份之前还未签约学校者，则由省教育厅把他们的档案派发回生源地教育局，再由生源地教育局根据实际情况进行分配。

　　"工欲善其事，必先利其器"，谋求一个好的职位，需要好的敲门砖。一身适宜的着装，一份精致的简历，一篇别致的自我介绍，一节精彩的说课或讲课，等等，无疑是师范生好的敲门砖。做好这些，打一场有准备的仗，方能拥有赢取"求职战役"的最大胜算。可毕竟光说不练是假把式，连说带练才是全把式。满怀着激情，本以为花点时间就可以准备得非常完美，但在着手做的时候，我的内心几乎是崩溃的，就连一个自认为再平常不过的自我介绍，要想做到别致，已耗费了我与朋友们大量的脑细胞和时间，真是"纸上得来终觉浅，绝知此事要躬行"。不过最后"苦心人，天不负"，适宜的着装、精致的简历、别致的自我介绍、精彩的说课，使得我如愿以偿地求职成功，签约了江西省南昌市第一中学（以下简称南昌一中）。

竞聘当天（2015年11月15日）8时，我和其他江西籍的一百余名免费师范生汇聚于南昌一中的松柏校区。按照学校的安排，先是由学校校长进行宣讲，讲解竞聘流程，紧接着分科目进行简历递交和面试，面试根据岗位需求人数以1∶3的比例确定面试结果，中午通知结果，然后下午就进行说课，晚上通知最终结果。整个过程节奏快，这无疑加速了我们小心脏的跳动频率。门外等候时发现，我前面的几个小伙伴在自我介绍的时候，评委老师几乎都不抬头看他们，且被中途叫停，归其因无非就是自我介绍千篇一律、时间偏长等，使评委老师们产生了听觉疲劳。轮到我的时候，适宜的着装、精致的简历、别致的自我介绍以及拿过奖学金加学生会主席的经历，令在场所有的老师都投来了赞赏的目光，并好奇地问我如何把控学习与学生工作这两者的时间分配，我根据自身实际情况有条理、有礼貌地进行了回答。面试期间，评委老师还问了我关于高中物理中"平均速度"与"平均速率"的区别，恰好9月份我在深圳教育实习的时候给学生上过整堂课，回答得准确无误。

"良好的开端，等于成功的一半"，精心的前期准备，出色的面试表现，让我在当天中午12点30分，不出意外地接到了进入下一轮说课的通知。抵达说课教室，物理学科的五个（二男三女）竞聘者已正襟危坐于内，静候老师的安排。抽签决定说课顺序，三十分钟准备，十分钟说课。我抽到的顺序是第二个，说课题目选自人教版普通高中课程标准实验教科书《物理》必修二第一章第三节《运动快慢的描述——速度》。当拿到这个题目的时候，内心惊喜欲狂，因为这内容，我不仅是在大三微格录课时讲过，且那时写过一篇详尽的说课稿，还在深圳教育实习上过一节课，更是在来南昌前一周精心准备的说课之一。安抚内心的激动，对说课内容进行梳理，然后走上三尺讲台说课，说课的表现大家可想而知。当天晚上7点40分左右，我又一次不出意外地接到了南昌一中的电话。看到这，估计很多人都跟我一样感觉我在面试的时候太幸运了！没错，我确实很幸运！可是这个幸运与我大量的前期准备密不可分，正是默默耕耘中的那一份幸运给予了我想要的结果。

"士不可以不弘毅，任重而道远"，如今的我，也即将毕业了，但这不是结束，而是新征程的开始。唯有刻苦钻研，开拓创新，积极进取，方能扎实推进"一支粉笔两袖清风，三尺讲台四季晴雨，加上五脏六肺七嘴八舌九思十想，教必有方，滴滴汗水诚滋桃李芳天下；十卷诗赋九章勾股，八索文思七纬地理，连同六艺五经四书三字两雅一心，诲而不倦，点点心血勤育英才泽神州"的教师梦。

扬起激情的帆，铸就踏实的船。教师路上努力奔跑，因为越努力越幸运！

边伟，物理学与信息技术学院物理学专业2016届本科生。2014至2015学年担任学院学生会主席；获省级大学生"挑战杯"创业计划大赛银奖，四次获校级二等专业奖学金，获"十佳学生会主席"一次、"优秀学生干部"两次、"优秀团员干部"两次，"优秀团员"一次、暑期社会实践"先进个人"两次。现已签约江西省南昌市第一中学。

求职这件"小"事

◎ 张　媚

寄语：人生没有彩排，每天都是现场直播！

大学四年过得很快，在毕业之际，我给自己交了一份满意的答卷。

对于我来说，求职的成功不在于应聘前准备了多好的简历，进行了多么精彩的自我介绍和试讲，而在于四年的努力与积累，这为我求职成功搭建了宝贵的阶梯。

也许很多人会说我很幸运，因为我第一次参加应聘就成功了，而且是自己理想的单位。其实不然，看似一次成功的求职，中间也有着不平淡的故事。

首先，我对将来工作的地点就纠结了很久。来自东北的我一直渴望在南方生活，觉得南方的环境好，尤其是广东、福建等沿海发达地区，对于年轻人来说有更多的发展机会。而对于免费师范生的我来说，就算是在那里找到了工作，也要面临违约的问题。但只要对我以后的发展有利，家人都会赞成我的决定。然而大学期间作为交换生去台湾，出国去英国实习，家人都为我花了很多钱，我不想再因违约金给家里带来更多的负担。渐渐地，我发现我的家人其实很需要我，将来我也不应该离他们太远。所以，经过长久的思想斗争，最后我给自己确定了应聘的小规划：根据招聘单位来的时间顺序，首先我要挑战大庆实验中学，如果没有成功，那么就要尝试成都的几所学校，如果也没有成功，就马上飞回东北，参加哈尔滨的学校的招聘会。

其次，也是很多求职的学生都会面临的问题，就是不知道应聘都要做什么。而刚好在就业中心做助理的我，有机会在服务期间得知招聘的流程，了解了应聘者要做的事情。这让我意识到了求职竞争的激烈与残酷。我反省着自己究竟有哪些优势、哪些劣势，思考着招聘单位要了解的是什么，等等。对早已准备好的简历，我又做了几处修改，成绩和奖学金等情况一定要突显出来，再就是实践和讲课的经历，这都是招聘教师的单位重点关注的内容。

最后，自己要真正上战场了。大庆实验中学比较特别，在正式招聘之前，也就是2013年的5月份，校长和一位老师就曾经来过，按他们的话说就是"摸底"。他们了解了即将毕业的学生情况，观察一下是否有他们需要的人才，再最终决定之后要不要来招聘。这也提前让我们看到了他们的招聘流程，在那一次摸底中，我们就紧张地参加了一次"应聘"，但感觉校长似乎并不满意。因而对于这次真正的应聘，老实说我信心不是很足，但当然也会尽全力去准备。交简历后的那天晚上，我接到了面试的通知。第二天早上按照规定的时间提早到了面试地点，每组四个人，与校长面对面交谈。此时校长会仔细翻看我们的简历，根据简历再提出简单的问题。在最后陈述优势后，原本已经建立自信的我，被校长所说的已在华东师大看中三位数学专业很优秀的毕业生打击了。好在最后校长安慰我说：也要有信心，好好准备下午的试讲吧。

回到宿舍后，我又将自己要试讲的内容讲了几遍，而且还请同学提些建议。试讲阶段开始，在下面忐忑不安的我走上讲台时，似乎觉得放松了些，便大声地讲着自己准备的内容，用眼神和老师同学互动。当然由于时间关系，校长一般不会让应聘者把准备的课程讲完。所以，在我大概讲了四分钟时就被喊停了。其实对自己的试讲并不是特别满意，多少有点紧张，影响了正常发挥，感觉自己希望也不会很大。但是不管怎样，讲完了就不想太多了。在试讲全部结束时，校长向我们说明此次招聘让他满意的人并不是很多，今天要签约的人也是非常少，还有一些会作为"备选"，就是在他走完五所师范大学后若还有需求会再考虑，结果会打电话通知。我很失落，以为自己落选了。

但在我们准备离开的时候，校长叫住了我，让我等一下。等待里面咨询的同学全部走完，我和一位汉语言文学专业的同学一起走进试讲教室。校长说要和我们签约，并说明聘用我们的原因。校长说我是这些应聘者里面最优秀的，成绩不错，而且被学校派出去两次，还做过学生会的副主席，大学期间也获得很多荣誉，讲课虽然不是最棒的，但是有自己的特点，娓娓道来，声音不错……没想到校长会给我这么高的评价，但我没有因此而沾沾自喜，而是通过校长的评价知道了自己的优势以及他们选人看重什么，也深刻体会到最后的成功是缘于四年的努力与积累，更加明白自己四年所做的、所经历的是很有价值的！在校长的提醒下给家里打了电话，这时候才发现自己有多么激动，电话那端的妈妈和我都流下幸福的泪水。我也真的特别感谢家人这些年来对我的支持，如果没有他们的支持，我再怎么努力也不会有那么多的宝贵经历和今日的成功，家人的理解和支持就是我最坚实的后盾！

我的故事并不曲折，但也有些领悟，所以也可以给学弟妹们几点建议：

大学四年的时间真的很短暂，一定要很好地利用它，让每一天都过得充实。努力学习，并且要积极参加课外活动，无论是学校还是社会上组织的一些有益活动，对我们的能力都是很好的锻炼。要把握好在大学里所拥有的机会，积极去争取，不要做一个默默的，只有室友和班级同学认识的人。不要相信那些"不挂科、不翘课的大学就不是完整的大学""大学里成绩不重要""参加那些活动没意思，浪费时间""学生会是黑暗的""入党没用，还得交党费"等等负面的语言，这些都是想要一生碌碌无为的人的想法，要学会吸收正能量，时刻记住结果是和努力成正比的，命运掌握在自己手中。知道自己想要怎样的人生，你就知道自己该怎样做了……

张媚，数学与信息科学学院数学与应用数学专业2014届本科生。理科部学生会副主席、《理响》编辑部主编、就业中心学生助理。曾获得专业一等奖学金两次，二等奖学金三次；获校"优秀学生"两次；获"创先争优，奉献世园先进个人""暑期社会实践先进个人""三好学生干部标兵"等称号；获英语话剧一等奖等。现签约黑龙江省大庆实验中学。

努力是为了更加顺利

◎ 赵绍梅

寄语：实力有多大，舞台就有多大，努力是为了更加顺利。

印象中的招聘季，是每年12月师大校门口让我心生敬畏的大展板的位置；是清晨6点钟昏暗的路灯下，学长学姐们西装笔挺，排着一直延伸到致知楼的长龙；是拥挤的招聘现场或自信或凌乱的眼神……总想着这些离自己还远，而时间却走得太快，根本无暇顾及我们内心深处的恐惧。此刻握着与青岛三十九中签订的协议书，我已然是走过生命中这个令人迷茫、焦虑的十字路口了，但沿途的故事不断地在脑海中浮现。

从大二起，我便期望毕业后能在美丽的海滨城市青岛工作，更向往能够凭借实力进入青岛市教育局直属学校当一名高中地理教师。这曾是那个阶段我较为远大的梦想。于是首先关注了山东省排名前三、青岛市最好的学校——青岛二中。虽然知道遥不可及，却倔强地总想尝试。接近一年的时间里，我天天都会登陆青岛二中的网站去寻找可以学习的东西、需要补充的知识。我也因此了解了翻转课堂的现状，知道了教育家孙先亮校长的一些故事。我执着地从中国知网下载了他所有的教学及学校管理的论文，用了大三一整个寒假的时间来研究孙校长的文章、著作，以及他给老师们推荐的书籍。为了这个遥不可及的梦想，我厚着脸皮向签约青岛市教育局各所学校的学长学姐们要来他们的简历研究，努力把自己塑造得和他们差不多优秀。用半年多的时间做完简历，又请师长、同学帮我一遍遍修改。说是在追梦，更像是一种追求卓越的痴迷。只是无情的现实让我伤心了很久，因为在招聘季开始之前得知二中不招聘地理老师的事实。如今想想，那段时光发自肺腑的难过，却恰恰让我在全国地理师范生教学技能大赛中发挥超常，一举夺得特等奖。

参加完国赛，似乎还没有喘口气好好歇歇，青岛市南区及市教育局的招聘便陆续袭来，一时间有些措手不及。更有来自同龄人之间的压力，身边山东生源的男生们早已接到市教育局各所学校的电话，然而身为女生的我并没有接到青岛来电。因为地理学科招聘名额较少，所以，我开始广泛撒网，向青岛招聘地理老师的所有学校和教育局都发了简历，对于特别想去的，发完简历之后还会给负责招聘的老师打个电话，并发一个长长的短信介绍自己。而我其实明白，假如所有学校可以任意挑选，青岛三十九中才是最好的选择。而这个最好的选择也需要自己去努力争取，我便默默地集中精力，像研究青岛二中一样研究青岛三十九中，研究白刚勋校长发表的文章，心又一次期待起来。

青岛三十九中刚有招聘动静的时候，我还在江苏苏州教育实习，打听到校长宣讲的第一站设在了西南大学，而离我非常近的华东师范大学却被安排在了第二站，从获得消息到第一站的面试只有一整天的时间，我可以选择跨越半个中国，说走就走去重庆，也可以选择等在华东师范大学的宣讲会，可谁都知道，就业季，等待便意味着煎熬。分析了利弊之后我毫不犹豫地选择去第一站。动车晃荡了一整个白天的时间，晚上8点，我一个人，出现在一个陌生的城市。等到宾馆住下已经快晚上11点了，来不及欣赏城市的夜景，也来不及紧张。

经过摸索我渐渐明白，简历是面试时展现自身独特的闪光点，这一点尤为重要。和校长面谈的时候，我首先介绍自己是来自陕西师范大学的，在江苏的苏州实习，如今特地赶到重庆。我注意到校领导们听后有些惊讶，因为那天偌大的教室一屋子人只有我一个外校的，这份真诚相信彼此都能感觉到。接着校长让我介绍大学期间的情况，我就开始从获得的奖学金、参加过的赛课、做过的科研、发表的论文开始说，发现领导们的表情并没有变化。着急之下我直接翻开简历对校长说："白校长您看，我有很好的地理素养，这是我搜集的西藏无人区的天然水晶，这是四川盆地的紫色砂岩，这是陕北的苏铁、芦木化石……"这时候校长终于笑着说："不错。"我继续表达自己很膜拜学校曾去北极科考过的武剑英老师，这时候校长兴致又来了，他向所有人补充："学校不仅有武老师代表中国的中学老师去过北极科考，还有一位博士两次考察南极……"后来结束之后，我有幸被白校长邀请一起共进午餐，在路上，我们的校助很吃惊地问我："你认识武剑英老师？"我不认识，可是我做足了功课。

青岛市教育局的招聘除了第一轮的校长面试环节外，还要到学校说课或者讲课。虽然全国比赛期间已经有过系统的训练，但我还是不敢放松。两轮环节只间隔一周，那一周我天天和也要找工作的研究生师姐霸占文渊楼空教室"押课"、磨课、练课。回青岛的火车上，讲课前一天的宾馆里，我还在争分夺秒地准备。或许真的是自己对青岛感情太深，虽然抽到了不是很有把握的《锋与天气》，但巧妙地利用自己作为土生土长青岛人的生活经验及回青岛试讲途中留心的天气现象，我尝试上了一堂十五分钟的乡土地理课。感情的投入和扎实的教学技能，帮助我取得了地理学科第一名的试讲成绩。

我想，找工作不仅仅是应聘季的事情，面试十分钟，底下四年功。假如没有"性别男"的优势，假如没有这样那样的捷径可走，那只能加倍努力让自己值得被珍惜。这个社会毕竟还是公平的，自身的实力可以弥补很多很多我们无法改变的劣势，实力能有多大恰恰掌握在我们自己的手中。

靠实力顺利签约青岛是我的梦想。虽然梦想总是遥远，但每每想起，总会为之感动并有所行动。而正是点滴的行动助我一步步地到达梦想彼岸。

赵绍梅，地理科学与旅游学院地理科学专业2016届本科生。在校期间曾获国家奖学金、明德奖学金、博学地理奖学金，连续六次获一等专业奖学金；在全国高校地理师范生技能大赛中以小组第一名的成绩斩获全国特等奖；获第二届西北地区高校师范生技能大赛二等奖、第六届免费师范生技能大赛二等奖；主持、参与国家级、校级大学生科研项目及"挑战杯"共四项；以第一作者公开发表论文四篇。荣获"优秀学生标兵""优秀毕业生""优秀学生干部""博雅英才"等称号。现签约山东省青岛第三十九中学。

踏实认真，从容淡定

◎ 何嘉棋

寄语：不必慌张，踏实地做好每一件事，做好准备，从容淡定，相信你必会成功！

相比之下，我的求职故事只是千千万万求职故事中非常普通的一个，并非跌宕起伏、惊涛骇浪，也非一帆风顺。它没有浓重的传奇色彩，却是我人生中一段难忘的经历。而在工作之后，我才真正感受到了现实与想象之间的差距，真正地体验到当老师的滋味。

心酸的失败

我是一个喜欢提前做好计划的人，暑假还没开始，我就已经在为我的简历和画册做各项准备：整理、拍照、排版；在广州实习期间，我尽可能挤出各种时间，周末和晚上，晚修坐班时，甚至是午休时，不断地背那本光厚度就足以让人望而生畏的复习资料，填满一份又一份空白的卷子，仿佛又回到了高三时代。10月初，我就开始频繁地搜寻各种招聘信息，发了上百封简历邮件，却总是石沉大海；好不容易接到一所学校的面试通知，却是一所不太满意的学校。偶尔传来某同学已成功签约的消息，心里更是急躁。

11月的某天中午，我突然在学校就业信息网上看到了一个令人惊喜的消息：佛山实验中学招聘。我是如此激动，按捺住狂跳的小心脏，咨询详情后，我迅速地订了第二天一早的火车票，又匆匆地收拾行李，赶上从广州奔往西安的火车。一路上，我乐不可支，在心里幻想着各种美好的未来。

面试当天，本来淡定的我在宣讲室内越坐越紧张。本以为我会有一定的优势——陕师大免费师范生，佛山生源，成绩优秀，拿过国家奖学金和其他各种奖学金，还有同学们的鼓励……但当我看到越来越挤的教室、越来越多身着正装的竞争者，接近四分之一都是为那唯一的美术教师岗位而来，全是研究生学历、屡获嘉奖、作品优秀……我知道我大错特错了，我的对手都没那么简单。在首轮面试中，面对着一直低头翻看简历、没有任何问题的面试老师，觉得应该说些什么来打破那尴尬的气氛，却不知道如何开口，纠结之下，我结结巴巴地说了几句类似自我介绍的话，具体内容我忘了，只有非常糟糕的印象。我非常失落，却又期待着那可能性不大的电话响起。

果不其然，第一轮我就败下来了。我非常不甘心，我不想放弃！于是下午我也去复试教室外等候着，直到5点多，我抓住机会，鼓起勇气，厚起脸皮，诚恳地对校长说："校长，我非常希望能够加入贵校，当我知道贵校来西安招聘，我就专门从佛山赶过来，也等了一下午，请您给我一次机会！"亲切和蔼的校长感受到我的诚意，宽容地给了我一次机会，直到现在我还非常感激她。复试中，除了自我介绍以外，校长提了一个问题：在教学中最深刻的一点感受。我一边听学长学姐的回答一边思考，他们的回答都很优秀，但我希望能够回答出一个特别的答案，于是我就回答了我对上课方面的独特感想。最后，有个学长还进行了专业展示，他扎实的专业功底实在让人佩服。

毫无意外，最终我是落选了的。但我没有遗憾，没有不甘，我知道我已努力过。那一次的失败也为我积累了经验，让我看到了自己的不足：一是我应更踏实、充分地做好准备，提升自己的专业能力；二是我轻敌了，也紧张了，我应更大方冷静地面对面试官，展现我最优秀的一面。

折腾的成功

从西安匆匆回到实习学校后不久，佛山市顺德区教育局的面试电话给我重新注入了能量。我吸取了之前面试失败的教训，更加稳定、从容地应对考试。

11月27日，黑压压的招聘现场里是与外面极其相反的闷热，沉闷的低气压贡献了足够多的紧张感。

好不容易过了简历面试关，还要进行十分钟的专业展示，当接到试讲通知时我很吃惊，但还是尽快让自己冷静了下来。我选择画速写，快速地买好工具后，连中午休息时间都在不断地进行练习。下午考试开始，我的竞争对手展示国画，看到她齐全的工具，我内心的慌张与不安有增无减，但我拼命告诉自己：淡定，集中精神，我可以的！此轮考试结束，新一轮考试又要来袭。免费师范生的绿卡在广东省竞争高压下并没有任何优势，无须笔试的消息再次被推翻。而这次我紧张之余还庆幸自己有所准备。无论是在何处，甚至在地铁上，考试前的时时刻刻我都一直在复习、做题。接到卷子的那一刻我紧张至极，笔试难度相当大，我只能凭着模糊的印象自由发挥完成考试，却把握不大。

收卷钟声的响起意味着折腾了两天的考试结束，紧接着便是最煎熬的等待。我焦急不安地在教学大楼前徘徊，秒针在滴答滴答急躁地行走，而我的胸口越来越烦闷，呼吸越来越急促，心跳也越来越强烈，我忐忑不已、坐立难安，却又不敢远离一步，担心离开后无法第一时间收到消息，我就在这样强烈的矛盾中等待着。突然，校长和老师迎面微笑地走来，对我说了一句非常动听的话："欢迎你的加入！"瞬间，那根紧绷的弦放松了，那颗不安的心也放下了，我想哭，想大喊，我成功了！

忙碌的工作

签约学校的跟岗培训让我深深了解到现实与想象的距离，也让我对美术教师有了新的认识。

跟所有教师一样，每天我从睁眼到闭眼都在忙碌，刚开始实在是有点难以适应。美术教师的工作超出了我的想象：正常的上课、备课，各种会议和宣传工作，与学生的沟通以及培训，占据了大量的时间；课堂与学生管理也是新老师需要学习和突破的难点——突发状况、学生的不配合以及幼稚的设计等，使教学设想的各个环节并非想象的那么容易，学生纪律也是一个让人头疼的问题；课改成为我们努力学习的重要内容。逐渐地，我适应了校园的忙碌，也开始对自己的未来有了新的目标和希望。而正是这些忙碌和困难，让我深深地体会到看似轻松简单的教师工作，实际上是如此繁杂而重要，每一位教师又是那么值得我们敬佩。

我接触了形形色色的学生，最大的感受是现在学生与我们过去大不一样了：在孩子个性与娇气逐渐突出的当今，如何与那些青春叛逆的孩子沟通实在让人挠破脑袋；看着讲台上那气场强大、散发出强烈领导气势的学生干部，不得不让人发出惊叹，同时感叹时代进步了……

我深深地体验到美术教师的工作与想象差之甚大，成为一名优秀的教师绝非如此简单，未来的道路还非常漫长，我还有非常大的进步空间，我需要明确自己的目标和任务，踏踏实实、认认真真地学习，不断地发展自我，努力成为一名优秀的人民教师。

我的这些求职以及短暂的工作经历，再次说明了一个道理：踏踏实实地做每一件事，时时刻刻准备着，认真努力地对待生活，生活也会认真地对待你。

何嘉棋，美术学院美术学专业2015届本科生。曾担任美术学院学生会宣传部副部长，曾获国家奖学金、明德奖学金、华藏孝廉奖学金和一等专业奖学金，被评为"优秀学生""优秀毕业生"。现签约佛山市顺德区教育局。

"执"走洛阳城

◎ 李露露

寄语：如果不逼自己一把，你就不知道自己有多优秀。始终告诉自己：不忘初心，方得始终。

我叫李露露，在校成绩、表现都很一般，没有让人惊艳的外表，也没有可以让人眼前一亮的成绩，混在人堆里，更别提什么回头率。我的性格，可以是成熟理性的，也可以是乐观外向的，说刁钻任性也不是不可。我曾跟家人朋友信誓旦旦地说："毕业之后，我一定死守洛阳城。"结果大家都笑了。2016年1月7日，成功签约洛阳东升二中，我终于做到了，但是很少有人知道，求职路上，我曾三次"执"走洛阳城。

一 "执"走洛阳——初见理工附中

我是洛阳栾川人，作为一个女生，我没有勇气跨省，甚至也没有想过要去洛阳以外的地方。都说省会城市郑州往往不给编制，作为河南第二大城市的洛阳就成为很多人争抢的目标。在2015届毕业招聘现场，我发现有很多学长学姐给龙湖一中投简历，还有好几个是陕西人。那个时候才意识到，跟我竞争的并不只有河南的免费师范生，很多学校也很欢迎高学历研究生和外省的优秀师范生。

去年选择实习学校的时候，我打听到一些学长学姐在洛阳实习留校了。但是很多人也说最好不要去你想去工作的学校实习，因为可能会暴露你的缺点，几番纠结之下，我还是选了理工附中，我想赌一把。

那是我初见理工附中，在那里遇到了我的师父。他对教学的严谨态度，还有不将就的工作作风，深深地感染了我。曾跟着师父参加各种教研会，听过很多公开课。办公室老师常拉着我谈他的导师杨成印；化学教研员谢老师跟我讲房喻校长的故事，他说做了十几年的科研，对他影响最深的人就是房校长。不知不觉我开始喜欢上了这样的生活，我希望有一天可以成为像他们那样优秀的人，我想跟着师父学习进步，想跟教研员学做科研。因此，在实习期间，我了解了很多学校的大致情况。总之，第一次"执"走洛阳，我还是挺欢喜的，只觉得时间太短，我还没准备好。不过我在心里告诉自己：我一定会回来的！

二 "执"走洛阳——撞了南墙心不死

实习回来后，我更是"身在曹营心在汉"。12月5日，母校要来西安招聘，虽然之前也曾跟我联系了好多次，但是我一直没有给出明确的答复，家人都劝我回我们县城，怕最后找不到工作，栾川一高都不要我了。可我不甘心，市里面有师父，有痴迷于科研的教研员，有很多县里面达不到的教学条件与师资，我渴望成长，渴望进步，渴望发展的空间。如果回去了，我可能一辈子都出不来了。说实话，我不愿意。那个时候家里的电话都快把我逼疯了，即使这样我也想要赌一把。双选会上我放弃了回母校的最后一次机会。次日便回了洛阳，教育局招聘往往在年后，如果不想太被动，就必须提前回去争取。

再回洛阳，我的目标是洛阳三大名校。据说洛阳第一高级中学（以下简称洛一高）有一个化学名额；理工附中化学组好多年没有招聘化学老师了；东方高中有六个空编。

第一站：理工附中。校长留了简历，说回去等通知，人多了再集中安排试讲。其实试讲也是心里有个底，具体要等到教育局统一去各学校招聘才能决定。

第二站：东方高中。门卫不让进，校长电话打不通，认识的老师正在上课，无奈给校长发了短信，很久没有回复，再打过去就直接挂断了。所以结果就是，大冷天的，在校门口待了快一个小时，连大门也没迈进去一步。不过这件事也让我明白了，不是任何一扇大门都会热情地为你打开，去找别人的时候，最好还是提前预约好。

第三站：洛一高。学校倒是进去了，教学副校长正在听一个报告，发完短信，我在楼下等了三个小时，散场后，收到了回信。说还有事先回去了，让我把简历放门卫室，我知道如果把简历放门卫那里了，十有八九会变成废纸，所以我第二天又去了一趟学校。校长的态度跟第一个学校的校长一样。虽然还是没有争取到试讲的机会，但也明白找工作这种事，你不积极，没人替你积极。

最后，又去几个二流名校投了简历。这次洛阳之行，我才明白找工作远比我想象得辛苦，洛阳是我们学校的实习基地，但是相比于陕师大的毕业生，有些学校更愿意接受西南大学的毕业生。这次求职过程中就有位校长说：我们学校现在的免费师范生是一年不如一年了。我怎么都觉得这是个非常不公平的评价。联系过很多学校，有的直接说没有名额，有的连学校大门都没进去，还有学校很直接地说："其实我们想招一个男生。"后来我才知道，在我之前，华中师大已有一个男生去洛一高投了简历。不得不说，这次洛阳之行，依然不顺利。我深深地意识到，我现在唯一能做的就是回去充电训练。于是我又回了西安。不是放弃，而是为了下一次更好的相遇，也许我就是这样，撞了南墙心不死。

三 "执" 走洛阳——坚持我想要的

回来后，我用了半个月的时间练习备课讲课，重点准备必修一和必修二的内容。感觉差不多了，我决定再回洛阳，有了上次的经验，这次把目标放在了普通高中和初中，只有留在市里，才会有更多的机会。于是我开始搜集各学校的联系方式。但是这一次的结果依旧不理想，听说一些驻马店的、商丘的、平顶山的同学也来洛阳找工作了，情况跟我的一样。在大街上晃来晃去，似乎每一次回到洛阳，我的信心都会大打折扣。有那么一刻，感觉所有的坚持、坚强全部崩溃了。我给家里打了电话，开玩笑地说：我想考虑小学了，如果要留在洛阳必须这样的话。爸爸说我没出息，他宁愿我去外市，进一个好一点的高中。其实大学这几年，化学就像我的血液。想到有一天如果要放弃了，真的很难受。开封、许昌等一些地方学校也曾向我伸出了橄榄枝，可是家在洛阳，那里就有了一份牵挂。不到最后一刻，我如何都不死心。于是我就这样抱着简历，走在大街上，很迷茫。

第二天上午，朋友打来电话，说明天洛阳市教育局来学校招聘，毫无预料，毫无准备，这一天就这么来了。我立马收拾行李，坐上了回西安的列车。我不知道接下来等着我的是什么，我也不知道最终我会不会去小学，或者说小学会不会要我。内心依然很迷茫，但是这一次，却又无比平静，或许这就是所谓的顺其自然吧！

那天，我顺利签约东升二中，那是洛阳市一所知名的老牌初中。直到3月28日河南省免费师范生招聘会，我才知道，郑州市原来也可以有编制，而且招十几个化学教师，而洛阳只要两个。也许有人说我太着急了，要不要去郑州看看。可我就是那个为了两个而放弃十个的人，因为我知道这才是我想要的。

求职感悟

三次"执"走洛阳，终签约成功，看来我的坚持没有错。之后，我再次回到了理工附中，临走时，校长对我说："不忘初心，方得始终。不管什么时候都不要忘记找工作时的那份激情与憧憬。"这次求职经历，也是一段艰难的心路历程，现实很残酷，但我们无法逃避。求职不顺利，也不要心急，不要灰心，也许结果并没有那么糟糕。不管任何时候，你都要知道什么是自己想要的，是自己有能力追求的，什么是我们必须放弃或者可以保留想法的。有句话这样说："人生最大的悲哀就是轻易放弃了不该放弃的，固执地坚持了不该坚持的。"所以，找工作之前要对自己的目标与能力做出合理的分析。学会坚持，但也要学着接受退而求其次。不轻言放弃，但也要知道哪些东西必须要放弃。耐心等待，机会总会来临。不断充实自己，给自己打气，很多时候会有意想不到的结局。"如果不逼自己一把，你就不知道自己有多优秀。"这次求职经历，我觉得这句话说得真的太赞了。

李露露，化学化工学院2016届本科生。现签约河南省洛阳市东升二中。

迟 卉

◎ 刘婉莹

寄语：机会要自己争取，它不是等来的。要抓住机遇，也应该学会尝试。放大胆子尝试，擦亮眼睛选择。

谁说迟卉不会开花？她只是开得晚了些。

4月下旬，距离毕业还有不到两个月的时间，我也总算给自己找了一个满意的"归宿"。想起来父亲曾经说过："你总是要大费周折一番，终而幸运地捞到一个没那么坏的结果。"也确实是这样。从2017年10月到2018年4月，辗转重庆、广州和西安三个"战场"，一趟又一趟飞机来回飞，还被老师戏称"空中飞人"的我，终于怀揣着激动的心情，让自己的求职完美落幕……

求职路，很长。

或许我的求职故事要从大三初始，成为毕业生就业指导服务中心的学生助理算起吧。整整大三一年，接待了不下百家教育局和单位，有西安市的，还有沿海发达城市的，这让我如在花花世界里一般迷了眼。那个时候自己很膨胀，以为老师随口一句"你很优秀呦，明年我一定还找你"，就以为明年可以录用我，但事实上那家教育局甚至没有免费师范生的招聘计划；那个时候自己同样很纠结，看着学长学姐艰难找工作的历程不免有些心虚，没拿过奖学金，没有什么学校社团和学生干部工作经历，谁会要一个平庸的我？

但我想我还是幸运的，是就业中心给了我梦想的平台，也是就业中心让我的梦想生根发芽，让我不再膨胀，埋头做事。我幸运地遇到一群志同道合的人，我们一起熬夜加班，一起见证成长，一起互相打气描画蓝图。也幸运地遇到了给予我莫大帮助和指点的老师，让我下定决心，去自己最想去的城市——广州。

身为河南省的免费师范生，去广州着实承担了不小的压力。为了不给自己留退路，我拒绝参加所有郑州市和洛阳市教育局的招聘，我在心里告诉自己，把所有的路都堵死了，才会有背水一战的勇气。但是现在回想起来有那么一段黯淡无光、仿佛全世界都抛弃自己的日子，我发现不顾一切未必是一件好事，要学会有所保留，起码最后不至于摔得那么惨烈。

第一次参加招聘，是2017年10月。广州市"优才计划"，地点在西南大学。我在自己的日志里写下："暂且说大胆吧，可似乎心里就是这个答案了。就算不成功，也为曾经的付出而不后悔。愿此去西行，不负过往，不负所望。"

广州市的大部分教育局都是统一公开招聘，社会人员和应届毕业生同时进行，这无疑是一个大挑战。当时还一心想着非高中不去的我，果断"初生牛犊不怕虎"地报考了在广州排名前三、高考重本率稳居百分之九十五的名校——广州市第二中学。一个多月复习，借鉴学长报考"优才计划"的经验，我把重点放在了教育综合方向，结果考试却是一套高考题，高考题中还穿插着大学的文学史、语言学知识。尽管只有单选多选和判断，但是巨大的题量把我搞得晕头转向。三个小时的考试时间，完成二十页左右的题目，出了考场，我只知道自己累虚脱了，脑袋里空空的，只想着要不要把机票提早。一边觉得希望渺茫，一边又安慰自己没关系，第一次参加招聘会总是来试水的。回到酒店倒头就睡。下午是被朋友的电话惊醒的，他说我进入面试了，而且是第二名！我完全没有预想到会有这样的结果，到了第二天我看到面试名单，六个齐刷刷的硕士研究生，只有我一个本科生，我更是惊呆了。

"没想到我大学成绩平平，还能这么有潜力？看来我还是不错的嘛！"我又开始飘飘欲仙起来。然而在我尝了甜头之后，现实随即就给了我当头棒喝：面试内容是说课，而说课的课文是我从来都没有接触过的，我连说教材、说学情都无法下手，更何况只有十五分钟准备时间，光是读懂文本（是一篇文言文）就用了大半，别说解读了。进入面试室时，我的脑袋又是一片空白，完全不知所云。

毫无疑问，这次面试以失败告终。那是我最想去的一所学校，也是我一提起便会热泪盈眶的学校，是我最美的梦，就这么，破裂了。

但这次失败却让我开始反思，我开始更踏实地练习说课、讲课，我开始看粤教版的语文教材，我开始从基础做起，看书，做题，磨课。

那株迟卉，开始不动声色地吸取养料，不动声色地慢慢生长。

求职路，很难。

压力这个东西向来是最奇怪的，它让从未接触粤教版语文教材的我从必修一看到了选修十二。有时候我也会质疑这样做到底为了什么，就是那个所谓的单纯的梦想？就是那个未来自己8点上课可能6点就要起床挤地铁3号线（全广州最拥挤的地铁）的城市？我为什么不回到自己的小城，安安稳稳又安安逸逸地生活？

是啊，广州对于我来说似乎成了最后一根稻草，时刻有救命抑或者压死我的可能。因为广州，我放弃洛阳市教育局招聘，还签署了所谓的"自愿放弃工作分配协议书"，因为广州，我放弃郑州条件优渥又对我赞赏有加的伯乐学校，因为广州，我放弃了太多太多……

可是上天并不会因为你背水一战而怜悯和帮助你圆梦，反而一次又一次打击，一次又一次让你的伤口暴露，灼烧，让你的心如同针扎进了指尖的神经末梢，十指连心的疼……广州市铁一中学，笔试不过关，被拒；广州市执信中学，简历都没有收我的，被拒；从化区教育局，我认为最重要的在于文本解读，最后却被告知他们希望听到的是基础知识的讲授，被拒绝；南沙区教育局，第一次接触小学教材的我，试讲内容是《黄鹤楼送孟浩然之广陵》，短短四句话让我在面试室里本着求生的欲望尬课十五分钟（要求二十分钟讲课，现场准备二十分钟），再次被拒绝。

我跌入了谷底，我果真是太差。从广州飞回西安的那一晚，为了一张打折机票我滞留在了机场，外面下着大雨，像极了言情小说中的桥段，我一个人淋着雨拖着行李箱，也不知道自己的脸上是泪水还是雨水。也就在那个晚上，我又看到了广州市第二中学的招聘计划，决定再厚着脸，为了自己那点卑微的梦想，将我的简历发送了过去。也就是在那一晚，我开始，向死而生，死而复生。

高考题，说课，结构化面试，我每个环节都不会放过，高中课本、初中课本，甚至小学课本我都没有放过，我想赢，太想赢了。

上天终是没有辜负有心人吧。群面、资格审查、笔试、说课，每一个环节我都顺利脱颖而出，最后进入校长面试环节，有位老师好奇地望着我说："我是不是在哪里见过你呢？"我一下子红了脸，害怕校长会因为我参加过一次招聘而再次把我拒绝。幸而旁边有位年轻的老师帮我解了围，一切化险为夷，我被录取了！

谁说迟卉不开花？她只是慢了些。

我想我应该感谢那段黑暗的经历，让我直面挫折，直面黑暗。也正是这些挫折成就了我吧，让我明白，其实梦想她一直都在终点等着你，等着更加完美的你，更加坚定不移的你，更加强大的你。

加油，不完美的你！加油，那朵小迟卉！

刘婉莹，文学院汉语言文学专业2018届本科生，已签约至广州市黄埔区会元学校（广州市第二中学教育集团）。

你若盛开，清风自来

◎ 聂晓凤

寄语：韶华易逝，学到的知识和增长的见识才是永恒。把握和珍惜现在，才能在未来立足。

新勇活动中心前的蔷薇开了四个夏初，再也到不了第五个；学府大道上肚子圆滚的、跳来跳去的麻雀不知换了几茬；女生院的小猫已经当了猫妈妈，新的一群小猫我们已不认识。坐在图书馆窗前端一本书沐浴午后阳光，微微打个盹的日子已不再多……四年的"来来回回"，如今，只剩下了一个"回"。曾经，初中的我们向往高中青春洋溢的岁月年华；曾经，高中的我们憧憬大学五彩缤纷的校园生活。如今，站在大学末班车上的我，只想抓住大学的尾巴，不愿离开。

四年的时光转瞬即逝，就像握在手中的沙子，你越想攥住它们，它们流走得越快，如今只剩下最后的几颗沙粒摊在掌心，6月的风吹过，便会将它们带走……回首，留下的是什么？是你走过的路，看过的风景，接触过的人；是成长后的蜕变，是知识的积淀，是思想的成熟……

大一大二时懵懵懂懂，大三终于如梦方醒，开始懂得珍惜与努力。自幼就喜欢在家里的小黑板上写写画画，幻想着台下坐了很多小朋友听我絮叨，后来高三时畅谈未来，同学问及对未来职业的想法，我想也没想，"当老师"脱口而出。这一切美好的憧憬，当我步入师大成为一名师范生时，终于有了兑现的可能。可是，大三下学期，我发现现实并不是预想得那么美好。

　　大三下学期是师范生技能训练提高的重要阶段，怀揣着对站上讲台或慷慨激昂，或娓娓道来，或妙趣横生授课的憧憬，我们开始了教学技能的训练。当打开高中地理必修一的课本时，我发现站在高中知识这扇大门前，自己是那么渺小！想要给人一碗水，就要有一桶水，可是我的碗里只盛了还不到半碗水！高中地理课本的每一章对应的都是大学课本的一整本，大学的知识高屋建瓴，高中的知识更"接地气"，想要对高中的知识有宏观的把握和深刻的认识，就必须有更深厚的知识积淀。我着急了，心如火焚。回想大一大二时在课堂上睡过的觉，拿起自己完全陌生的书，我发现，走着走着，我早就把初心丢了，又何谈梦想？

　　那段时间，仿佛坠入无边的深渊，周围一片漆黑，我在呼喊，但只能听到自己的回音和感受到耳畔阵阵袭过的寒风。只有自己才能救自己。于是，从高中的第一章开始，我重新学习每一个章节，根据高中的知识，找到大学对应课本的章节，重新认识和学习那些似懂非懂的知识。知识学会了，并不够，离一堂精彩的课还差得很远。没有任何实战经验和讲课经验又如何设计一堂课？一开始，只能模仿优秀教师，泡在电子阅览室，从网上找优秀教学视频。华师慕课、星韵地理网等都是不错的平台，看不同老师对同一节课的不同演绎方式；从知网上搜索同一节课的多个教学设计和评课，学习教学设计的规范写法。有了大学知识的支撑和优秀示范课的指引，我开始设计自己十五分钟的模拟课堂。虽然只有短短的十五分钟，可是设计起来是那么漫长和艰难。种种问题浮现出来——优秀的东西太多，想要借鉴，筛选成了问题；梳理出来的思路和内容发现都是借鉴，自己创新的又太少；学生活动的设计太少，设计了也如同为了设计而设计……种种问题指向了一个方向，就是实践经验太少。所以把自己关在中午下课后的空教室里，反复试验不同的讲课方式，斟酌每个环节、每句话……

　　我知道这段日子，是灵魂拖着肉体在向上攀升。从一次次小组练习讲课大家的表现、讲课的互评中，我看到了每个人或多或少的成长和进步，心情灿烂得如同阳光下的格桑花海。然而伴随着成长的是新的挑战——赛课。每个人都在努力，如何脱颖而出？在这之前的讲课，说成是模仿优秀中学教师的课更为贴切，而此时应该有所转变了。在所有的课题里，我选择了比较陌生的一个课题——生态农业来挑战自己。课本中以案例的形式呈现其原理，结合教学方法论课程中老师讲到的内容，"乡土地理案例教学"在脑海中浮现出来。课本有案例，那是课本的，如果我换一个例子呢？想起了前两天做的一道有关洛川苹果生态农业的地理题，基于此地理题创建洛川苹果案例的想法形成。接下来是整整两日的材料搜索。案例的创建是一个材料搜集和信息重新整合的过程，想要的和找到的能否成功对接是案例能否创建成功的关键，我对当地实际的一些问题还是存有疑惑，很是着急！怎么办？总不能跑到洛川？打电话！洛川果业闻名全国，网上有不少果农的销售电话，搜出来，挨个打过去询问，终于，打了四五个电话以后问题迎刃而解。案例课程终于准备好，经过小组选拔进入了学院赛课。

学院共举办了三次赛课。从起初的焦虑变为后来的从容，从煎熬变为享受。三次赛课，我看着新勇前的格桑花开始长出花骨朵儿，含苞待放，再盛开，我们也悄然成长，迎接着即将到来的毕业季……

山清水秀、气候宜人的海边城市烟台，是我将来想要生活的城市之一。烟台唯一一所市属中学烟台二中无疑成了我的目标，它的面试是模拟课堂试讲十五分钟，面试评委给出题目和一本新的课本，我们准备半小时，直接试讲。我试讲的内容是前两天在实习的学校听的一堂公开课，并且在大三练课期间也讲过，所以结果是毫无疑问的。面试成功后，还要去学校给校领导和教育局领导讲课。和之前面试是一样的流程，不同的是，这次讲的内容没有接触过，但是并不紧张，经历了大三的磨课和大四的教育实习，半小时内准备十分钟左右的内容相对会轻松些。过程的设计中，我加了地理版图的设计，当讲课时在黑板上画出自己练过多次的版图时，我看到下面的老师笑了，我知道，烟台二中便是以后我工作的地方了。

今年的格桑花好像播种得比去年晚了一些，不知道此刻的你还剩几个可以吐槽师大石楠的季节。我们总是对未经历过的事情充满志忐又怀有期盼，这也是未来的迷人之处。未来不可预见，但是现在你的所做所想，就已经在改变着你未来的轨迹。所以，亲爱的你，你若盛开，清风自来。

聂晓凤，地理科学与旅游学院地理科学专业2017届本科生。大学期间担任班级团支部书记，获明德奖学金和专业奖学金。现已签约烟台二中。

梦想的路，用信念去走

◎石　锐

寄语：低头需要勇气，抬头需要实力。

求职的第一关是投简历，而我的这块"敲门砖"投得并不怎么顺利。2013年11月8日，我们统一到招聘会现场给有意向的学校投简历。那天下着鹅毛大雪，公交车开得出奇地慢，而我一着急竟早下了一站。深深浅浅地踩着雪，好不容易走到招聘会现场，一进门就被乌黑黑的人头给惊着了。一想到自己已经落后了一拍，也顾不上周围的环境，就立刻投身到投简历的大队伍中。我记得自己在给第一个学校投简历时紧张地连自报家门这样的小环节都结巴了一下，不过幸好来招聘的老师态度和蔼，消除了我的紧张感，渐渐地我也恢复了状态。半个多小时后，我把自己的简历全部都投了出去，不知道自己是怎么走出会场的，只记得脑子里一直在想：会有几个学校给我打电话让我去面试呢？

怀着忐忑的心情，捧着电话等待消息，时间真的过得好慢。从下午6点一直等到晚上8点多，连个短信都没有收到，就在我开始胡思乱想的时候，熟悉的铃声把我拉回现实，我终于接到第一所学校的通知，让我第二天去他们学校面试，即准备某一篇课文的说课。之后，又接到两个学校的通知。在挂掉电话的时候，我有一种莫名的胜利感，虽然我知道这只是万里长征的第一步，可是现在每一个机会对我来说都可能是成功的突破口。那一晚也许是太兴奋，当然也夹杂着紧张，准备好第二天的面试内容后已经是凌晨3点了，可我竟一点睡意也没有。

第二天，我按时来到面试的学校，发现来的人很多，不过还好，应聘语文教师的算上我只有七个人。说课面试氛围营造得很紧张，一个一个进，由两个老师面试，剩下的人在另外一间教室等着。按顺序我是第三个，候场时，我不知道自己在想些什么，脑子里一片空白，这种状态一直持续到我站上讲台。我看着两位比较亲切的老师，说着昨晚准备的内容，当我看到老师流露出赞赏的目光时，不禁信心大增，以至于在之后的提问环节我都超常发挥。

果然下午接到了老师的通知，让我星期一进班试讲。听到这一结果的时候，我仿佛看见胜利的曙光，觉得一出师就会旗开得胜。但为了保险起见，我在周日还是去了第二所学校面试。来这所学校应聘的人更是出奇地多，我比通知的时间早来了十多分钟，可是到等待见面的地方一看，前来应聘的人已经都把教室坐满了，我边找位置边感叹这好学校果然是人人都想进。我刚坐定，就有老师上台讲话了，原来今天只是一个应聘者和校长的见面会，因为投这个学校的人太多了，而校方也十分重视此次招聘，所以先开一个见面会，然后再由各学科组长负责面试。其实初次面试很轻松，只是了解了一下基本情况，然后通知星期一来笔试，这才是正式的初步考核。

听到这一通知后，我就一直在纠结，不知道该如何取舍，原来幸福一次来得太多也是一种负担。坚持第一所学校，我的机会会大一些，可是我又不想放弃第二所学校，毕竟学校好嘛！在和家人商量一番后，我们决定去机会更大的第一所学校。又是一夜的奋战，第二天我还处于备战的紧张状态时，突然接到老师的电话，原来是确定我会不会去试讲，因为之前安排的一个学生没有去。或许是因为突然少了一个竞争者的原因，我对这次讲课更加充满信心。我试讲的班级是高二的一个班，来听课的老师有七八个，要说不紧张那是假的，但或许是新老师的新鲜感刺激吧，那个班的学生十分配合，课文艰涩难懂，我讲得深入浅出，即使是被我点名的学生，也能很给力地将问题分析得头头是道。总之，我对自己第一次上的完整的高中课十分满意。下课后，我向一个听课的老师询问意见，她对我也很肯定，这更加使我坚信自己可以打个大胜仗。然而生活总是喜欢和我开玩笑，教务主任告知我，他们在之前已经招了一个华东师大的语文老师，所以他们并不是十分缺语文老师，如果一定要招，他们想要一个男老师。话已至此，我明白这所学校已经向我关上了大门。

我知道求职之路不可能一帆风顺，但这次失败带给我很强烈的挫败感。在回家的路上，我一遍遍质疑自己的能力，我开始怀疑自己是不是真的不够优秀，如果足够优秀，性别问题根本就不是拒绝我的借口。为了这个第一次，我放弃了比它更好的学校，我不知道还有没有机会再去试试别的学校。就在我胡思乱想时，妈妈告诉我第二所学校通知我明天去说课面试，原来人家考虑到学校之间的招聘在时间上会有冲突，所以给了我们第二次机会。那一刻，我感觉自己的生活里又照进了阳光。人生不可能总是称心如意，但坚持朝着阳光走，影子就会躲在后面。我对自己说：再坚持一下，你一定可以的。

抱着这样的信念，我开始准备第二天的说课。今天的大起大落，再加上这几天的熬夜奋战，我知道自己在身体和精神上都已经到达了极限，但我就是不服，我不相信自己会就这样失败。抱着这样的信念，又是一夜苦战，第二天带着一双"红眼"就去面试了。这次的面试，是我这几场以来最紧张的一次，因为我听到自己的声音都在发颤；台下坐着六个老师，看着他们严肃的表情，还有时不时低头写几笔，我的心里就更加没谱了，连我自己都发现语速在不断加快。中间一次写板书时我告诉自己：最后一搏，只许成功！这样一次短暂的修正，让我平静了许多，再说起课来，表现就从容些了。走出面试场的时候，我忽然觉得自己淡然了许多，这种淡然我归结为一种成长。

对于这次自己说课的表现，我没有十分的把握，不知道自己有没有机会进入下一轮，但对自己还是比较满意的，至少在孤军奋战时，我依靠自己，相信自己，自己给自己鼓劲，就算失利，我也不会像上次一样质疑自己。在这样的状态下，我接到了学校的电话，让我第二天去校长办公室面试。接到这个电话，内心的激动是不言而喻的，但还有一种平静，因为我知道这是迈向求职成功的最后一关，也是直面淘汰的时刻。第二天的面试我是第一个，校长是比较和蔼的，在回答问题的过程中我感觉更像是一种谈话，而且他说的比我说的要多。面试过后，我坐在休息室里等待结果，从早上10点一直到下午6点，这漫长的几个小时对我来说更是心灵上的折磨与考验。我一遍遍回忆自己面试时的表现，说真的这是我几场表现里最不好的一次，不知道是紧张还是兴奋，总之想表达的没有完全表达出来，我知道自己希望不大。中间有几位应聘者在面试之后就走了，可我一直想等到最后的结果，因为在内心深处我还是不愿否定自己，就算是完败，我也想直面一次。

终于等到宣布结果的时刻，我感觉自己连呼吸都忘记了，直到听到自己名字时，我还不敢相信这是真的。因为前一次的失败，让我对这一次的成功有些胆怯，我怕又是空欢喜一场。这种不安的情绪一直持续到我和校方签订就业协议书的那一刻。我一遍又一遍看着写好的协议书，默默地告诉自己：成功了，你已经顺利签到工作了！以后的职业生涯，你要好好地拼！别忘了它来得多不容易。

这就是我求职的故事，没有扣人心弦的开头，没有惊心动魄的过程，更没有感人至深的结局，但它之于我却是独一无二的。每个人都有一条属于自己的路，我们不知道下一步应该迈向哪儿，也不知道下一步迈出去会有什么结果，所以我们往往选择静待别人迈出步伐，或是踏着别人的脚印。但请别忘了，在你驻足时，别人已经越走越远；当你亦步亦趋时，走的却是别人的路，不是你自己的人生。所以，请回到自己的轨道上来，勇敢地迈开步伐。

有的路，是用脚去走；有的路，是用心去走；而有的路，要用信念去走。绊住脚的，往往不是荆棘和石头，而是心；牵住心的，往往不是挫折和失败，而是信念。前方渺茫，有梦想就可以照亮，追逐成功，让信念拼搏在路上！

石锐，文学院汉语言文学专业2014届本科生。曾获二等专业奖学金两次、"优秀学生"称号两次。2012年在"我心中的十八大"主题征文大赛中荣获一等奖；在第四届全国大学生语言文字基本功大赛中荣获三等奖。现签约乌鲁木齐市第十九中学。

守望之间

◎吴　蒙

寄语：当别人停下来看风景的时候，我们依然在奔跑。

黑夜

凌晨4点，一弯冷月静静地悬挂天边。

现在还没有人，作为第一个到达招聘会现场的我，有点紧张，"怦怦"的心跳声在空旷的夜里格外响亮。借着文津楼里射出的微弱灯光，抬头看看楼上悬挂的欢迎各招聘单位的横幅，我抱紧了怀中提前做好的"功课"，暗暗告诉自己：今天是破釜沉舟的一战，无论如何必须要在安康众多的学校中，成功签约一个。既然黑夜给了我一双黑色的眼睛，那我便用它来寻找光明吧。坐在楼前台阶上，寒冷、忐忑拼命地钻进单薄的正装。我温习着提前备好的课程，计算着自己投递简历的顺序，调整自己的状态……

破晓

现在是5点50分，漫长的等待已经过去了近两个小时，身上的热量现在已经完全没有了，紧张的情绪也被寒冷冲淡了许多。手中冗长的历史年表，对我不具丝毫的吸引力。

求职大队壮观了许多，大家自觉地绕过楼前的花坛，排成了一条长长的"S"形弯道。细细观察，大家都很重视今天的招聘，为了展现自身的气质，有的同学甚至穿上了套裙，破晓前的最后一点亮光映着她们瑟瑟发抖的身影。我想到了曲婉婷的《没有什么不同》："虽然没有天生一样的，但在地球上我们是一样的，尽管痛的苦的没说的，但哪有一路走来都是顺风的。"他们或许和我一样，两个多月的求职，百味杂陈的心境，造就了今天的干练和果决。

日光

8点，投放简历开始了。

我抱着准备好的简历，直奔安康市的A、B、C学校就去了，很遗憾，前来招聘的老师还未到位。虽然打定了主意，今天无论如何都不会回母校，但还是精心设计了一份简历，希望自己用大学四年做出的答卷，不让母校失望。估摸着时间还早，看了看自己剩下的简历，那就留给西安和咸阳的几个学校吧。

9点半再次回到安康市学校（B、C学校都在一个教室）的招聘现场，老师翻看着简历，他们脸上淡淡的笑容让我长长地舒了一口气。其中一位老师和蔼地告诉我："姑娘，很好，请在11点整于文渊楼参加安康市的统一招教考试，一旦应聘成功，人事局在今天就给你入编了。"谢过老师，紧张感顿时又升上来了，心里默默想着，要是老师刚刚说的话，真的在自己身上实现，我该会多么幸福呀。

终于见到了母校和蔼的校长，和四年前离开时一样。"你回来吧，不用讲课，不用面试，咱们直接签约吧！"校长温和的笑容、诚恳的语气让我一时之间真的不知道怎样回答。离开他们时，自己都是混沌的状态，祈祷今天有优秀的学生可以去母校投简历，招满一个名额，校长就不用担心了。

10点40分，已经坐在了考试的现场，最好的A校打电话，通知马上去致知楼参加面试，他们不组织考试。本想与老师协商一下时间，老师电话里严厉的口吻，似不容我有谈判的余地，"不来就意味着自动放弃"在耳边不停地回响。A校我知道，招聘老师要求非常高，进去的可能性比较小，虽然自己已于月前去过他们学校，给相关领导递过简历，推销过自己，但是没有下文。手表的嘀嗒声，催促着我做最后的决定。最后与监考老师达成一致，一定于11点坐到考场，如果自己错过这场考试，就不能进行下面的招聘环节。

忘记了穿着高跟鞋是怎样从文渊楼上蹦下来的，出门就是执勤的校警，拦住他们，不管他们的任务是维持秩序还是协调现场，终于在警车的开道下，我于10点45分赶到了A校招聘地点，还有几位同学在等待中，经过与他们协商顺序，10点50分走进了面试教室。面对着市教育局长、校长和老师们的轮番发问，我应答地很自如。想不到的是，A校的招聘结果要等到两星期以后，只能果断放弃A校了。

已经10点55分了，来不及了，警车又没有，心慌得掏手机反而把手机摔到地上，庆幸同学骑着自行车，载着我，用最快的速度，奔赴考场。11点过几分，终于进了考场。同学们早就开始答题了，我却放下笔，在心里默默祈祷：这是最后的希望了，自己一定要抓住机会，放松心情，认真答题。四年前那个6月的感觉又找到了。

下午1点提交试卷。

多云

人生总是处在不停地选择之中。

最后的B、C，也要在试卷上做选择，只能二选一，否则试卷作废。B校稍好一点，果断地选B。人需要自信。

接下来就是讲课环节了，没有准备的时间，几十个同学在场，一个一个轮流上场。历史专业共有三个同学：第一位同学过于紧张，停顿了好几次；第二位同学史学素养深厚；我的讲台把握力很好。总之，讲课结束后，觉得希望很大。

B校通知结果，选择第一个同学，老师在所有人讲课结束后，让她再讲了一次，果断与她签约。绝望，无助。

抬头看看天空，阴沉沉的，不知是雾霾还是云层。

难道真的要回母校D吗？虽然在这期间，母校校长打了二十多次电话，承诺会把一个名额为我保留到晚上8点，但是每一次，我都没有明确表态。

月光

不行，C校还有一个名额，我一定要去争取。

穿着高跟鞋，在文津楼与文渊楼之间穿梭了太多次，疼痛已经没有了感觉。

C校所有人已经讲课结束，等着出结果，我知道贸然推门进去，是很失礼的表现。略一思索，我把求助的目光投向了站在门口的学生助理。作为大三的学生，她知道明年这就是他们要走的路，所以，就勇敢地走进去，我意外地被老师"召见"。四个方向坐了二十多位老师，自己真的是处于舞台的中央。因为是"跳槽"而来，代价是剥夺半个小时的准备时间，即兴说课。

每个人身上都有一个小宇宙，随时都会爆发。当然，能量需要提前储藏，在这之前，我已经把三个版本的九本教材都提前备好了。

我一口气说了三课，估计有半个小时，中途老师并未让我停下来。讲完脑袋还是昏昏沉沉的，其中一位老师对我微笑道："小姑娘，口才不错，结果稍后通知。"

忐忑，还是忐忑，接到了要签约的通知，本该是激动万分的，却变得平静如水。

晚上7点，所有的故事都已经落幕，所有的人都已经散场。

我关掉自己的手机，一个人静静坐在草坪上，签约成功的消息，没有告诉父母，没有告诉同学。我的今天才刚刚开始，这是真正属于我的时间、我的空间。

吴蒙，历史文化学院历史专业2015届本科生。曾获得一次国家奖学金，一次明德奖学金，五次专业奖学金，三次校级"优秀学生"称号。现签约安康市江北高级中学。

"笨鸟"先飞，总不会错！

◎ 曹钦茹

寄语：好的开始是成功的一半！如果你是"笨鸟"，先飞总是不会错的！

6月，我将要从这里结束人生的一段旅程，踏上一段新的旅程。感谢师大给我在此求学的机会，让我在这不短不长的三年时间里得以提升素质，充实自我，最终找到自己理想的工作。

回首自己求职的经历，虽经坎坷却也收获颇丰，不仅仅是因为我签约了一份在周围人看来很好的工作，而且求职的成功，也使我收获了自我肯定的喜悦。得知我求职成功，周围许多人投来质疑的目光，师大，学党史专业，和银行不搭边，为什么能进银行呢？为什么不做老师和考公务员呢？但是了解我求职经历的人都会说：功夫不负有心人，你终于可以做自己满意的工作了。想必大家也很困惑，我是怎样求职成功的。

在此，我就结合我自己的求职经历，谈以下几点感触。由于不是金融相关专业学生，想进银行，首先要做的就是提早准备。我认为这里的"准备"主要包括以下几点。一、评估自己是否真心喜欢金融业，且将来一直会从事这一行业。二、评估自己当前的综合实力，是否有可能或者有几成把握进入这一行业；如果不幸没有进，有什么后备补救措施？就是说是否有备选项行业。三、正确看待并把握自己手中的各项社会资源。

先说第一点，我自己喜欢并决定从事金融业，当然首先是生活中接触了这个行业，初衷也很简单，每个月固定的生活费怎样花才不至于"月光"，这涉及最初级的理财知识。我本身是一个喜欢涉猎自己感兴趣的领域的人，会主动找一些理财相关知识的书本、信息来看；对新鲜事物总是充满好奇心，余额宝，作为目前最普遍、最简单的初级理财产品，刚一上市就吸引了我，积极体验这种新型的理财工具并从中获得收益，让我对理财产品更加感兴趣。在这里要说的就是，不管什么时候，兴趣都是最好的老师！但兴趣还不足以让我决心从事银行金融业。一个偶然的机会，我得知家中有一个远方亲戚也在从事银行业，并且我也有机会向她了解目前银行的整体现状、她自己的工作状态，我自己也有同学在银行，向他们这些在一线从事银行工作的人了解这一行的状况可以少走许多弯路！加之银行薪资及福利待遇普遍不错，这也是我决心进入银行业的一大动力。

听来的始终都是别人的，究竟这一行业适不适合自己，亲自试了才知道！2014年3月开始，我就关注各大银行暑期实习招聘岗位信息，并投了几个自己感兴趣的职位，因为这时候大家普遍都还没有行动，所以投中的概率就会很大，我也先后接到几家银行的面试通知。通过与人力资源面试互动，我不断总结这一行业对应届毕业生能力等方面的硬性要求与期望。在此期间学习大量金融、会计等相关基础知识，并报名参加银行从业资格考试，一来，不断检测自己的学习能力，二来也为自己进入这一行业正式打基础。2014年6月，我最终得到了去中国工商银行西安经济开发区支行实习的机会。

第二点，评估自己的综合实力，是否有机会进入这一行业。如果是金融、会计相关行业的同学，肯定胜算很大。对于我来说，正确评估自己的实力，不仅很有必要，而且也是我必须面临的第一个现实选择。我本人本科毕业于"985"大学，在校期间也着意提升自己多方面的能力，尽管在金融业还没有表现出兴趣，但是锻炼出来的各项能力相信可以帮助我从事这一行。研究生期间，兴趣点逐渐向这方面转变，自己也会刻意关注相关信息，浏览各高校就业板块、论坛帖子，关注历年各大行招聘情况，等等，这些事情都是必须要做的，手里掌握的信息越多，对自己的定位就会越明晰。暑期在银行的实习经历，从金融业"小白"到对银行业务、组织架构有一定了解，短短两个月时间，我提升了很多，并且对这一行业逐渐有了属于自己的认识和判断。所以说，实习经历对于评估自己究竟是否适合这一行业相当重要。实习期结束，我的学习能力、认真热情的工作态度得到了全行的一致好评，毫无疑问，我也得到了行长亲笔写的实习鉴定，这对我9月份找工作起到了很大的帮助，也让我坚定了进入这一行业的信心和决心。从心理上做好准备，这点很重要，找工作是一个漫长并且特别考验人的过程，坚定的信心时刻会给自己打气！

在这里需要说的就是，实习工作期间要做一个有心人！在宝贵的实习期内，我始终以一个正式员工的心态观察银行的组织架构、工作流程。在对银行有初步了解的基础上，我开始分析自己究竟喜欢哪一块的工作或者是将来有意向在这个架构之中处于什么样的位置，这样的位置需要什么样的能力，并对比自身实力，清楚自己究竟有什么长处，以及需要补足什么地方，并在实习期间着力提升自己这方面的能力。在还没有拉开正式找工作的大幕之前，至少做到心中有数，这是找到自己心仪工作的出发点！

另外，实习期间我的另一点感悟就是勤奋踏实、吃苦耐劳的人，在哪里都会被喜欢！擦桌子、打扫卫生、打饭这样看似小得不能再小的事，其实它们的意义一点都不小！这不仅展示了你勤勉耐劳的一面，也向周围人展现了你想要进入这一行业的决心，而且也能使同事之间关系融洽，有时候他们也会将自己在这个行业从事多年的感受经历告诉你，这对将要进入职场的新人来说无疑是笔宝贵的财富。

找工作就像打靶，明确了自己找工作的目标之后，瞄准靶心，才能心无旁骛，一打一个准！不过我也发现我周围的同学有犯三心二意的错误。今天看这个同学考事业单位，明天看那个同学进企业，后天看那个同学签了老师的工作，自己也都想试试。可是每个人的精力有限，机会也有限，不能贪心！合理科学地对自己进行尽可能明确的评估，是找工作的前期准备的重中之重！

第三点，正确看待并把握自己手中的各项社会资源。现在已经基本上到了大家都签工作的阶段，我们会发现：有的同学的父母是老师，自己就会理所当然地选择当老师；父母是公务员的同学，自己也倾向于考公务员——这现象是很普遍的。这是他们手中的资源。而我从事银行业的亲戚、同学，也就是我的社会资源。求职期间多和他们接触，对于行业内部消息的了解让我的找工作路程不那么艰辛曲折。

以上三点，是我在求职过程中总结的一些心得体会，一家之言，仅供学弟学妹们参考。

我始终认为，好的开始是成功的一半！如果你是"笨鸟"，先飞总是不会错的！当然，预祝学弟学妹们都能顺利找到自己心仪的工作！

曹钦茹，政治经济学院中共党史专业2016届硕士研究生。获得2012至2015学年厚德奖学金、园丁奖助学金；取得心理咨询师三级证书、银行从业资格证书；2014年7至8月在中国工商银行西安经济开发区支行实习。现签约中国工商银行宝鸡市分行。

你好，新起点

◎ 常珌珌

寄语：求职，是一个破茧成蝶的过程，希望每个学弟学妹都可以静心积累，坚韧地度过每一个过程，期待你们破茧成蝶后舞动青春。

当明天变成了今天，成为昨天，最后成为记忆里不再重要的某一天，我们突然发现自己不知不觉已被时间推着向前走。这不是在静止的火车里，与相邻列车交错时，仿佛自己在前进的错觉，而是我们真实地在成长。也突然发觉在经历过大四，已然成为更加成熟的自己，而不是刚进入大学那个简单单纯的孩子。我想对于每一个大四学生，找工作无疑都是人生中一段非常重要的经历，并且这一时段改变着每个人。有时觉得就如同破茧成蝶，虽然痛苦但最终会找到一份还好的工作，开启不同的人生。

其实作为一个免费师范生，当我拿到大学录取通知书的那一刹那，我就知道四年后必定会当一名英语老师。当时觉得为什么我的青春就这么平静，一眼望到头，根本享受不到别人所说的幸运。也许很多学生都和我有一样的想法，但且慢慢等待，享受你所经历的一切，最终你会体会到你所经历的快乐和那份"幸运"。一切好的结果需要平时的努力，也值得用心期待。

结茧篇

每一只美丽的蝴蝶都要经历着幼虫结茧、破茧的过程。人生的每个阶段也都一样，只要不断努力准备着，终会有实现梦想的那一天。在找工作前，大学前三年就像我们的结茧期。三年的时光会塑造出不同的我们，它对我们人格培养、做事的方法都会有一定的影响。很多都是伪装不出来的，见识浅薄无论如何都无法伪装成学富五车，平时懒散不注重细节无论如何都无法伪装成做事积极严谨。即使面试时间很短，也都能从举手投足之间看出时光在每个人身上投下的印记。结茧的过程非常重要。

在进入大学的时候，开始只是单纯地想过好每一天，让自己的大学生活充实，不想让自己回想起来只有看剧睡觉。所以，在别人玩的时候会选择看书学习，选择参加各种各样的社团活动。虽然很累，会熬夜赶新闻稿和策划方案，但在一次次活动举办成功的时候，内心是开心的、充实的，会觉得很幸运遇到这样一群小伙伴。当然付出总是有回报，在期末会收获荣誉证书、专业奖学金，虽然成绩不如那些学霸们，但我觉得我在其中收获很多。

作为一名免费师范生，最初就知道我们的职责是做一名合格的教师，所以储备一定的教师技能是非常有必要的。学校在大一大二开设的课程主要围绕着最基本的听说读写课来提高我们的基本英语技能。作为一名英语老师，好的发音是非常吸引人的，因此在大一大二应该努力提高自己最基本的英语技能，在今后无论面试还是试讲环节，好的口语表达和好听的发音都会为自己加分不少。作为老师另一项基本技能就是板书，整齐漂亮的板书也会吸引学生。不仅仅是英文书法，汉字也需要找合适的字帖进行练习。

其实最重要的教师技能就是教案编写和讲课能力。在大二开始学习教育学、教育心理学，学习相关教育理论知识。大二下学期开始具体学习中学英语教材分析与教学设计，还有教学法、有关教学的具体知识，此时就需要认真学习如何写一份完整并且内容丰富有趣的教案。在教学法课堂上会具体讲每个模块如何设计，这个时候就要认真听讲，并且抓住每次练习讲课的机会，老师们也会给一些具体的点评。在课下也要自己去找一些优秀讲课视频来学习，学习别人的讲课方式，如何带动课堂气氛，如何设计每个环节，还有注意课堂用语，等等。在大三也会学一些相应的现代教育技术的课程，毕竟现在是科技时代，教师需要会用多种多媒体技术辅助教学，虽然在面试时可能无法展现这方面的功底，但认真学习对今后工作会有很大的帮助。大三下学期会进行教师技能大赛，在此前需要认真准备，并且认真学习优秀同学的讲课方式，这样会给自己教学以很大启发。

其实走过大学三年，你可能还是会对教学产生迷茫，不知道如何更好地教，不知道自己能不能上完一节完整的课。不要着急，在大四还有为期三个月的教育实习阶段。这三个月进班学习，可以听各种英语老师讲课并总结方法，还会有一个月讲课时间，真正站在讲台上讲课，无论你之前是否胆怯，在此都会得到锻炼。我之前说话声音很小，一次次进班讲课将声音越练越大。指导老师在我每次讲课后都会给我进行点评总结，之后每一次都在进步。在此期间一定要珍惜并认真对待每一次上讲台讲课的机会。

其实大学三年内，也可以找兼职机构上课进行教师技能的锻炼，这也会对自己有很大提高。无论是一对一还是一对多，都会让自己对高中或者初中的知识更加熟悉。另外，在课后需要提前做题，有些学校的笔试会要求答一份英语试卷，所以一定要多做高中或者初中英语题，尤其是中考、高考题，掌握考试要点。

在结茧的过程中，每一根丝都要密密麻麻缠绕，不能有任何破洞。我们积累知识经验的过程亦是如此，无论是最基础的英语技能还是之后的教师技能，都要一步一个脚印，点点滴滴进行积累。只有做好了这些积累，在破茧之后才能精彩地飞翔。

破茧篇

破茧成蝶的过程是最痛苦的，演变的过程伴随着疼痛煎熬，但最后美好的结果却可以使我们忘记这些痛苦。找工作面试的过程于我们就像是这破茧的过程，无论多么困难，都要坚持，无论多么低落，都要相信希望！

在实习期间就会有各种面试的机会，在各大招聘会前，一定要想清楚自己的定位，到底要在高中、初中还是小学工作，到底要在哪个城市工作。然后有目的地去找，想留在大城市教书的人，如果不介意就可以向这个城市所有来招聘的学校投放简历。

对于简历，其实面试官最多看几十秒，所以在制作简历时一定要整洁大方，将最重要的信息放在最显眼的地方。这个时候在三年期间所获得的经历就很重要了，一定要把最重要的证书及经历放在最前面，这可以抓住面试官的眼球。

接下来就是招聘会。除了关注校网的信息，也要关注其他网站的招聘信息，你想去的学校可能在其他师范院校召开招聘会，因此不要放过每一次招聘会的机会。可能这个时候就会比较辛苦，会在好几个城市奔波，一定要注意身体，不能太过焦虑。心理素质强也是一种技能。在面试前一定要整理好自己的妆容，着装整齐正式大方，淡妆即可。提前准备好自我介绍，在面试时沉着冷静地面对。

10月份，陕师大召开了研究生招聘会，也有很多学校招聘，我没有放过这次机会，一大早去了新校区排队，虽然很多学校只要研究生，但发现长安区教育局和一些小学招收免费师范生，就果断投了简历，最后就选择和长安区教育局签约。整个大礼堂挤满了人，排队投简历的过程其实也很煎熬。这样的场面之前只在电视中见过，这次亲身体验到，就需要自己保持镇静，不能着急。在排队投了简历后，会简单问几个问题，再排队领面试房间号，整个过程持续了两三个小时。再到相应候场教室等待面试。进入教室之后，工作人员给每一位面试者一本高中英语课本，自己选择一课，准备时间为二十分钟。

每个学校或者教育局的面试方式都不大相同，但大部分都是说课或者讲课。因此在此之前自己要练习说课和讲课，可以对着镜子进行练习，看自己的表情，还有身体动作。一定要做充分准备，才能在面试过程中不紧张。有的学校面试会有三四轮，也会对着学生讲课，所以自己练习的时候一定要写好逐字稿，练好板书设计，这样在现场就会熟能生巧。

有编制的工作很难找，有时候城市和好学校不能兼顾，所以要舍弃一方，和家人商量好后进行签约。

有的人面试时可能就会失败，也有的人没有遇到心仪的学校，但一定要充满希望，然后认真准备每一次面试，这样最终都会得到好的结果。破茧的过程再痛苦，只要有好的结果就是值得的。

梦，是最美的地方；梦，就是前进的方向。向着梦想出发，带着奋斗起航，用汗水浇灌，用一生珍藏。也许这一次找到的工作不会是自己一生的工作，但这是我们人生新的起点，不同的平台等待着我们去开启不一样的人生。

你好，新起点。

常琤琤，外国语学院英语专业2017届本科生。班级学习委员，大学生挑战科技协会编辑部部长，大三暑假在安徽亳州支教。现签约西安市长安区第十中学。

失败乃成功之母

◎ 陈楚琪

寄语：凡事预则立，不预则废。

从第一份简历的投出到工作的确定，历时一个多月。按常理来说，一个月的时间并不长，但即使如今已过去五个月，那种度日如年的感觉仍深深留在我的脑海中，那时的彷徨无力、无所适从、将近放弃的状态是我从未经历过，亦未曾想象过的。

我是物理学院课程与教学论专业的学生，前辈都说我们这个专业容易找工作，再加上自己当年是省里一所比较著名高中的物理竞赛生，觉得自己底子不错，找工作的事便迟迟没有着手准备，直到10月份，才开始做物理题。不做不知道，一做才发现自己的做题水平和速度大不如前，后悔也来不及。没过多久，我们市的一所高中在华中师范大学招聘物理老师，我千里迢迢赶过去，感觉自己至少能进到第二轮的面试，房间也"豪爽"地订了三晚，结果第一轮笔试就被刷下来。面对突如其来的失败，接受不了事实的我连夜退了房间，草草买了张火车票打道回府。独自坐在武汉火车站里，面对冷清的候车厅，铁椅子的冰凉感让那刻的我特别渴望一个温暖的拥抱。坐在火车上，看着窗外的树木飞逝而去——一切都无法挽回了，一个宝贵的机会就这样被自己白白浪费，想到这些，心如刀割，我在火车上默默落泪，顾不及别人诧异的眼光，一路哭着回了西安……

很多人觉得我一次失败不至于如此绝望，他们常跟我说：一个市需要那么多物理老师，西安都招了十几个物理老师，这家不行就那家。其实和很多地方不一样，我家在珠三角地区，城市的面积很小，跟西安的长安区差不多大，市内虽有十多所高中，加上每个镇区设立有初中，但设有物理教师岗位的学校其实不多。此外，去年恰恰是招物理教师的"大年"，几乎每所高中和镇区都招了物理老师，即便像我母校这样的名校，从我高中毕业后便没有再招收物理老师的也一口气招了三个！去年对物理老师的大量需求，意味着今年需求的饱和。我去武汉应聘的学校，是去年唯一一所没有招聘物理教师的高中。这次失败，意味着我有很大可能无法回家就业，若要回家可能要放弃当老师的梦想。

作为家中的独女，经过一番思想挣扎，我决定尝试报考临近市的物理教师。然而失败并没有因为我的妥协而停止。虽然进入了最后的面试，但结果六名候选人全被学校"无情"淘汰；也因为自己的性别，在签约之前被突然换人；更应聘过"萝卜坑"，占总成绩百分之七十的面试在半分钟不到的闲谈中草草了结……

面试中常被人问及为什么不留在自己市时，我只能用各种违心理由应付，次数越多，越感觉自己的心始终向着家乡。"既然公办学校没戏，那就试试私立学校吧，这个总可以吧？"抱着这样的想法，我开始抱着自己的简历到一些私立学校，恳求别人面试我。然而事情并没有我想得那么简单。在学校没有贴出招聘启事的情况下前去应聘，有的校长表扬我勇气可嘉，有的校长奚落我不知天高地厚。或许因为学校没有用工需求，或许因为我的能力没有达到，所有应聘都在"等通知"中没了音讯。

就在我不知道该何去何从的时候，教育局突然贴出招聘启事，很幸运的是在这一百三十五个岗位中，恰好有一个物理老师的岗位（后来听校长说这还是去年剩下的名额）。全市就这么一个，希望十分渺茫，但实在想不到还有什么出路的我，为了回家乡，为了父母，亦是为了自己，只能背水一战！那一周的每一天，我在物理竞赛题与教育学题目间轮番对阵。不知道自己将会面对多强的对手，只能在争取每一分每一秒中磨刀擦枪。

招聘的前一天我坐上前去福州的动车，不经意间发现在"倒下一大片"的车厢里，仍有几个人在坚持认真刷题，看到此番景象的我，睡意全无，也从包里拿出书本看起来。到福建师范大学，已是晚上9点，四层楼的民宿已被挑得只剩下一楼大门旁的一个房间。老板娘不好意思地说："明天有场招聘，房间很紧缺，除了那一间外，我们其他的房间在一星期前就被订完了。"我心里默默感慨此次招聘的火爆。

第二天，按照网上的攻略，提前一小时去应聘地点，即便如此，仍发现自己还是去晚了，应聘者已从三楼排到楼外，工作人员只能让大家分批进入。两小时后，我终于把自己的简历投了进去！

报名成功后，接下来几天便是笔试、试讲、面试。

村子里基本每家每户都会腾点地方搞民宿，我住的房间刚好在路旁，每天听到一批批人拖着行李箱离开的声音，看到楼里越来越多的空房间，这些仿佛都在时刻提醒着我现实的残酷、竞争的激烈。

最终经过四天的淘汰和筛选，我留了下来。签约的清晨，体会了一把什么叫作"做梦都在笑"，紧绷的心弦终于变得松弛，一切都那么难以置信，又是那么理所当然。心里默默感谢之前的所有失败，正是那一次次的失败才督促我不断提高；也感谢其他学校的不"取"之恩，让我有了此次的成功。

失败乃成功之母，看似简单，只有经历了才懂得个中的不易与哲理。

陈楚琪，物理与信息技术学院课程与教学论专业2017届硕士研究生。曾担任生活委员，获积学一等奖学金、积学三等奖学金、研究生科研单项奖学金。现签约广东省中山市第二中学。

一个人的精彩

◎ 陈加娟

寄语：自学者和学生的区别，不在于知识的广度，而在于生命力和自信心的差异。（米兰·昆德拉）

几年的大学时光如白驹过隙，转瞬即逝。弹指间，我们已从渴求知识的新生，成长为略有所成的毕业生。相信大学生活里的酸、甜、苦、辣，给每个人都留下了弥足珍贵的回忆；相信大学几年的学习会成为每个人未来发展的不竭动力。四年前，我们满怀梦想，背负期望；四年后的今天，我们又将怀着对美好大学生活和母校的留恋，奔赴各地开创属于自己崭新的明天。四年的时光，听起来似乎那么漫长，而当我们找工作时，又觉得它是那么短暂，转瞬间，我们又为了生活而奔波劳碌。

依然记得大一刚入学时的情景，那时的我们青涩而又懵懂，丝毫没有体会到生活的不易。终于即将从母校毕业，在找工作之际，我们为了一份合心意的工作时时刻刻努力着。有人说如今找工作难，找到好工作更难！我们日日关注着母校提供的就业信息，为面试准备一套得体的西装，化着精致的妆容，准备厚厚的简历，只为博得面试官的青睐。

我今年毕业，即将前往泰国工作，如果要谈什么学习经验，我可能没有资格站在这里，毕竟这里有着成百上千的优秀学子，而我只是一名默默无闻的学生而已。尽管如此，我想说的是无论如何不要放弃自己，努力发掘不一样的自己。这也是我对自己的一种告诫。

大学是自主的美好时刻，是锻炼的起点。因此，在这个积极向上的环境里，我把握住了机会，主动去学习，主动去实践。经历过紧张的高中生涯，刚踏入宽松自由的大学，有很多自己想完成的事都能在这个平台实现。于是，入大学的第一个月我应聘上了西安荐福寺讲解员，任职一年，讲解内容包括荐福寺、小雁塔及西安博物院三部分。在一个月的考察期里，为了更熟悉内容，我每天都在背讲解词；为了保证讲解的准确性，每逢周末我都会乘公交车去西安博物院，对着实物练习讲解；为了能够讲解得更有趣，每次都会跟着专业导游听讲解……经过一个月的努力后，终于如愿被博物馆录取，并开始了长达一年的讲解工作。这期间的锻炼让我不仅增长了学识，也提高了人际交往能力。

因为那个时候热衷于志愿服务，所以在同年10月我当上了八里村小学的辅导老师，辅导五、六年级的学生一学期，当然这学期让我责任感爆棚。为了锻炼办公能力，我当了辅导员助理一个学期。在搬到新校区后，我又应聘了学校彩陶博物馆的讲解员。于是，在2013年10月到2015年3月，我一直担任彩陶博物院的讲解员。在2015年7月至10月底，由于学校的安排，我成了西安豪享来温德姆酒店的一名实习生，通过与外国客人聊天来锻炼英语口语和日语口语，并通过细腻周到的服务，获得了诸多好评。

这些实践活动，都为我找工作提供了很多帮助，是我能去泰国实现梦想的重要资本。

但其实，促成我出国工作最主要的原因是我们旅游管理班的酒店实习。旅游管理班的学生一直都有自己的主见与想法，每个人都是独一无二的，她们都在自己的工作岗位上踏踏实实做事，不断完善自我，超越自我。在这个有爱的班级中，我们一起克服了很多困难，我也受益匪浅。有这次出国的机会也是得益于实习，因为它让我找到了喜欢的职业方向，并让我为此奋斗不止。

在求职的路上我迷茫过，也灰心过，最后能成功，首先是因为我找到了喜欢的方向——酒店工作。综合了酒店工作的利弊后，我果断决定去国外工作。这个决定做出来之后，我便搜集了各个国家的知名酒店，由于难度太大，通过海投简历，最后定在了泰国。所以求职成功的第二个原因是坚持不懈，在求职路上，跑招聘会参加各种面试这些都是常有的事，为了去国外，我去邮轮公司面过试，投过知名酒店的管培生职位，虽然只有万分之一的机会我也没有放弃。做了太多，也失败了太多次，但是在竞争的骇浪中，你不前进必然要倒退，你不努力必然会失败，我相信肩上的行囊收藏了许多坚强，能够支撑我继续前行。第三个原因便是肯努力。在得到泰国酒店的面试通知后，我联系了一个瑞士朋友，模拟了很多次不同场景的面试，做了很多笔记，调查了很多相关的资料……虽然在最终的面试过程中身体有点不适应，也依旧获得了泰国人力资源经理的认可。第一轮面试结束后，第二轮就是与酒店总经理的面试，我坚信只要功夫深，铁杵磨成针，通过几天的努力，终于不负众望，得到了泰国酒店的邀请。这便是我的求职之路，中间虽然充满曲折，但仍旧让我受益匪浅，值得我回忆收藏。

著名的文学家托尔斯泰曾经说过："世界上只有两种人，一种是观望者，一种是行动者。大多数人想改变这个世界，但没人想改变自己。"所以，只要制定目标，并且坚持，好的结果自然会来。就算没有结果，你也会有所收获，因为你毕竟有了与众不同的经历。勇敢地面对任何困境，保持乐观的心态，并且坚持到底。态度决定一切，也决定了最终的结局。时间作证，承载着梦想的我一定会更加勇敢、坚强、成熟地面对未来！

陈加娟，地理科学与旅游学院旅游管理专业2016届本科生。曾任旅游学社部长，辅导员助理，小雁塔、西安博物院、陕师大彩陶博物院讲解员，获优秀志愿者、优秀讲解员称号。现签约泰国Moevenpick酒店。

披荆斩棘，只为梦想

◎ 陈俊嘉

寄语：微笑面对每一个你遇见的困难，因为那是你去往梦想的阶梯。

犹豫与徘徊

2015年9月，我前往师大在四川的实习单位——四川师范大学附属中学（以下简称川师附中）实习。刚到川师附中的时候，我认为要想留在附中，几乎是做梦，但在附中拥有一张属于自己的办公桌就是自己最大的梦想。

四川的招聘比较早，在9月中下旬就陆陆续续有学校开始招聘，不少同学都前往参加，而我却很麻木。一方面，我对自己的目标不够清晰，不知道自己想留在哪个地方。另一方面，我对自己没有信心。所以我一边实习，一边为找工作疯狂地准备着。清晨起来练习说课，每一节化学课我都会去听，课后跟老师交流，向他们请教。午休的时候，我会刷一会儿高考题。到了晚自习的时候，我会找一间空教室练习讲课，并用手机录下来分析。到了晚上睡觉的时候，我还在想：我今天做了些什么，我今天有什么收获，我今天哪些地方做得不好。天天如此，没有周末，很多朋友邀请我去玩都被我拒绝了。

小试牛刀

招聘会不会因为我的麻木而停止，身边的同学有的已经参加了好几场招聘，我认为自己应该在实际的招聘中去锻炼。对于一名求职者来说，我认为招聘不在于多，而贵在精。因为参加招聘的次数太多则会麻木，会消磨你的激情，而太少则会缺乏经验。所以在选择招聘单位的时候一定要有所取舍，而不是盲目参加。在给自己设定了几级目标以后，我参加了泸州高级中学的招聘。我抱着学习和积累经验的态度，穿着合适的正装，带上彩印简历、自信的微笑，一直向老师展示自己最好的一面。虽然现场有很多研究生学长学姐，但是我并没有因此紧张反而更加有动力。经历了一轮面试和一轮讲课后，老师与我面谈，希望我能够加入他们的团队。最后与父母协商，考虑到很多现实的问题，还是决定把机会留给其他同学，老师也表示理解。离开时，我与老师握手，感谢老师对我的欣赏。这次的结果有点出乎我的意料，我告诉自己：革命尚未成功，同志仍需努力！

前往魔鬼大本营

在继续加紧练习的同时，我还会厚着脸皮向老师要一些课来上，训练自己在真实课堂上的语速、台风以及对时间的把握，增强自己的综合实力。更多的招聘单位涌来，我并没有盲目参加，而是选择了一所与衡水中学模式接近，在四川享誉盛名的学校——绵阳中学。这所中学拥有恐怖的升学率，一直争做四川乃至全国顶尖的学校。我觉着这一次将是自己最大的挑战。不管成功或失败，我都会展现最好的自己。面试之后，我收到来自绵阳中学的到校复试通知。绵阳中学的招聘过程是极其严格的，招聘的头一天先是校长宣讲会，宣布应聘过程中的一些纪律。第二天的招聘会之前，没收手机，不允许自带教材，全部流程都有老师陪同，不允许在招聘的过程中对外联系。第一轮讲课开始了，抽号，备课二十分钟，再讲课。在经过几个小时的等待之后，终于轮到了我。当我被告知试讲题目的时候，我是崩溃的，因为我从来没有练习过甚至没有听人讲过这一课。备课的前五分钟，我根本不知道从哪开始，甚至想过就此放弃。但是我一想，在十六个招聘的人中，只有我和另一个同学是陕师大的，如果我就此放弃，别人对陕师大学子的看法可能会很糟糕。我此时就代表陕师大，于是迅速调整自己的心态，冷静地分析教材，积极应对。在试讲过程中，我保持冷静的头脑、清晰的思路，得到了老师的好评。下午的综合面试，以校长为首的十几个专家级老师一字排开，阵势很大，虽然身体有着控制不住的紧张，但是我头脑很冷静，仔细分析每一个问题。最后结果出来了，虽然我的总成绩在十六个人当中排名第三，但只要两名化学老师。我心里既难过又高兴，难过的是没有选上，高兴的是面对北京师范大学、华东师范大学、华中师范大学、西南大学等学校的高手，我能排第三名也还是不错的。当时老师安慰我，也表示遗憾，我心中有些不甘地告诉老师：谢谢绵阳中学这个平台，给了我一次展示自己的机会，我们陕师大的同学也是很优秀的，我相信优秀的同学在哪都是能找到工作的。

只为梦想披荆斩棘

在绵阳中学遭遇失败后，我根本来不及停留，因为第二天是四川省的双选会，第三天是成都市锦江区教育局的招聘。我从绵阳坐汽车，再从成都坐动车，再到重庆坐轻轨。从下午的2点出发，晚上11点半才到达西南大学，而这一路上，就是我调整自己状态的时间。第二天双选会上，我老家达州市区内很不错的一所学校——达州市第一中学向我发出了邀请，并且说明如果放弃这一次的机会以后也可能不再会有了。我做了一个在别人眼中很疯狂的决定：放弃双选会上所有的学校，全力准备第三天成都市锦江区教育局的招聘。这是一个很冒险的做法，因为放弃这些学校的话，以后几乎没有什么回头的机会了。但是我觉得自己如果不拼的话，可能会后悔一辈子。拼了即使输了，我也甘心。

第三天成都市锦江区教育局招聘开始了，第一轮高考题笔试，下午3点通知成绩，然后面试，面试完之后等待电话通知，第二天说课。等待的过程真是极其漫长，同学们都签完工作前往市区玩耍了，我一个人回宾馆一边等通知一边看书，终于在晚上9点半的时候接到电话。第四天，经过层层筛选，说课只剩下三名同学了。说课结束以后，还剩下我和另外一名西南大学的同学。这时候学校提出最后一轮要回附中试讲。第五天，坐着学校的车回了成都等待试讲。第六天，进班试讲提前一小时通知题目，准备进班试讲一节课，校长、主任、年级组长、老师都在教室后面观摩和打分。虽然很紧张，但是我思路依然很清晰，课堂气氛活跃，课堂设计合理，在最后进班试讲的这个环节，我爆发了身上所有的能量。晚上7点多的时候，校长在办公室见了我们两个，宣布了结果，并且对陕师大学子的认真、踏实、稳重提出了表扬。

最后我也签入了自己理想的单位。当然一路走来历经坎坷，但是不要放弃，请微笑面对，这是我们通往梦想的阶梯。

陈俊嘉，化学化工学院化学专业2016届本科生。从2012年9月入校以来，先后担任了班级心理委员、科研委员等职务，多次获得专业奖学金，获"优秀团员""优秀学生"等称号。现签约四川师范大学附属中学。

What doesn't kill you makes you stronger

◎ 陈岚婷

寄语：不论身处何方，都要拥有无边的梦想和追逐梦想的勇气。

　　即将从大学这座象牙塔走出，迈入社会这座炼丹炉，心里虽觉得忐忑不安，但也充满期待。毕业季也是求职季，在找工作之前，身边很多同学都对我说："西安找工作这么难，但是你能分到雁塔区的学校，多好啊，根本不用愁工作的事情。"我却觉得，没有求职经历的大学生活是不完整的。大学四年日积月累的知识和技能，在求职过程中可以得到充分展现，求职对我来说也是一次重要的考验。所以不论结果成功与否，我都决定体验一把求职的滋味。

　　2017年9月，我正在广东进行教育实习，我人生中第一份简历通过网络投向了陕师大附中的初中部。在之前的就业指导课上，我们学习了制作简历的技巧方法。简历经过提前设计及无数次的修改，我还是比较有信心的。果然，没过几天，我就接到了去学校参加笔试的通知。可惜当时因为实习学校的事情，没办法赶回西安，遗憾地错过了这次机会，但第一次得到肯定也让我感到非常兴奋。眼看同学陆续签约到理想的工作单位，我心里有一点急躁，期待下一次机会的到来。

　　2017年10月，学校发布的招聘会通知让我再次看到希望，这次招聘会上西安的学校比较多，而且有两个我梦寐以求的重点高中。于是我提前向实习学校请好假，踏上回西安的路途。当时以为和其他求职者相比，我具备一定的优势：陕师大免费师范生，获得过奖学金，有过支教经历，西安生源……在从广州到西安的飞机上，我信心十足地幻想着美好的未来。最终，现实却把我从梦境中敲醒。进入招聘会后，身着正装精神抖擞的同学们，面试时镇定自若、对答如流的竞争者们，还有成绩优异屡获嘉奖的研究生学长姐们……当我看到他们，并得知一个西安地理教师的岗位竟然会有二十多个竞争者时，我才知道我把找工作这件事想得太简单了，理想中成功签约的场景是根本不存在的，但我依然要硬着头皮去尝试一下。在心仪学校的展位四周经过几番犹豫，我终于走向面试官，投出简历。正当我准备进行自我介绍时，面试官对我说："抱歉，我们学校只招研究生。"这句话顿时让我的心情跌到谷底，原来本科生连自我介绍和简历筛选的机会都没有。在西安的高中都要求学历在研究生以上，于是我降低定位，向几所初中投递简历，结果也是石沉大海。参加这次招聘会的唯一收获，就是我有了现实残酷之初体验。

2017年12月，冬季大型招聘会的通知重新给我注入能量，我开始了紧锣密鼓的准备，希望在这次招聘会上有所收获。招聘会当天，摩肩接踵、人山人海。让我意识到竞争的激烈，但认清现实后还是要尽最大的努力去尝试。我给几所中学投了简历，在曲江一中和外国语附中获得了面试的机会。由于紧张，两次面试都没有发挥好，竟然还答错了很简单的地理专业问题。招聘会结束后，很多同学都成功签到了心仪的工作单位。我一度对自己产生怀疑，但在家人朋友的鼓励下，我又调整好自己的心态，准备好迎接下一次机会的到来。

没过多久，我看到了西安爱知中学的招聘公告，决定再去试一试。简历关顺利通过，等待我的是一小时准备十分钟说课的挑战。还好大三下学期我们稳扎稳打，训练教学技能，已经熟知说课的步骤和技巧。在这一个小时中，即使面对的是较为陌生的初中内容，我也能较好地拿捏重难点，结合不同教学方式充实教学内容。说课结束的第二天，我接到了进班试讲的通知。当时心情相当复杂，虽然很激动，但更多的是紧张不安。因为之前的教学技能训练一直用高中地理课本，我的实习学校也是高中，所以从来没有在初中上过课，再加上我本身亲和力不足，不知该如何与初中生交流互动，调动课堂气氛。而且试讲的准备时间只有一天，要求是传统授课，不得使用多媒体，之前预想好的用视频和图片吸引学生注意力的计划也全部泡汤。当时我真是捉襟见肘，后悔自己没在之前多熟悉初中知识内容。但我心里也清楚，不想承认自己做不到，就必须顶着压力上。

于是，我抓紧时间，上网查阅资料，观看优质公开课，构建知识框架，练习板图板画。我决定不论结果如何，都要尽自己最大的努力去上好这节课。第二天天还没亮，我就到达了爱知中学，在办公室里最后一遍熟悉教学各个环节……试讲结束后，反思这节课，我没有很好地把握学情，低估了初中生的知识能力水平，教学过程中也出现了一些小插曲。不过我觉得整体还不错，并且自己已经尽力去做了，所以走出学校的那一刻，我感到一身轻松。最后的结果虽不尽如人意，我也在一定程度上突破了自我。

找工作的经历让我认识到这个社会残酷的现实，但一次次的失败并不完全是打击，更是一次次发现自己不足、让自己变得更好的机会。这段经历也让我对"What doesn't kill you makes you stronger"这句话有了更深刻的体会。我觉得，找工作时，一定要有越挫越勇的"厚脸皮"精神。不管别人怎么说，做好自己，相信终有一天你会得到理想的结果。

"路漫漫其修远兮，吾将上下而求索。"要成为一名好老师，未来的路还很漫长，虽然无法预料会发生什么，也不知道这条路是否崎岖，但我会坚定信心，努力下去，朝着目标不断前进。

陈岚婷，地理科学与旅游学院地理科学专业2018届本科生。2017至2018年担任班级副班长。曾获国家奖学金、明德奖学金、专业奖学金等。现签约西安市雁塔区教育局。

不卑不亢，当仁不让

◎ 陈山山

寄语：放下包袱，把每一次应聘当作演出，展现最真实最精彩的自己。坚信"我就是这样一个我"，何时何地都不卑不亢。

在一个快乐轻松的十一旅行之后进入了激烈残酷的招聘季。

我心里很清楚，自己不是师范生，没过六级，本科学校不是211，不是一本，等等，只要稍微有点要求的学校，我都将没有机会递交简历。10月18日的重庆一中，简历被刷，但我的心情很平静。10月28日成都青羊区教育局的招聘是我求职的转折点，简历和笔试都意外地通过了，由于试讲不是第一名，没有机会签约。但是，我真的很开心。

11月4日西南大学深圳龙岗区教育局的招聘几乎使我进入了求职的巅峰状态。一个人只身来到重庆，漫步在雨中的山城，我似乎并没有太多的不适应。一个人出来，有一种清新，一份宁静，我突然找到了最真实的自我。那个我已经深藏了太久的自我：真实、朴实、自信、勇敢、要强、霸气但不张扬。不知道是研究生期间身边的人太强大太自信，还是我真的想换种风格，总之，我表现出的是脆弱甚至胸无大志。由于山路崎岖，加上下雨，准备的求职行头并没有派上用场。穿着朴实无华的衣装，带着精心制作的简历和自荐信，我默默地站在了长长的应聘队伍中。看着一个个帅哥美女西装革履、裙摆飘飘，我已经嗅到了硝烟的味道。但我并没有因此怯场，只是静静地欣赏着，因为我就是这样一个我，自信在心底，与外表和外界无关。

终于到了考官面前，我没有准备自我介绍，只是随性地说着自己心目中的自己（自我介绍不要照背准备好的稿子，列出几大块，有条理地表达真实的自己就好），我说得太投入，还被考官善意的提醒：张弛有度，不要一直说下去！不过，我心里很畅快，因为那是真实的自我，真实的表达。晚上的面试名单上意外地出现了我的名字。在这个激烈的竞争中，我真的没有预想过我会走到哪一步。面试那天，一行的十二个人中有十个华南师范大学的学生。聊天中得知，他们不辞辛苦，紧随深圳的每一场招聘，全国巡回应聘。他们个个打扮精致，还带着一摞一摞的考试资料，不停地翻看准备着。而傻乎乎的我只有师姐给的两本试题。那一刻，相比紧张，我内心更多的是敬意。有时候，我们总认为自己已经很努力很辛苦，却不知在我们看不见的地方有那么多人比我们更努力更辛苦。接下来是所谓的结构化面试，平生第一次经历，手机被封存在信封里，在没有外界依赖和全是陌生人的环境里，自己反而越发镇静和勇敢。因为我就是这样一个我，无论何时，不卑不亢。

　　进了考场，哇，一圈考官，没有看清几个人，也没有看清男女。我也只是轻声说了句：评委们好！然后，按照考官的指示开始答题。（一共三道题，每题思考和作答时间共两分钟：1.你认为读书对教师有何意义。2.谈谈你对"减负"的看法。3.同学们反映，自然地理难学，人文地理难考，你怎么看？）只记得自己当时大胆地说着自己的真实想法和看法，没有任何顾虑和思维限制，思路清晰，声音洪亮，底气十足，一气呵成。（条理清晰是关键，最好用首先、其次等表达。）因为我就是这样一个我，当仁不让，绝不怯场。

　　六分钟的面试很快就结束了，成绩竟然意外地是第二名。记得我远在西安的舍友还在半夜偷偷查我成绩为我激动了一把。第二天的笔试如期而至，我遭遇了不幸，肚子疼。不过发挥得还是可以的，因为那时的我真的很平静很超脱，就像一个修行多年的禅师。考完试，我一个人在重庆逛了朝天门，面对两江交汇的壮观，我真想高歌一曲。

　　成绩要十天左右才能揭晓。收拾行李，回到西安，已经累得一塌糊涂。

对于笔试我不敢预测结果，因为与华南师大的同学们相比，我确实看的资料太少太少。于是，买了深圳教师考试专用资料，边等成绩边继续深入学习。11月15日，成绩公布，是可喜又可悲的第三名（录取两名），失之交臂的心痛折磨了我一个下午。第二天便开始了为期四天的卖命学习，只为背水一战11月20日的深圳龙岗区教育局的第二次招聘（在陕师大）。

11月中下旬校园招聘达到顶峰，新勇活动中心每天人声鼎沸。为了避免自己在一棵树上吊死，我一并参加了11月19日长沙长郡中学、11月20日深圳龙岗区教育局和东莞教育局以及11月21日安徽科技学院等四个招聘。四个单位的面试笔试穿插进行，舍友的小自行车方便了我在新勇活动中心、文渊楼和文津楼之间穿梭。那时的我每一个毛孔都充满了力量。

最值得一提的是长郡中学和深圳龙岗区教育局。长沙并不是我的目标城市，那天意外得知长郡中学是长沙市最好的中学且待遇优厚，便顺便投了简历，还顺利参加了面试和高考题测试。紧接着的11月20日是我的重头戏，因此很快把长郡中学的笔试结果忘得干净。11月21日，朋友意外看到我入围长郡试讲环节，我一阵窃喜。要求11月24日必须抵达指定地点（在长沙），可23日上午9点到11点是深圳龙岗区的笔试。时间紧迫，精力有限，两场应聘都到了最后关头，舍谁取谁，实在纠结。于是，下了血本买了一张23日下午飞往长沙的机票，为了争取每一个机会，我选择绝杀。

11月22日上午，再次参加龙岗区教育局封闭式面试，莫名的紧张导致发挥远不如第一次满意（面试题目是：1.你认为教师节的设置有什么意义？2.有些学校要求青年教师参加高考模拟考试，对此现象你怎么看？3.从地理学的角度谈一下你对科学发展观的理解。）还好成绩是第三名，入围笔试。第二天就要笔试了，下午和晚上应做最后的冲刺复习了。可是，三天的连环面试笔试带来的疲惫导致我一看书就头疼恶心。无奈只得洒脱地躺在床上休息，可怎么也睡不着，就那样静静地卧床一下午。晚上不安心，爬起来看书，可还是体力不支，只翻了几页便作罢。

深知对于只有选择判断的笔试，临阵磨枪是多么重要。再加上上次在西南大学与之失之交臂的教训，11月23日早上6点，我麻利地起床，捧书温习易混易错知识点。很快，两个多小时就过去了，简单的面包果腹，带上飞往长沙的行囊，我奔赴考场。考场里满满的全是考生，大家静悄悄地都在埋头看书，做最后的一搏。我对号入座，拿出一份资料，可刚看一眼便想作呕。顿时担心，一会儿晕考场该如何是好。放下资料，深呼吸坐等考试开始。或许人的潜力真的那么无穷，或许考试有独特的魔力，当试卷发到手的那一刻，身体的不适悄然退去，两个小时的考试顺利结束。拎起行囊，冒雨奔往机场。公交倒大巴，焦急、饥饿、寒冷、晕车，几个小时的车程，我反复恶心和难受着。那一刻唯有眼泪可以容纳我所有的辛酸、痛苦与疲惫。抵达长郡中学已是晚上8点多，第一次坐飞机的兴奋和管吃管住的安慰让我心情缓和好多。那一晚，忘记了昨天也忘记了明天，"倒头就睡"是对这些天劳苦奔波的最好奖励。我就是这样一个我，很容易满足，也很容易快乐。

11月24日，精神焕发，试讲如期而至。试讲共两轮，第一轮给老教师们讲十分钟，其中两分钟即兴答辩，八分钟讲课，课题提前四十分钟抽取。第二轮面对班级学生讲四十分钟，课题提前四十分钟抽取。第一轮通过才有机会进入第二轮。整个过程为期两天，也是全封闭管理，没有手机，也见不到对手。这样四十分钟内只参考教材备课对我来说是前所未有的，但我当时并没有太担心，只是在心里调侃自己："挑战一下，又不是没有丢过人。"人的潜力真的是无穷的，只要放下一切包袱勇敢自信地去做，一定会给自己带来惊喜。那两次课我真的讲得特别投入特别开心，下课的时候还得到了同学们的掌声和好评。可悲剧再次上演，我又排在了第三名。再次经历失之交臂的心痛，我终于忍不住流下了伤心的眼泪。

岳麓山上短暂的游玩后，继续回学校赶场参加几个心仪学校的招聘。山外有山，人外有人，面对残酷的现实，我们能改变的只有自己。

11月28日，深圳龙岗区教育局（陕师大场）成绩公布，忍不住用抖动的手指敲击键盘，输入身份证号和考号，许久不敢点击查询，因为真的不想再次承受失之交臂的心痛，在朋友的鼓励下，伴随食指一点的，是一声尖叫和两眼泪花……我成功了!

　　陈山山,地理科学与旅游学院国土资源学专业2014届硕士研究生。2013年6月获校二等园丁奖助学金;2012年12月在院"我的老师"征文比赛中获二等奖;2012年11月参加院"金师杯"综合大赛获优秀奖。现签约深圳市龙岗区教育局。

"面试"虐我千百次，我待"面试"如初恋

◎ 邓玉兰

寄语：生活往往需要你成为"打不倒的小强"，但是学会对自己刚柔并济，才能屹立不倒。

经常会听到这样一句话："××虐我千百遍，我待××如初恋。"这句话用在找工作上也恰到好处，我想大多数同学当初都是抱着这个态度才找到满意的工作的。不是所有人都能百战百胜，但是你必须有屡败屡战的精神。

我第一次参加面试是在实习初期，但无疑我不是战能必胜的人。第一次失败，简单总结原因就是我太"自信"。在教育能手面前，我一个初出茅庐的小丫头过于自信就是自大。所以，不是所有的面试都需要你自信满满，而是需要你把谦虚和自信适度结合。

第一次面试失败后，难过，气愤，不甘心……各种心情，五味俱全，但是我没有停下找工作的脚步，自己抱着简历去兰州市的几所中学投简历见校长，其中包括自己的初高中母校，但是结果只有两种。一种是和气的学校领导在接见你后告诉你："不好意思哇，我们学校今年不招数学老师。"还有一种则是将你拒之门外，你还没有见到学校领导就会得到学校不招数学老师的回话。一圈下来，我依旧是竹篮打水，内心的挫败感更强，为了不再打击自己，我选择了回家调整等待第二所学校的通知。

第二次参加的是兰州市一中的招聘，试讲顺利过关，眼看离成功更近一步，有了希望，但是第二天的高考题测试不在我的预想范围内，也没有被提

前通知，之前在校学习期间我在高考题上没有花太多的时间，好多知识点都有所遗漏，结果可想而知——第二次应聘失败。这次失败显然就是自己准备不够充分。依旧伤心，但是为了不让自己气馁，适当地用阿Q精神安慰一下自己，毕竟天外有天，人外有人，权当自己去刷经验了。

第二次应聘失败后我整理好受挫的心情，找到自己需要继续努力的方向——加强高考题的训练，便打点起行李，离开兰州回到了自己的实习岗位上。一边实习，一边温习高中的功课，一边等待第三所学校的面试通知。

第三次参加招聘是在实习后期，这次应聘的流程更加完整。第一轮是面试环节，这一环节我能顺利过关完全来自我对高中生活的深刻记忆。因为这一环节面试官就问了这样四个问题：第一，你高中的校长叫什么？第二，你高中的班主任叫什么？第三，你高中的校训是什么？第四，你高中生活最大的收获是什么？你觉得你的高中母校除了教会你知识外，教给你的最重要的东西是什么？可能一看到这四个问题大家都笑了，这也太简单了。其实并不简单，这里暗含杀机。首先，面试官是在考察你简历内容的真实性；其次，面试官是在考查你对教育目的的明确度，以及你对一所中学的文化的理解和传承；最后，面试官还在考查你的语言表达能力和逻辑思维能力，这是对一位新入职老师的基本要求。

第二轮是试讲环节，这一环节包括三个过程。一是现场备课。这一过程给大家的建议是要形成一种将教材知识组织成教案的模式，只要给你教材你至少能套用这个模式写出一份完整的教案。二是讲课。这一过程相信大家练了很久，而且已经各自有了套路，不过要跟大家说的是，如果有时间限制，一定要根据时间备课，不求量多，只求讲透。三是现场提问。这种提问一般都与授课内容有关，所以备课的时候一定要把本节课的知识理解透彻，并且了解一下前面一节的内容。而我能够在第二轮面试中顺利过关，也是在于以上的环节做得还算到位。

第三次应聘总算顺利过关了，也是唯一一次顺利通过的。面试结束后并没有正式签约，因为双方都有所顾忌，只是达成了口头上的协议。但是我的求职生涯并没有就此结束，还有第四次应聘，因为不想放过任何机会。虽然第三次应聘我顺利过关了，但第四次我依旧失败了，因为成功往往还需要运气的助推以及状态的辅助，最终我决定与兰州市第六十一中学签约，在那里继续自己的教学梦。就此我的求职生涯才真正的告一段落。

在找工作期间一定要把握住每一场能去参加的招聘，即使被虐千百次，也要待它如初恋。即使屡战屡败，也要有屡败屡战的勇气，还要保持良好的心态，不可操之过急。

邓玉兰，数学与信息科学学院数学与应用数学专业2016届本科生。大一期间在理工科基础教学部学生会体育部进行学生工作，大三到大四期间担任班级学习委员。在校期间获得了四次专业二等奖学金，两次何崇本少数民族奋发有为助学金；还获得了"三好学生""优秀团员"等称号。现签约兰州市第六十一中学。

梦想的追求与机遇的把握

◎ 葛嘉萌

寄语：梦想的追求是前进的动力，我们应该努力坚持下去，当梦想与现实真的存在差距的时候，我们也应该及时调整和转换，抓住现实中的每一次机遇。

今年我二十四岁，陕西师范大学研究生毕业。十几年的求学之路终于走到了暂时告一段落的时候。我和众多将要毕业的大学生一样，对明天充满了期待，又面临着就业带来的巨大挑战。找一份自己向往已久的工作，完成内心深处的梦想，是现在我最渴望的。求职，多少人恐惧、失望，抑或兴奋、欣慰，而在我身上是这样开始的……

师者，传道授业解惑也。高中时期我就梦想当一名教师，一名高校教师。为了这个梦想，在高考的战场上洒下无数汗水，在考研的路上经历几多磨练，终于如愿考上了陕西师范大学体育学院。从小接触乒乓球，在为数不多的乒乓球方面的研究生里被大家看作佼佼者。2013年9月我怀揣梦想正式走上了求职招聘的道路。9月的西安还有几分燥热，我平生第一次拿着精心设计的简历来到招聘会现场，极目望去，真可谓人山人海。"对不起，我们要博士！""对不起，我们要健将级运动员！""对不起，我们学校已经招满！"初次经历招聘会的我发现根本没有施展才华的渠道，过不去第一道门槛。没关系，很多学校可以网上投简历，总有一个单位会成为我的伯乐，我安慰自己说。从此，每天上网找高校招聘的信息，足足投了一百份简历，盼星星盼月亮地期待着有那么几个高校能给我一个应聘的机会，但信心在一天天杳无音信的等待中慢慢地被消磨着。难道是我的目标有问题？梦想中的大学老师职位真的不属于我吗？看着身边的同学有的签到高中，有的签到初中，我急得像热锅上的蚂蚁。爸爸妈妈也不时地开导我：是不是可以把目标降一降，大学真的那么好吗？高中是不是也可以考虑？当时我左右为难，如果真的没有大学愿意接受我，我又不愿去中学教书的话，到了毕业的时候我可能真的要两手空空了。

就在我彷徨焦急的时刻，终于有一所自己心仪的大学给了我面试的机会。一所天津地区的大学，我向往的地方。应聘的前两天我就做好了一切准备赶赴天津，为这个来之不易的机会努力着。来到学校，气势宏伟的校园建筑和教师优厚的待遇都深深地吸引了我，心想一定要把自己最好的一面展现出来。测试共分三个环节：笔试、乒乓球技能测试、试讲。三项内容一天之内全部测试完毕，经过筛选共有四人参加测试，去竞争那一个乒乓球教师的岗位。

笔试开始了，刚进入考场的我心情有些不平静。我一定要努力抓住这一次机会，这可是为数不多的机会。一想到这里，手不自主地抖了起来。慢慢地，我开始变得专注，把注意力放在每一道试题上，用最工整的字迹完成测试。四人中将有一人被淘汰，我焦急地等待着电话通知，坐立不安……11点考试结束，到了12点终于接到了下午面试的通知，我来不及激动就开始继续忙碌着，为接下来的乒乓球技能测试做准备。刷胶水，沾球拍，做热身，调整身体机能。这一切都增加了我对这份工作的渴望。在乒乓球基本功测试中，我基本上是零失误，从小接触乒乓球，我对自己的基本功还是比较自信的。接下来是三名应聘者进行三局两胜制的比赛。一开始与第一个对手比赛我就打出了气势，以11：6赢下第一局，第二局更是稳定发挥，11：2获胜。在与第二个对手的较量中我也不示弱，最终以大比分2：1取得了乒乓球比赛的全胜。第三个测试项目是试讲，学校找来三十个学生让我们模拟真实课堂，进行二十分钟的试讲。深圳的实习经历，还有担任师大乒乓球选修课教师的经历让我的二十分钟试讲从容、轻松地完成。学生和监考的教师都露出了满意的笑容，说课上得非常不错，我自己也感觉特别好。

一天的应聘结束了，当时我非常开心，觉得发挥出了自己应有的水平，也觉得在三个应聘者当中自己是最有希望的，也理应是那个成功者。

接下来是等待，可一天、两天、三天过去了，我都没有接到通知，一周、两周过去了，也没有任何消息。我实在忍不住了，主动给学校打电话，结果得到了令我万分沮丧的消息，那个时刻我一辈子都不会忘记，学校告诉我应聘成功者的名字不是我！而是比赛中以6：11及2：11比分输给我的那个人，我沉默地说不出话来。挂了电话静静地待着，怎么想都想不通，我哪个方面不如他吗？我想要一个合理的解释，可是现实又给我了重重的打击，追求梦想的路真的是不通的吗？之后的几天里我一直有些悲伤，没有了体育生一贯的活泼，深深地感受到现实的残酷。我做的努力又有什么用？过程再精彩又有什么用？但是我不想放弃自己的梦想，不想放弃大学教师这个为之努力十几年的目标。我心里在默默流泪，流到身体的每一处，想哭却又没有意义。这时的我有些悲伤，但更加无助。

学校的招聘会依然每天排得满满当当，可是大学教师的招聘仍然寥寥无几，老师和父母都劝我多关注一些别的就业机会，也包括中学教师，这个自己并不向往的工作，我咽不下这口气。

一个偶然的机会，我陪同学参加成都龙泉驿区教育局的招聘会。成都——天府之国，环境优美适合居住。研究生进入学校直接中级职称，龙泉驿地区的老师待遇又不错，还给老师提供食宿等方便生活的帮助。当时的我的确有些动心，为什么不试试呢？拥有这份工作以后也可以继续关注大学教师的招聘呀，假如不能成为大学教师，也不至于露宿街头啊。抱着这样的想法，我参加了龙泉驿教育局的招聘，并且经过面试，得到了一份高中教师的工作。当时的我并没有其他学生得到工作的那种喜悦，我还暗下决心，一定要再试试大学教师这个我梦寐以求的职业。

时间一天天地过去，我也开始了解这份高中教师的工作，工作的压力并不大，待遇也不比大学教师差，甚至还好于普通的大学，只要认真干，研究生在中学里也一样会有好的发展。我开始越来越喜欢自己的这个选择，不但没有后悔，而且开始庆幸自己抓住了这个机遇。父母和导师也对我的这个选择非常认可。或许当时盲目追求自己的梦想，放弃这个好机会，现在的我将仍然处于一个没有工作的焦急状态。

这是我的求职经历，也是我人生新的起航。

葛嘉萌，体育学院运动训练专业2014届硕士研究生。担任体育学院专业班长，多次在在陕西省羽毛球、乒乓球比赛中担任裁判员，有着丰富的裁判经验与较强的专业技能水平。现签约成都市龙泉驿区教育局。

不要轻言放弃，否则对不起自己

◎ 郝丽婷

寄语：你一定会成功，勇敢地向前冲。天生我材必有用，你是最棒的。

和很多大学生一样，我也度过了一个迷茫期，虽说我很坚定地确定我不考研，而是工作，但是对找什么样的工作，我还是很模糊。不知不觉就被推到毕业大军之中，开始盲目地跟着跑校招，结果打了好久的酱油。刚开始招聘，我还没有那么大的压力，加上还在实习和考试，所以9月与10月我基本是在轻松中度过的，只是随便地投了几个企业，可想而知，连面试的机会都没有。后来慢慢知道身边的同学都已经签了高薪工作，我才紧张了起来。

真正算起来，我在11月才真正开始为找工作而奔波于各种招聘会、宣讲会，参加笔试、面试、测评，拿着简历和各种复印件奔波，那时候才知道毕业生的人群真是庞大。11月份，西安开始进入冬天，还要穿着正装挤公交，一天只能吃两顿饭，行程安排紧的时候甚至只吃一顿饭。那个月对于西安的高校我基本都去过了，还给西安的公交事业奉献了绵薄之力。经历多了，经验也就有了，各种笔试、面试都经历过后，虽然累，但是自信心增强了，能力得到很大提升。终于在西北大学的宣讲会中，我与自己现在签约的企业相遇，在经历笔试和几轮面试后，成功签约。12月份，我的求职也就告一段落。下面就从我这几个月的求职经历中，总结下我的经验。

其实从9月开始就已经有大企业来招聘了，我错过了部分招聘黄金时间，所以在9月前就应该有目的地关注自己心仪的企业，随时准备应聘，不要临时抱佛脚。我一般关注实习网、大街网和应届生求职网，主要觉得他们招聘信息全，并且有很多经验可以学习。对于网投时间，我一般不会选择高峰期，要么很早，要么很晚，这才有机会让你的简历被人力资源顾问看到。并且一般我都会在邮件正文中，加入一百字左右的自我介绍。

对于网络测评，其实我比较没有发言权，因为做过几次网测，都没进入面试机会，网络测评和一般企业笔试都是采用公务员行测题。刚开始我没有经验，也没做过相关试题，准备不充分，错过好多企业。后来，慢慢总结，终于过了网测和笔试这关。所以，在招聘之前，在相关招聘网站和论坛上有笔试的经验贴，也有试题，同学们可以提前练手，多做做就会发现其实不难。就是我自己找到的时候比较晚了，没有前人的指导，错过了好多。并且网测是要在一个相对安静且网速不错的地方进行，不可以分心，把握好做题时间也很重要。

对于面试我还是比较有信心的，只要是进入了面试环节，我一般都没有太大问题。面试主要有单面、群面（无领导小组）和最终一对一的终面几种形式。我觉得不管什么形式的面试，自信和微笑是最重要的，同时要有清晰的思路，不要怯场，把自己最优秀的一面展现出来。我是个特别爱笑的女孩，比较有亲和力，可能因为这个原因吧，一般的面试对我来说都没有太大问题。此外，在学校的实践经验我觉得也比较重要，如果你没有的话，那就挑展现自己能力的某一件事说，也是不错的表现方式。一般初面，我都是事先准备好一段自我介绍，针对不同企业做些小的修改。几次面试下来，对于自我介绍，你就会应对自如了。对于群面，我自己的经验就是我可能不是领导者，也不是把握时间者，但我一定做发言最有力度的人，弥补小组中没有的观点，一针见血，简洁有力度。这样也会得到面试官的青睐。而最后的终面，一般都是企业高管坐镇，我有过几次经验，就我在长城物业有限公司的终面来说，我记得是集团的副总裁来主持面试。简单自我介绍后，副总裁没有问我有关简历的问题，也没有问我关于物业的问题，而是给我出了两道题，一道是1+1等于几然后让我给答案，并解释；另一道是给我一张白纸，让我画出未来的样子，只能画出来不能有字。我做完后，似乎副总认为我的成绩还不错，然后他又问我对于他们企业有什么想问的问题。最后就是让我等通知，整个过程下来十五至二十分钟，氛围还是比较轻松的。只要自信，把自己的最好的一面展现出来就好。

一个人的态度很重要，找工作也是一样。没有人会一帆风顺，碰壁也是正常的，失败也不可避免。但是不要轻言放弃，否则对不起自己。积极乐观的心态和自信是成功的关键，我知道爱笑的人运气不会太差，成功属于有准备的人。现在我会一步步努力，一步步踏实走下去，为自己的梦想拼搏。

郝丽婷，地理科学与旅游学院旅游管理专业2015届本科生。曾担任学院团委副书记、旅游学社社长、辅导员助理。曾获得"优秀学生干部""社会实践先进个人""优秀助理""优秀团干部"等称号，获挑战杯校级优秀奖，多次获得二等、三等专业优秀奖学金。现签约长城物业集团股份有限公司。

当幸福来敲门

◎ 何宸清

寄语：抓住机遇，做有准备的人。

2018年9月19日，是我的收获日。幸福来敲门的那一刻之前，所需要的一切都可化为两个词语，那就是"努力"和"追求"。

幸福从来就不是一味等待就可以得来的，需要好运但更要尽人事。

一棵大树的长成，需要很漫长的时间，在那些漫长的岁月里，它无时无刻不在吸收着天地日月的精华，当沧海桑田之时，它才能够依然挺拔。应聘之前我的简历经过长达一个多礼拜的用心设计，自我认识是一篇两千多字的三年校园学习生活感悟，自荐信是我用体现专业的方式运用古代汉语知识写的一首古体诗。同时，那个假期我用了整整一个月的时间每天坚持去图书馆翻阅理论书籍，以及进行高中必修课本各类文体的教案设计。每天过着朝五晚九的生活，却异常充实和满足。记得曾有幸参加过一次乔布简历的讲学课堂，老师给我们讲了一个例子，让我印象深刻。他说："曾经有个学生拿着写好的简历去找他指导，指导完后他问这个学生，你用了多长时间写这个简历。"那位学生想了想说："四年。"没错，一份真正意义上的简历，的的确确需要四年时光的沉淀。在这四年里你看过的每一本书，听过的每一节课，做过的每一次对生命哲学的思考，都是通向未来的阶梯。你要相信你所做的所有努力，都是为日后成功铺就的鹅卵石，一步一步，一点一点，然后走向你所属的地方。腹有诗书气自华。气质是一个人与众不同的特点，是别人夺不走、模仿不了的特质。这份气质中有一点一定是属于自信。自信的人，就像是昆明湖里优雅的白天鹅，从容不迫。而自信的源泉，就是在时间淘洗后你脑子里的干货。术业有专攻，就是在强调专业性，将要为人师的我们，核心就是学好专业知识，有扎实的基础。这些是你能够在求职时脱颖而出的必要条件，是在说课、试讲，或是正式进班讲课以及面试等环节中能过五关斩六将的资本。三年来的学习，三年的努力，融会贯通，灵活运用，都会在面试时起到至关重要的作用。因努力而自信，因自信而发光，最后去往你想去的地方。

幸福其实是一只飞舞的蝴蝶，想要拥有它就要追求它。抓住每一次的可能，永远不要轻易放弃。电影《当幸福来敲门》中有这样一个故事：从前有一个人很相信上帝，有一天他掉进了海里，他相信上帝会来救他，并且等着他的上帝来救他。第一艘船经过时，他说他的上帝会来救他，他要等他的上帝；第二艘船经过时，他说他的上帝会来救他；当第三艘船经过时，他仍然相信他的上帝会来救他，放弃了上船的机会，最后他淹死了。他死后在天堂见到上帝，他问上帝为什么不去救他，上帝回答说：我派了三艘船去救你呀。所以要善于追求，善于抓住机会。我第一次面试的学校在我所在城市的一个非常偏远的地方。那天下着雨，雾蒙蒙的，坐了两趟公交后，打车到学校。原定两个半小时的笔试时间临时定为两小时，这让我或多或少有些慌张，但我很感谢有这次慌张的经历，因为它给了我第二次面试时莫大的勇气。

很快，就迎来了我的第二次应聘。那天清晨，阳光明媚得有些刺眼，还在公交上的我看着窗外挡不住的强光就明白，自己要迟了。我伸长了脖子，望眼欲穿，但目光所及之处也抵不过百足虫般的车队长龙。无奈，下了公交，想打车及时赶到。但刚回到这里，尚未熟悉这座城市作息时间的我，未能预料到高峰期打车是如此艰难。我拖着沉重的行李箱在大街上敏捷地穿梭，但随着时间一分一秒地流逝，奇迹依然没有出现。看着手表上的时间，计算着考试已过去快半小时，我有些绝望和迷茫，唯一能让我坚持下去的理由就是第一次笔试是在两小时内完成的，因而我才有无论如何都要坚持去考试的信念。我决定走路。在一个十字路口处巧遇一个出租车司机，让我在10

点40分到了学校，当然，这时距离考试开始已过去四十分钟。我万分感谢这所学校的老师们，给予我无言的帮助和平等的对待。这是一个艰难的开始，但至少是个开始，之后的说课以及进班讲课环节，都是基于这个开始的。两轮面试之后，我从来自各大师范学校的十二名应聘者中脱颖而出，成为唯一留下的人。

你信仰什么，就会得到什么。我信仰努力，信仰追求，我欢喜满天繁星，也追逐明亮的月亮。厚德积学、励志敦行是陕西师范大学的校训，也是为人处世的自我要求。追求幸福，再积蓄力量让自己能拥抱幸福。当幸福来敲门的时候，上帝派来的信使叮咚按响门铃的那一刻，你会明白，你的努力，你的追求，终会开花结果。9月里，埋藏三个冬夏的种子终长成我想要的样子。最后，附上我简历中的自荐信，这是我追求幸福道路上力求每一步都要努力到位的见证：

九月

长安化古意，三载大学园。硕果何纷纷，复得故土还。

书香过七夕，苏子行舟伴。一去九月来，心有微波澜。

守正出新力，浩瀚明月山。慷慨忘忧思，为君沉吟然。

关关雎鸠兮，愿在河之洲。木兰坠露兮，望得美人怜。

吾诗非大雅，凭心诚与坚。今我来此矣，不负相托意。

何宸清，文学院汉语言文学专业2018届本科生。现签约乌鲁木齐第八中学。

蓄势待发，砥砺前行

◎ 胡　蓓

寄语：任何时候做任何事都要记住，蓄势待发，砥砺前行。

　　大学四年时光飞逝，转眼竟要离开多姿多彩的校园了，一种难以言表的心酸与不舍涌上心头。四年的大学生活留给我的是：追梦、求知、成长和自强。如今最想谈谈的是大四求职的那段经历。时光追溯到2017年9月，我看到的不止是一个奔波的身影，更有一颗滚烫的充满斗志的心。

　　那是不一样的9月、10月、11月，那时的我早已强忍着痛褪去了稚嫩，一身西装内搭白衬衣，一双高跟鞋，外加淡妆已经成为我每天必须的装扮，看似成熟的外表却始终无法掩盖内心的慌张与迷茫。我的求职生涯开始得异常早，或许是个人太具有忧患意识了，也或许是太要强，想找个好一点的企业，总之求职计划开启后，每天一睁眼就开始奔走于西安各所高校的宣讲会、招聘会中，有时会调侃自己，大学四年基本没去过的这些学校竟在快要毕业之际"游"了个遍，有时对有些学校的建筑竟能像对自己母校那般熟悉，不得不感叹自己太能跑了。到了晚上便忙着在电脑前的招聘网站上搜索各种海量信息，同时制作与各大企业所需岗位相匹配的简历，简历初筛过后忙着做各种测评，希望能有幸获得一次面试的机会，甚至在熟睡中也会做梦收到了某个意向企业的面试邀请或者通过面试的通知。现在想来，那真的是一段希望与失望充斥的时光。

　　我到现在还记忆犹新第一次面试的经历，那是我唯一一次没有穿正装出席的面试，那是在学而思西安分校的一个办公室里举行的无领导讨论。那天怀着对面试的新鲜感，我出现在了等候室，因为来得有些晚，整个等候室早已经乌压压地坐满了人。看见下面每个人都穿着正装，我对自己的面试已经不抱什么希望了，于是我有些慌张地在前面桌上拿了一张信息表就快速移动到最后一排的仅有的两个凳子上。听讲台上的面试官给我们讲如何填表，按填完表早晚的顺序自然组成了面试的小组，交完表后就进入了另一个面试间。在面试间里，加上面试官两个人，我们十个人围坐成了一个不规则的圈，看着周围一张张严肃正经的脸，我承认自己有些紧张，但心底有个声音一直在提醒自己：别怕，他们都不认识你，他们也不了解你，所以，此刻开始你可以完全展现一个全新的自己。于是我不自觉地端坐了一下，开始了所谓的无领导面试，最终因为我以清晰的思路引导大家，加之能合理地控制时间而通过了一面。虽然在二面个人试讲环节被刷了，但我依然对自己除了着装以外的方面相当满意。这一次面试是我的处女面，虽然在着装方面有些欠妥，但整体效果以及自信程度还是值得肯定的。

在接下来的面试中我经历了失败，也经历了成功。京东一面被刷了，海尔一面被刷了，名创优品终面被刷了，绿城物业终面被刷，中国联通一面被刷；但是收到了深圳有棵树、去哪儿、陕西信元物业、中国邮政储蓄银行的offer（录用通知）。在这个过程中我有过迷茫，有过失望，但更多时候还是很快整理好情绪，继续投身到求职浪潮中去。事实上最难过的是，我一直以来梦想进入的顺丰集团，却在网投了简历之后杳无音讯，通过各种渠道查询也没有结果，那是我最无法接受的事情。有些时候限制你实现梦想的或许不是能力，而是一个机会，然而我就是没有那个机会去了解自己和那个梦想到底差了多少，当然梦想破灭的时候我仍然要再次收拾心情上路。

拿到的第一份offer是来自深圳的一家跨境电商公司，提供的岗位是供应链管理，薪资福利还算不错，唯一的问题是离家太远。还好这家企业给了我们长达一个月的考虑时间。在这期间，为了做出更好的选择，我继续奔波着，其间在经历了网申及测评环节后，我有机会参加了去哪儿集团在西安安排的一场面试。第二轮面试结束后被告知最终结果出来的话会通知我们，谁想到这一等就是将近一个半月，到了必须给深圳公司寄三方协议的前一天，我抱着一线希望给去哪儿集团面试官打了电话询问最终面试结果，却无人接听。于是还是将三方协议寄给了深圳那家公司，就在我以为尘埃落定，自己要去深圳漂泊奋斗的第二天，去哪儿集团通过邮件告知我面试通过了，当时我激动地无法用言语表达，于是我立刻打电话告诉我的姐姐。但是姐姐的一句"是做啥的？"让我有点不知所措，我说是客服管培生。在之后的对话中姐姐更多是关注晋升渠道和发展前景。面对这些问题，我蒙住了，这时我才开始考虑这个岗位对于我而言到底有什么意义。我才意识到，从投简历到面试整个过程中我好像只是看重这是一家有名的企业，而从来没有考虑过自己在这里面会去做什么，最终经过认真思考，我拒绝了这个offer。因为我清楚地知道自己不想一辈子做与客服相关的工作。

除此之外，我还参加了一家银行的网申、笔试和面试，面试结束后我只想感叹一句：要进银行的人太多了，面试的时候等候室那么多人，而银行要招的人就那么一点。我就觉得自己没希望了，而且面试完，也是长达一个多月的时间没有音讯。就在我确信自己已经被刷的时候，突然收到邮储银行的短信，告知我面试通过了，要我去参加差额体检。一阵兴奋过后，在家人的赞同下我参加了体检，两天过后告知我体检过了，可以在一个时间段内前往签约。这整个过程感觉像做梦一般，当然因为银行的福利待遇还不错，加之离家里近，家人以及我自身都对这个岗位很满意。此时最大的问题就是，在这些通知出来之前，我就已经签了深圳那家公司了，一旦违约我就一定得支付违约金。当我把这些告知家里时，他们一致支持我交违约金，签约邮储银行。最终经过友好协商，我与邮储银行宝鸡市分行签约了。

因为准备得早，我在秋招中就确定了单位，因此春招基本没再奔波了。在这整个求职的过程中我一直用一句话激励着自己：蓄势待发，砥砺前行。一定要早早地为面试卯足劲，从各个渠道了解与求职相关的讯息，丰富自身的同时，了解应聘企业的基本情况，知己知彼方能百战不殆。在整个求职过程中绝不会是一帆风顺的，因此我们一定要心有所属，选准目标，克服重重困难实现自己的目标。

我知道自己一定不是那个最聪明的、最有能力的，但我一直知道自己是最刻苦、最上进的，因此我起步得早，虽然可能会和一些起步晚的人同时落地，但至少我找到了适合自己的。很多人在这个过程中会抱怨别人比自己幸运，别人天赋异禀，但事实上求职这件事还真没什么天赋，只是因为那些看上去幸运的人在你看不到的地方付出了更多才受到了上帝的垂怜，而你之所以没有起色，只是因为你一直都在抱怨，反而忽略了能让自己变好而应该更努力。

总之，蓄势待发，砥砺前行，我们都能到达自己想要到达的彼岸。

胡蓓，国际商学院电子商务专业2018届本科生。大学期间参加过学生会及雪莲英语俱乐部，获得过志愿服务"先进个人""优秀志愿者""优秀工作者"称号以及专业三等奖学金。现签约陕西省邮储银行宝鸡市分行。

追梦需走心

◎ 孙千钧

寄语：智者乐山，仁者爱水；山能高耸入云，海能容纳百川；每个人都是独特的个体，做自己，不攀比；追求梦想，需走心！

我于2014年12月底签约四川省成都市树德博瑞实验学校，该单位为成都博瑞有限责任公司主办，成都树德中学管理的一所私立学校。面对同学和朋友们的诧异，我内心无憾，我想说：追求梦想，做心中的自己！

在犹豫中徘徊

2014年10月份的我是麻木的，朋友们已经应聘过几次，而我却无动于衷。自己的综合实力也不差，我常常问自己为什么麻木，在几个难眠的夜晚中，我找到了原因——没目标，没定位，所以没感觉。

招聘会不会因为我的麻木而停止，我参加的第一场招聘是重庆一中的。我抱着学习和积累经验的态度，穿着合适的正装，化着清新的淡妆，带着彩印的简历、自信的微笑，这些都获得了招聘老师的肯定。最终，我进入了最后一轮的筛选，进入前三的心情是忐忑的，最后一轮讲课结束，结果在我意料之中，所以，没有太多的失望，因为自己尽力了。临走，主动和招聘老师打招呼，表示感谢，恳请建议。老师与我握手，我感恩地微笑，转身，离开。这一场招聘，增加了我的信心。

当天，我记下了心得：做事要用心，提前准备很重要，待人需礼貌、诚恳、谦逊，每一种经历都是学习，总会有收获！

在实践中定位

2014年11月中旬，我开始四处寻觅工作，自我感觉性格外向，善于沟通，故定位寻找与人交往的工作。上帝是公平的，给我关上了重庆一中的大门，却给我打开了陕西人力资源有限责任公司的窗。收到面试通知后，我提前百度了"人力资源"等专业词语，并搜索了该公司的企业性质、企业文化、职位要求、服务口碑等。继续换上了招聘行装，甚至连微笑都是练习过的。"恶补"，在三次面试过程中是初见成效的，不同的老师对我的回答都较为满意，在准备四面的时候，我顿悟了：我适合这份工作，但我不会热爱，倘若在这里工作，我会落下二十年寒窗苦读的专业知识，我舍不得。我终于找到了自己的目标和定位，同时放弃了这次面试。我热爱教学并坚信自己会乐此不疲地为教育做出贡献，感谢这次经历！

在找工作之前，认真思考，正确定位自己：我要找什么工作，为什么？这些原因要能够支持我们毫无怨言、乐此不疲地工作下去。

在打击中反思

12月初的我，奔赴各个学校的招聘会，企图能够找到适合自己立足的岗位。铁一中的招聘会必须参加，前面的几次招聘，对我来说都有不同程度的优势，所以我无太大压力。然而，这次……

早上7点就站在铁一中门口排队了，近两小时等待依然不能褪去我内心的激动。第一轮面试开始了：两小时内完成一套高考题。这是七年后的高考，感觉不妙。匆匆地吃完午饭，下午一点半继续面试：五分钟的自我介绍，要求在黑板上写下自己的名字。自我感觉良好的我却在第二轮被无情地淘汰了，我内心不甘。然而，第三轮的试讲已经开始了，一共有三位面试老师，有一位老师不仅要作为评委，还要来来回回地组织同学们有序地试讲，候场教室和讲课教室有一段距离。想到这，我内心一阵窃喜，感谢这么多年各位老师对我这个学生干部的培养，主动要求帮助老师组织整队，老师拒绝并感谢了我。执着的我没有放弃，主动地整理了几次，节约了不少时间，老师微笑了，也就不亲自来组织了。试讲在有序地进行，我也在认真地工作着，三位老师最终破例给了我一次试讲的机会，我很高兴！这时候，笔试成绩出来了，不合格的同学没有资格进入面试，我就在其中！我来不及悲痛，三位评委老师给我讲明了他们为我争取的机会和学校规定，告诉我不用再辛苦组织大家了。我微笑并回答：我既然做了，就要把这件事情做完而且做好！紧接着，我继续努力工作，直到当天的面试全部结束。最后，带领着几个师大的同学把教室打扫干净。老师们再次微笑，在聊天中，得知组织面试的老师也是陕师大的校友，他毫不吝啬地给我们讲了一些面试过程出现的问题。披星戴月的一天，虽然工作没找到，却和这位老师成了朋友，也有收获！

挫折总能给人最直接的学习，这一天也是我人生的重大教训：自己没实力，所有想帮我的人给再大力量都是徒劳！一切事情都要靠自己。这也提示我在以后的招聘过程中要注重专业基础。对以后想找中学化学老师职业的学弟师妹们来讲，应该在11月之前熟练掌握高考化学题，同时要练习讲课。另外，关于找工作，我验证了一句很通俗的话：脸皮厚，吃得够！

这一次失败，我开始怀疑自己，否定自己，多亏了朋友和家人的鼓励，最终，我走了出来……之后，也参加了几次招聘，但自己总是没有感觉，没有状态。休整了半个月，12月初，树德博瑞实验学校来招聘时，我提前关注了该学校，内心很想加入他们。幸运的是，招聘现场，我又找回了感觉，这次的招聘我对自己的表现较满意，后来与人事老师聊天，他说我当时的形象为我加分不少。

在认可中坚持

签完这份工作后，很多朋友为我惋惜，原因很简单：无编制，不稳定。我笑笑，也许吧，但是内心从未动摇过。因为这是我职业规划的一部分，我的未来会因我的选择而不同，我的选择会服务于我对自己的规划。每个人都有自己的"心路"，走内心那条自己认可的路！

签完工作后深刻感受到：金钱、待遇不是衡量工作的唯一标准。想要挣钱，首先要让自己变得值钱；想要找到好工作，首先要让自己能胜任好工作；在提要求之前，先试问自己做到了吗。求职需谨慎，追梦要走心！

　　孙千钧，化学化工学院高分子化学与物理专业2016届硕士研究生。从2012年9月入校以来，先后担任专业负责人、有机高分子支部组织委员、课题组财务账务负责人等职务。连续三年获得厚德奖学金一等奖；2014年获"优秀研究生"称号。现已签约成都树德博瑞实验学校。

逆袭之旅

◎ 黄娅玲

寄语：乐观、积极、热情，做人嘛最重要的就是开心。

　　大一至大三三年，我过得平平淡淡，并没有得过奖学金和成为学霸，也没有挂科重修和成为焦点，在芸芸众生中并不起眼。但是，（灯光师准备，敲黑板，这是重点）在广东实习期间担任了实习队长并荣获优秀实习生，实习结束后还被实习学校返聘，并且顺利签约了在云南省综合排名第一的知名院校——云南师范大学附属中学，完成了一次漂亮而华丽的逆袭。叨叨完这些就要切入正题，分享这碗老鸡汤了。

　　求职准备第一步，做好求职前期准备。师范生都明了，大三结束后我们将要面临两件大事，第一进行教育实习，第二找一份称心如意的工作。所以，大三之后留在学校的时间会很少，并且实习是一个充实到炸的过程，乃至于并没有太多的时间让你准备各种琐事，所以，现在大三的你们就可以开始强势准备后期工作了。No.1，一张完美的证件照，最好准备纸质版和电子版双份。No.2，大三结束之后到学院打印一份成绩单盖上公章。No.3，将大学期间的各种证件，如普通话证书、四六级证书、计算机等级证书等扫描。NO.4，制作好一份简明扼要的简历。这些都是一些前期的筹备工作，做好了这些准备可以为之后的求职就业节省很多的时间。

　　一如既往，在云南打响招聘第一枪的还是昆明市第三中学（以下简称昆三中），在云南省排名前五的学校。接到招聘信息的时候是10月份，也是实习工作开展到一半的节骨眼，和父母商量，也在自己觉得能留在省会城市发展是一个最好选择的前提下，我抱着试一试的心态投了简历。这里插播一条信息，虽然简历并不是最重要的因素，但简历是为你敲开求职大门的第一块砖，因为在最后进行云南师大附中面试的时候，接触到了一个华中师大的竞争对手，她向我透露也曾向昆三中投简历，但是并未接到面试通知，我看了她的简历，应付而草率。一个星期后我收到了昆三中的面试通知，毅然决定前往。

昆三中的面试总共分为三轮：第一轮是十分钟的说课，第二轮是进班试讲，第三轮是校长谈话。因为昆三中算是云南第一所开始招聘的学校，面试时候直接就接触了除北京师范大学和华东师范大学外的其余四所部属师范院校的同专业师范生，简单交谈后可以初步掌握今年应届的同专业的师范生有多少人，各自的就业倾向是留省会还是回家乡，这可以帮助你分析就业的形势。顺利经过层层筛选，进入到最后一轮校长面试，求职人数由刚开始的二十人到最后的七进五，而我还是华丽丽地排在了第六名，没能顺利签约，但是塞翁失马，焉知非福呢？

经过这次求职，我有了两个较大的收获。第一，自信。一开始就是抱着试试的心态，并没有想过能进入最后，但事实证明自己还是有实力的，所以在找工作的时候我们一定要有自信。这忒重要了。所谓的自信就是表现在，面试过程可以对答如流，讲课可以运筹帷幄，任何的课堂突发状况都能泰然处之，从而展示你作为老师的课堂驾驭能力。第二，强化训练自己的教学技能。回到实习的学校，我开始抓住一切机会上讲台讲课。自己争取机会，多去听课，多记笔记学习，让老师来听课，虚心听取指导老师的意见和指导。我一直相信天道酬勤，付出总会有收获，积蓄能量，下次再战。我一直相信没有哪段旅程会是徒劳无用的，这次的经历至少让我知道了自己的实力，也明白了当前的竞争情况。

11月底，我又接到了云南师范大学附属中学等几所学校的面试通知。当初知道云南师大附中在招聘的时候，教师公招群的一位学长告诉我："云南师大附中这样一流的学校历年来只要北师大和华东师大等一流师范院校的毕业生，咱陕师大是没有机会的。"但我依然自信地坚持投简历，实习期间自己的优异表现，还有昆三中的应聘经历已经告诉了我，机会是自己争取来的，不试试怎么知道不行呢？我不想以后回首时后悔莫及，所以实习结束后就立刻赶回昆明参加面试。

在正式接触师大附中面试之前，陆续在云南衡水实验中学、昆明十六中进行了面试，并且都收到了这两所学校的橄榄枝。这里传授另一个经验，多参加面试，多到各招聘学校进行试讲，这是一种财富，也是积累的过程，虽然奔波很累，但是收获更大。最后锣鼓敲响，要进行师大附中的面试了。师大附中这样一所追求质量的学校，招聘也是进行"三部曲"。一、学校领导面试，这是一个对自己的三观、表达能力，还有专业知识进行综合考查的过程。师大附中的招聘要求就明确指出，必带一份手写的求职信，这是考查教师的三笔字功底。面试过程中面试官就我的专业展开了一系列的提问，例如当前火热的供给侧改革，如何解释价值规律，这主要考查专业知识以及作为一名合格的政治课教师对时政的把握。第二轮的进班试讲，学校要求板书，不能使用多媒体，这对教师的课程熟悉程度、教学基本技能要求很高。顺利PK掉对手后，进入最后的校长谈话环节，这次与上次和昆三中校长谈话的区别在于气氛更加轻松，我也更加收放自如。最后体检结束，通过了师大附中的考核。师大附中的求职过程体现了一所名校对应聘者的要求：第一，扎实的专业知识，丰富的知识储备；第二，教师的专业基本功，三笔字、口头表达能力、课堂组织能力；第三，相关知识储备，例如政治老师的时政分析能力。

以上求职经历总结起来就是"不要怂，就是干"，没有谁可以说你不行，除非你自己放弃自己。因而，有机会就抓住一切机会提升自己，没有机会就创造机会。命运掌握在自己的手中！

黄娅玲，现签约云南师范大学附属中学。

求职其实很简单

◎ 李宏鑫

寄语：确定了自己需要的，勇往直前就可以了。

曾经以为遥不可及的事，却直接闯入我的生活，而且是这样猝不及防。我的求职过程可以概括为三个关键短语：抓住机会，坚持到底，一点运气！

我从实习单位回到学校的第二天，到钟老师的办公室去报到，顺便拿一些材料。临走时，钟老师像是突然想起了什么，问道："前些天，学校官网发的就业信息你看了没有，里面正好有你家乡那边的单位来招聘。"我愣了一下，其实我是知道这则招聘消息的，但是因为在外地实习，觉得从广东赶回陕师大实在是太麻烦了，所以选择视而不见，但又不好意思，忙推脱说实习太忙没注意。于是钟老师给了我带有招聘单位联系电话的招聘启事，并嘱咐我，虽然有些迟了，但是如果有合适的机会一定要努力抓住。正是这句叮嘱打消了我放弃的想法，我想那就试试吧。

回到宿舍，拨通了招聘单位的电话，得知他们早就已经离开了西安，这不禁让我觉得有些遗憾。不过柳暗花明的是，这家单位还会到北师大召开一场招聘会，接电话的老师表示很欢迎我到时候去参加。

挂断电话，我竟然有一种骑虎难下的感觉。在一天内从西安赶到北京是一件很麻烦的事情，但在电话中又已经答应了老师会准时参加，如果现在打退堂鼓的话，肯定会在对方心里留下不好的印象。怎么办？只好硬着头皮上了！

用手机查询发现通往北京的火车是第二天的下午14点。上午还要赶到钟老师的办公室给就业推荐表盖章，看来今晚要熬夜制作简历了。

第二天，准备好所有的材料，吃过午饭，我就这样背着一个书包去了北京。

在火车上，之前联系过的招聘老师打来了电话，问我是否买到了车票，几点能到北京。我一一回复后，老师给我发来了招聘会的地址，并说如果时间充足的话，我下了火车也可以提前联系他们，他很乐意提前与我接触一下。我很庆幸自己做对了选择，如果招聘方为我做了如此多的准备，我却因为麻烦而退缩了，恐怕要后悔一辈子了。

经过一夜的折腾，终于到达了北京。在车站的卫生间简单地洗了把脸，看着镜子里的自己，在卧铺上睡得乱糟糟的头发，一身运动服加上大大的书包，没有西装、领带，也没有公文包，我就要这样子去参加招聘了，可能这就是生活和电视剧的区别吧。

提前一个小时来到了招聘地点，我给招聘老师打了一个电话后，就坐到一边的沙发上等待着。不得不说这种等待是最难熬的，我总是不断地猜测接下来会发生什么事，如果我这次应聘失败了又该怎么办。好在不多时，之前联系过的张老师和招聘学校的符校长从电梯中走了出来。我激动地迎了上去，经过简单的介绍之后，他们接过我连夜准备好的简历和材料，一起坐了下来。

在简单的提问之后，校长很直接地告诉我，以我的成绩单想要符合招聘要求是很勉强的，但是他们很欣赏我从西安赶过来的真诚，招聘会上还有试讲的环节，让我好好准备一下，希望我在能力方面能给他们带来改观。

听到这番话我的心里紧了一下，随后深吸了一口气，毕竟在陕师大学习了四年，讲课方面我还是有信心的。

接下来的招聘会上，我真正明白了刚刚校长的话其实已经很客气了，听着其他应聘者的介绍，对比着我们之间的差距，我突然为自己大学生活中那种无所事事却又不自知的状态感到羞愧。

轮到我试讲了，我用力地握了握拳头，我对自己讲课这方面的能力是有信心的，也曾用心准备过，这个环节我绝不允许自己输给其他人。果不其然，十分钟的试讲之后，我得到了在座老师的一致好评，我的心也终于放松了下来。

最后的结果是，我顺利地得到了这份工作。在之后和符校长的交流中我得知，其实他们愿意录用我的主要原因，还是不远万里从西安赶到北京的这份坚持和我在交流中的真诚态度。

当晚，我坐在从北京返回西安的火车上，还感觉这一切就像做梦一样。在整个应聘的过程中我几乎什么也没有做，一切都是如此地水到渠成，顺利地就连我精心准备的试讲都变得无关紧要了。但是如果我当时没有给招聘单位打电话，结果会怎么样？如果我怕麻烦而拒绝了这次见面，又会怎么样？也许人生就如同这辆火车一样，只要我们坐上去，它就会带着我们直奔目的地，而我们要做的事其实很简单，只要确定自己需要的是哪辆火车，并且毫不犹豫地坐上去就可以了。

李宏鑫，生命科学学院生物科学专业2018届本科生。现签约哈尔滨德强学校。

求职，在路上雕刻自己

◎ 李运珍

寄语：我深信"君欲善其事，必先利其器"。我深信有理想在的地方，地狱即天堂；有希望在的地方，痛苦亦可成欢乐。

匆匆忙忙之间已是5月份，即将到来的毕业季让人心中惆怅不已，青春虽未留白，但离期将至的漠然伤感又岂是那样容易排解的！唯一值得慰藉的是，求职之路走来虽跌跌撞撞，却也终归圆满结束了。

求职季比想象中来得早了一些。在实习的第二个月，也就是10月份，就隐约听说广西老乡中有人已经在南宁八中的招聘中过五关斩六将地顺利签约了。羡慕之外不免紧迫感加剧，匆忙地在实习之余修改着求职材料，随时刷新着教师招聘网上的信息，主动找教室练课、磨课，请实习小伙伴听课、评课，大家的积极性也空前高涨。

10月的深圳依旧是酷暑，求职的压抑感一如空气里弥漫的尘土味，苦涩而浓烈。其间也试着给几所学校投过简历，但除了部分学校的自动回复而引发的片刻的窃喜外，便犹如石沉大海般再没激起一小片浪花。那段时间是迷惘的，切实体会到了过简历关的不易，开始怀疑自己的专业水平，怀疑自我的定位，苦苦冥想不得要领。老乡群里开始热烈分享成功者的喜悦与经验，讨论着求职的各种注意事项。终于，我的求职正式拉开序幕。

我要去哪儿？

选择去哪儿是个永恒的话题，求职亦不例外。最初的最初，觉得最理想的生活状态并不是守着一方故土完成生命的历程，而应是在几个喜欢的城市里轮换着生活一段时间，富于变化的生活才会充满新奇，才会让有限的生命拥有无限的深度。可是到了现实中，却完全不是这回事。

与广西区内南宁、柳州、北海等地陆续开始的火热招聘形成强烈对比，家乡桂林依然悄无声息。这对于一门心思想跑回老家的我，无疑是很大的打击，太多不确定因素让我不安。于是抱着试试看的心态，踏上外地应聘的征程。11月中下旬，等待许久的面试通知终于来了，匆匆结束了实习，收拾行李离开深圳，和小伙伴一起赶赴柳州，参加柳铁一中的面试。紧张的心情伴随一路，忐忑不安的同时，怀疑远离桂林、奔赴柳州的选择是否真的明智。面试安排在到达柳州的第二天早上，应聘结果比想象中出来得快。我在第一轮与教导主任谈话环节，因当年高考成绩并不出类拔萃而败下阵来。硬伤败北的结果让我跟自己赌气，当即决定买票回家。就这样，我在家休养两天之后，带着家人给予的能量踏上了返校求职的征程。

返校后的大型招聘会上，等来的是区内唯一一所参会学校的缺席，之后在北海教育局的专场招聘会上打了个酱油，负责人的一句：桂林不是挺好的嘛，没必要跑北海来啊。让我猛然间意识到：诸多的折腾不过是源于对自己能留在桂林的不自信。经过一番思想斗争，最后还是决定掐断外地求职的想法，开始静待桂林的招聘信息。转眼到圣诞节，终于按捺不住归家的冲动，一张车票为我蛰伏学校一个月的求职画上了句号。

我要做什么？

1月2日，这是个让我五味杂陈的日子，虽说早已做了各种准备，但还是被现实打了个措手不及。桂林市物理教师的需求信息不过三条，而且明确写出了只面向物理学专业的免费师范生，唯一值得安慰的是市里教育局有一个面向应用电子技术教育专业或计算机专业的通用技术教师岗位。貌似充满选择却也别无选择。在面试日期来临之前，一边是桂林的通用技术，一边是未知的物理，两者同样充满了诸多不确定性，反复权衡比较之下，我仍不得要领，只得求助学长学姐，与亲朋好友一起商讨。意料之外的是，在学长学姐分享完求职经历以及目前的工作现状之后，在与亲朋好友的热烈讨论之后，在一点上达成了共识，那就是——大家认为手持高级中学物理教师资格证、应用电子技术教育专业毕业的我，在今年桂林市的招聘中反而是占优势的。他们都认为我可以在桂林市通用技术教师岗位上放手一搏。即使失败，也不影响1月12日的"区双选"。于是，我最终确定调整状态参加1月9日的桂林市教育局招聘会。

桂林市教育局的招聘会分为试讲、面试两个环节，由各校校长、一线名师对应聘者两个环节的表现进行打分，其中试讲75分，面试25分，总分100分。应聘者进入招聘会场后必须上交所有通讯设备，签到后候场，接着分学科按顺序进入备课区。根据所提供教材备课三十分钟，然后试讲十五分钟，最后面试五分钟。面试环节为每人抽两道题进行答辩陈述，面试涉及教育常识、教学常规管理、班主任工作、学科专业知识等内容。

因本次招聘面向的是桂林籍的免费师范生，在进场后的签到表上很容易发现递交报名表的人并不多，而通用技术的应聘者除我之外还有三个计算机专业的小伙伴。候场过程有点漫长，脑袋里不知在想些什么，能清醒看到的是，考核结束的小伙伴们回到候场区匆匆收拾东西，再到人事科等候考核结果；能清醒感知的是就快轮到我了，快了。真正进入备课区拿到试讲教材时，飘忽不定的心终于踏上了厚实的大地。试讲内容是高中通用技术第二册的系统论部分。因备课过程有时间限制，在理清教材脉络后，我试着在草稿纸上规划十五分钟的思路与重点，组织教学语言。与往常一样，备课过程中，我会习惯性地想象站在讲台上我会是怎样的窘态，不由得轻笑出声。一抬头发现备课区的负责人已经念到我了，好吧，可以决定我命运的二十分钟终于到来了。印象中我的试讲部分表现得并不十分令人满意，主要是由于对通用技术教材前后内容不熟悉，对衔接部分的讲解以及对深度的把握并不理想，好在语言表达、知识点逻辑条理、举例分析方面一定程度地弥补了缺陷。而面试答辩部分，因抽到的题目是较为熟知的对于中小学德育实施以及对于"教学有法，但无定法，贵在得法"的个人看法，多少感觉有点侥幸，表现还算正常。考虑到结果是取综合分最高的一名，所以走出考场的时候并没有抱多大的希望，多少有点"谋事在人，成事在天"的感觉。这种心情一直延续到宣布成绩的那一刻，当听到我的综合分高于第二名四五分时，意外的心情盖过了窃喜，而真正意识到我将留在家乡工作却是在协议书签好的那一刻。回去的路上，不真实的感觉仍萦绕脑海，求职之路从此画上了句号。

现在看来，求职时诸多看似徒劳的四处奔波也有了存在的意义，正是因为经历了路上的迷惘、纠结、困惑与抉择，如今的我才能更加明确什么对我而言是最重要的。

有过求职经历的人，不难有这样的体会：求职的路也是找寻自己、重新定位自身的过程。在四年的大学荏苒时光之外，在对未来充满憧憬的象牙塔之外，逐步成熟的自我认知等待着这样一次求职的检验。想要在求职过程中建造一座桥梁，将梦想与现实无缝衔接绝非易事，我们能做的不过是在现实中不断修正、雕刻理想中的自己，在现实中找到这样一个成为"半成品"的合适位置，然后静待下一次成为"完成品"的雕刻机会。

李运珍，物理学与信息技术学院2014届本科生。大学期间曾任班级组织委员、宣传委员、文艺委员，院学生会办公室副主任。获得专业二等奖学金三次，获"优秀学生""优秀团员""优秀团干部""优秀部长"等称号。现签约广西壮族自治区桂林市教育局。

摧毁不了你的都只会让你更强大

◎李　众

寄语：天再高又怎样，踮起脚尖就能更接近太阳。博观而约取，厚积而薄发。岂能尽如人意，但求无愧于心。

说到就业，我比较想用"血泪喜剧史"来形容我的求职过程。与大多数同学一样，面临就业，我满怀憧憬与期待，但漫长、坎坷和曲折也贯穿着我的求职历程。找工作的经历成了我人生中"浓墨重彩"的一笔。

我是一名湖南籍免费师范生，找工作的时间从2016年10月份持续到2017年3月份，我参加了十几场招聘会，见识了各种各样的招聘形式，从深圳到长沙、武汉、西安、北京，坐过飞机、火车、大巴，往返于各城市之间，耗时耗力。一开始，我满怀信心，励志一定要留在省会长沙市，但当一轮又一轮招聘朝我涌来，在一次次利弊中抉择权衡中，在周围人给的压力与自身的负担下，我彷徨过，迷茫过，失望过。在经历了一系列挫折、失意、突破、转折、成功之后，我拿到了长沙市雨花区教育局的协议书。尘埃落定的那一刻，欣喜却又淡然，梦想之花，终于即将开在我的梦想之城——长沙。

我先后参加了长沙市四大名校与长沙市其他各类学校的招聘，同时参加了我所在生源地娄底市及临近较发达城市株洲市的招聘，基本都是孤身一人奋战，各类学校的面试难度与流程各有不同，招聘结果也不尽相同。长沙市的就业形势相对来说比较严峻，都有学历、成绩的门槛要求，还要过五关斩六将，面试、笔试、试讲、试教四个环节，一个学校的面试基本上就要持续好几周。

初尝失败滋味

最先开始的是长沙市一中的招聘会，在武汉的华中师范大学举办。我从深圳的实习学校请假后买了车票，带着我的满腔热血，带着父母的殷切期望，连夜赶到武汉。到了招聘会现场，才发现大教室里人满为患，目之所及全是人，且只提供两个生物教师岗位。抱着期待的心情进入理科组的面试室，才发现光是我们小组六个人里边就有五个是生物专业，其中研究生就有四个，只有我一个本科生，所以面试生物的总人数可想而知！在争取不怯场的情况下，我出色地完成了三分钟的自我介绍，获得进入笔试环节的机会，但紧接着的笔试就彻底把我打趴下了，先不说题量多，信息量大，光是难度就让我提不起速度来。果然，一周后公布笔试结果，我并没有入围试讲环节。总结经验教训，我发现是因为缺乏笔试经验，加之实习刚刚开始，对于教材的熟练也还需要一个过程，自己的准备还不充分，考前没有多练习多刷题。

第一次招聘会的失败其实还并没有完全打击到我，第二次参加长沙市长郡教育集团的招聘会，才算是真的让我尝到失败的滋味。在总结了第一次的失败经验后，我勤看书，多做题。从深圳请假回西安，我顺利通过了面试与笔试，并在面试中取得了陕西师范大学专场的第一名，我仍记得当时面试官对我的评价："从你身上，我看到了陕西师范大学学子的风采，你很优秀！"这给了我极大的鼓舞与信心。最终我顺利进入前二十的试讲环节，试讲在长沙，一路披荆斩棘，成为前十名进入试教环节，即面向学生进行十分钟的授课。这一次，我很有信心，因为官网消息是录取八个，概率很大。我现在都清晰地记得公布成绩的那个下午，我在长沙的步行街逛了半天等成绩，每隔几分钟刷一次官网，最后在地铁站在手机屏幕上看到没有自己的名字时抑制不住号啕大哭，我不知道为什么最终只录取了四个。辗转深圳、西安、长沙三个城市，这是一种离山顶很近却又摔了下来的感觉，感觉触手可及却又跌入谷底，让我几乎垮掉。现在想来，真的要感谢一直给予我关怀与温暖的亲朋好友，这也让我更加明白亲情与友情的可贵，在失措与无助的时候，试着安慰自己，也试着让别人安慰你。虽然第二天接到了集团内其他学校的签约邀请，但考虑到是民办学校或者工资待遇及地点等问题，我一一回绝。后来在与实习指导老师与学科组长的交流中，发现自己在试讲和试教方面准备得还不够，在众多的求职者中还没有办法脱颖而出。

在接下来的一段时间里，我又尝试去争取长沙的其他学校，我开始一一打电话，但绝大多数的回答都是没有招聘计划，或者是不招生物教师，或者是要招骨干教师，都无疾而终。值得一提的是长沙市外国语学校的招聘，我以第一的名次进入试讲环节，最后却收到他们取消招聘计划的通知，之后三番五次去学校争取，打动了办公室主任李老师，她在之后的招聘计划方面给了我很多帮助，但最终也因为国际部只招收双语教师而止步。但渐渐地我也开始明白，很多事情只能尽人事，付出了就不会后悔。重拾信心，我准备重新起航。

试着降低目标

经历了前几次的失败后，我开始反思自己是不是把目标定得太高了。于是，我参加了离家比较近的株洲市第一中学的招聘，通过层层筛选进入最后环节，但遗憾的是我只获得第二，以零点几分的差距败给了华中师大的研究生。这次失败是因为知识储备不足，在问答的过程中犯了一个知识性的小错误，又一次败给自己。所以说肚子里要有墨水是多么重要的一件事，连墨水都没有，何来"倒墨水"的说法？由于这一次也并不是十分理想的目标学校，我并没有觉得特别失望，但这次求职也给予了我宝贵的经验。

紧接着又遇上了生源地娄底市第三中学的招生，也算是机会难逢。三中作为娄底市区最好的高中，往年很少招聘应届毕业生，我试着去争取。出人意料的是，老师了解到我是免费师范生，看了我的简历后，表示很满意，经过面试，老师表示愿意录用我。

这两次的招聘让我在很大程度上重拾了信心，同时，通过这么多次的面试与试讲、试教，失败成了我的垫脚石，我也越来越坦然。加之，有了"保底"学校，我又开始试着继续挑战自我。

再次起航，重见曙光

在我犹豫要不要回娄底的那段时间里，长沙市的各区属学校又开始招聘起来。这一次，我感觉机会来了，我想拼尽全力，放手一搏。最先开始招聘的是长沙市雨花区教育局，于是我提前交了简历，联系了雨花区目标学校的老师，参加面试，试讲，最终达成所愿。

其实在这之后，我还是抱着锻炼自己、追求卓越的心态继续参加了长沙市芙蓉区、开福区、望城区、宁乡县的招聘，综合考虑之后，我最终还是选择了长郡雨花外国语学校。

我很感激这一段时间所遇到的所有人和事，在一次次的奔走中，我认识到自己的不足，清楚了自己的定位，并在一次次的招聘会中，争取更好地发挥自己的优势，正是这些点点滴滴，让我变得更加强大与优秀。如今的我，感觉已经成长了太多，是就业教会了我成长，也是就业让我足够强大。因为就业，我不再害怕失败，可以坦然面对自己，走出校园，了解社会；我感受挫折，经受失败，再重新站起来。现在的我，总是很自信地跟同学、朋友说，就业真的会磨砺意志，经历就业，你会发现普通的事情是根本无法打倒自己的。机会总是留给有准备的人，成功往往眷顾坚持的人，正如我刚开始参加招聘会到最终得偿所愿一样，这是一个摸索的过程，关键在于摸索的时间长短和坚持与否。有时候你觉得上帝给你关上了一扇窗，甚至有时候把门也关了，其实试着推开这扇门或窗，才发现，上帝并没有上锁。

所有失去的，都会以另一种方式归来！这是我的人生格言，因为我相信，无论是成功还是失败，那都是自己收获的宝贵财富。加油吧，少年，不要害怕，勇往直前，人生最大的失败，就是放弃，摧毁不了你的都只会让你变得更强大！

李众，生命科学学院生物科学专业2017届本科生。曾担任学院学生会副主席，获"优秀学生干部""优秀团员干部"称号。现签约长沙市长郡雨花外国语学校。

努力做最好的自己

◎ 罗晓倩

寄语：努力拼搏，无论身处何处，总能创造属于自己的幸福。

求职，是从学校进入社会的关键一步。找到一份好工作，就为自己进入社会搭建了一个良好的平台。求职前的准备工作很关键，一份精美的简历、一段精彩独特的自我介绍、一节高质量的讲课、一篇旁征博引的说课，都是求职的必备。我在大三下学期相应课程老师的指导下，完成了以上内容的初步准备，实习阶段通过实践反思，听取一线教师的建议，对其进行了完善。实习让我自信满满，能够从容不迫地面对应聘。

实习刚刚结束，陆陆续续就有学校开始招聘了，我也开始了自己的求职历程。不久，云南昆明盘龙区教育局到学校招聘了，虽然只是小学和初中，但由于其优越的地理位置，以及还有其他免费师范学校，他们的要求很高。很多同学经过讲课、说课、面试几个环节都被刷了，同学中流传着教育局太挑、只是来走过场等等传言。了解了需求后，我投了两份简历给最中意的中学和小学。初中不需要信息技术教师，对信息技术专业的教师教数学也无法接受，因而我被拒绝了。正心灰意冷时，小学给了我回音，和招聘老师简短谈话后，让我出乎意料的是，他很直接地问我要不要签约。他又向我介绍了基本的工资待遇、生活条件等，喜出望外的我陷入了深深的迷茫，到昆明教小学，不提供住房，是我从没有想过的生活方式，考虑到违约的困难，于是我记下了老师的电话号码，决定和父母朋友讨论之后再决定。考虑了自己、家庭，以及招聘才刚刚开始等原因，我有点遗憾地放弃了那所小学。尽管没有签约，但是让我更加肯定了自己的能力，知道从哪些方面去表现自己。

渐渐地身边很多同学都签约了，开始了她们最悠闲的大学生活，而云南大理的学校却毫无动静，此时的我开始有些心慌了。回大理就业是我最初的决定，但是今年大理那么难回，是我不曾预料到的。大理教育局今年教师编制奇缺，临时改变了政策，岗位需求表迟迟未公布，而昆明市第一阶段的招聘已经结束，此刻的我进退两难。在学校等得无比焦虑的我回到了大理，开始自己寻找就业机会。辗转到大理一中、下关一中、新世纪中学等学校咨询校长，虽然他们很乐意接收，但都没有招聘自主权，岗位还需要教育局批准，而今年的岗位几乎批不下来。很无奈的我又到大理教育局咨询，得到的答案却是只能在某某网站上等通知，然后参加统一的招聘考试。等——一个让人太无奈的字。

看着轻轻松松签了工作的同学各种晒幸福，心里满满的都是委屈，在抱怨和自责中度过了几天之后，我意识到现实无力改变，能改变的就只有自己。因而，在漫长的等待中，我习惯每天一醒来就打开电脑，刷招聘信息；在准备论文的同时复习大学知识；熟悉高中教材的同时练习做题；安慰焦急而又自责的父母。不知不觉一个多月过去了，岗位需求表终于公布了，可是屋漏偏逢连夜雨，大理市今年一个信息技术教师岗位都没有！那个愁啊，何止如一江春水向东流。县里的高中招两个信息技术教师，这是我唯一的希望了。顶着和已经做了两年高考题的云南师范大学毕业生和其他高校研究生一起考试的压力，埋头复习了一个月，终于以第一名的成绩取得了学校的入职资格。漫长的等待终结了。

工作终于确定下来，我内心平静了许多。自己平日里的准备和积累是求职取胜的关键。几经周折的找工作生活，让我成长了许多，更加深入地了解了自己，也交到了几个知心好友。我相信，只要够努力，无论处在怎样的环境里，都可以过得幸福快乐。

罗晓倩，计算机科学学院计算机科学与技术专业2015届本科生。先后担任班级团支部书记、学院办公室助理，学院宣传部副部长。获得二等专业奖学金、何崇本少数民族奖学金，被评为"优秀学生""优秀学生干部""优秀实习生""优秀助理"等。现签约云南省大理白族自治州祥云县第一中学。

在坎坷中奋发

◎ 马田田

寄语：人的一生并不总会一帆风顺，必须学会坚强，积极勇敢地去面对。

曾经，我特别期待大四的到来，因为到了大四，就没有令人枯燥的专业课、烦琐的社团生活，自由时间大大增加。甚至，我还为自己的大四制订了完美的计划：旅游各个城市，吃遍各地美食。但是，当我真正成为一名大四学生的时候，才发现，梦想永远是梦想，终抵不过现实的惨烈。每天的我不是在招聘会、宣讲会上，就是在去招聘会、宣讲会的路上，一套正装，几份简历，些许紧张，些许期待。

大四一开始，我就明确了自己的目标：放弃考研，找工作。为此，一开学我就去了家乡的一所高中实习，在实习的过程中我担任了一个班的班主任，三个班的数学老师，每周大概要上二十四个课时，每天喉咙都是肿着的。虽然很累，但是我确实在此过程中学到了很多，积累了很多经验。实习到10月底，我回到了学校，求职之旅正式开启。

初次尝试

第一次求职是在11月份，刚回学校没有多久。对方是重庆的一所私立学校，他们的招聘总共分为初试与复试。初试之前，我觉得自己有特别大的优势：一方面，我去高中实习了，有比较丰富的教学经验；另一方面，我本身是重庆人，会有地域的优势。出于这种盲目的自信，我在初试之前，完全没有准备。但当我真正面试的时候，老师什么都没问我，直接让我在黑板上画一个四面体，我完全蒙了，这完全和学长学姐说的面试不一样，大脑一片空白。最终，我被无情地刷掉了，连初试都没有进。这对我的打击非常大，毕竟，曾经我对自己是那样地自信。过后几天，甚至几个星期，我一直处于低谷，总是对自己表现出怀疑，甚至有些自卑。

自信转折

第二次，在同学的鼓励下，我应聘了广东的一所学校，当时的我还处于自卑状态。但由于这所学校的招聘名额较多，机会比较大，所以我还是去了。到了现场才发现，虽然名额多，但是报名的人数也多，而且基本上都是研究生，这无疑又给我的心理蒙上一层阴影。该校的招聘分为简历筛选与面试，简历筛选合格后才能进入面试。交了简历，我开始了漫长的等待，在这过程中，期望、紧张、焦虑各种情绪交替上演，最终面试名单出来了，但重点是，其中并没有我的名字。这无疑说明了一个事实，我连简历关都没有过。绝望的我拖着疲惫的身体回到了宿舍，当我刚坐下的时候，我接到了面试的通知，老师解释说是由于他们的疏忽，把我的简历给遗忘了，这让已经绝望的我有了一丝希望。出于珍惜，我在面试前精心准备，放下自己以前的姿态。最终，皇天不负有心人，通过我的努力，对方愿意录用我。虽然最后我没有签约，但是这次面试让我重拾信心，对自己的能力有了较为客观的认识，这为我以后的成功奠定了基础。

最难取舍

第三次面试的是重庆市的一所公办学校。当时的我，性格比较沉稳，没有心浮气躁，对面试也有些经验了。同是家乡的学校，这次我十分重视，把自己的状态调整到了最好。不过这次招聘，也是我遇到的最为严格的招聘，分为笔试与面试两个环节。让我印象最深的当属面试，现场抽题现场讲，这对应聘者的临场应变能力有很高的要求。最终，在我的努力下，我以高出第二名0.5分的成绩胜出。正当我准备签三方协议的时候，一个电话打破了这所有的开心。电话号码的主人我并不陌生，因为他就是我对象。由于他是免费师范生，只能回到他的家乡湖南，如果我签了重庆，那么我们就面临分手，所以当时他不想让我签三方协议。当时我特别纠结，一方面是前途，另一方面是爱情。几番挣扎后，我选择了爱情，放弃了这次来之不易的机会。在过后的日子里，虽然觉得有些可惜，但是我从未为这个决定而感到后悔。

人生低谷

上次做出决定后，我就把目标放在了我对象签的那所学校，毕竟我们签一所学校，以后的生活比较方便，但他们学校招得比较迟，所以我进行了很长的等待，过程很煎熬。快到面试了，我匆匆赶到长沙，虽然从西安到长沙的旅途中我受了很多苦，但我觉得都是值得的，当我满怀信心地参加完面试，结果却是那么出乎意料，我又被刷了。这对我来说是打击最大的一次，因为我把所有的希望都放在这个学校了，而且当时快过年了，年前签工作是不太可能了，而年后很多学校都不是很好了。别人都开开心心回家过个好年，我却怎么也开心不起来，为了不让家人担心，我骗他们说自己找到了工作，心里带着愧疚与不安过完了这个年。而这个年是我过的所有年中最漫长的一个，因为我必须一个人顶着所有的压力。不过万幸的是，当时的我，面对众多压力，没有颓废掉，而是坚强地走出来了。

来年再战

2016年，新的一年，新的起点，我再次选择了长沙的一所学校，时时跟踪他们的动态。3月中旬，跟着他们到了武汉去招聘，但由于很多原因，我被刷了。我马上隐藏起悲伤的情绪，又跟着他们去了重庆招聘，最终，通过自身的努力，我应聘上了。其实，当时我并没有很激动，而是仔细地回忆了自己这一年来的历程，其中的艰辛与痛苦可能只有自己知道。

人的一生并不总会一帆风顺，特别是当你迈入社会的时候，挫折与困难会成为家常便饭。当你伤心、难过的时候，社会给你恢复的时间很短，所以必须要学会坚强，积极勇敢地去面对这些挫折。同时不要害怕失败，因为还年轻，失败了还可以站起来，要相信，每一次的失败都是为了让你离成功更近一步。

　　马田田，数学与信息科学学院数学与应用数学（创新实验班）2016届本科生。现签约长沙市教育局。

求职故事，与君共享

◎ 盘寒梅

寄语：路在何方？路在脚下！它崎岖且泥泞，但一切美好尽在你踏过的千山万水。

我是一名少数民族骨干硕士研究生，一直对自己的第一份职业充满期待和向往。2017年10月我踏上了求职之路，六个月的时间里我投了近五十份简历，参加了二十多次大大小小的笔试、面试。以下是我的一些经历和收获，与大家分享。

收获一：有备无患

提前了解就业信息，做好准备是成功的必要条件。第一次参加的招聘会在武汉，同行的还有四位老乡。我们四女一男，只有那个男生提前投简历并主动联系了招聘单位，他此次目的只有这个岗位。到达武汉一放下行李，他便开始复习。清晰地记得招聘会当天他惊艳到了我们每一个人，着装整齐，落落大方，实力俱在，最后被所中意的单位签下。相反，我们几个女生着装随便，草草打印了几份简历，打心底里是来试水的。在这次招聘会上，我很荣幸进入了广西工业职业技术学院的辅导员面试环节，面试辅导员岗位的共七人，取四人。可以说这是个非常好的机会，且结构化面试的题目并不难，但由于自己事先没有做好准备，答题缺乏逻辑性，以失败而告终。

这次经历告诉我：第一，着装是求职必须注重的一个细节；第二，每次求职都要有正确的态度和目标，不能浪费机会；第三，要充分了解自己，对自己这几年来的经历进行系统地总结；第四，事先对应聘的岗位做一些功课，有个大概的了解。做好以上几点，为求职做好充分的准备，不打无准备之战。

收获二：身份定位

我们是求职者，必须给自己的身份进行准确定位。即便自己以前多么优秀，有过多么丰富的经历，但是在面试过程中我们与其他应聘者都是处于同一起跑线上的，不能把自己的经验扩大化而不虚心学习。

在面试过程中我发现，考官并不特别喜欢对自己夸夸其谈的考生，实力可以在有限的十几分钟的面试环节里体现出来。所以，我们在面试时要正视自己的身份和能力，切不可夸大其词。

还有，作为少数民族骨干研究生，我们也是通过了巨大的考研压力而入校的，并不比别人差。或许有的人会认为自己的起点很低，而自信心不足。这就需要我们在学习生活中肯定自己的能力，我们并没有与众不同，我们与他人都是平等的。

收获三：越挫越勇

原以为自己的专业冷门，机会应该很少。但在求职路上我发现其实只要敢投简历，敢迈出自己的脚步，面试的机会就会接二连三地出现。每天我都会关注广西的招聘动态，不放过任何一个求职的机会，能投简历的都投了，之后也收到了许多面试通知。第一次网投参加面试的是桂林理工大学的党办校办文秘一职。对于办公室文秘工作一无所知的我，询问了很多朋友，也就在西安回桂林的飞机上认识了一位新朋友，她给我提供了许多文秘的相关知识，并一直鼓励我。当然，我最终还是输在了笔试上。人生的第一次求职笔试，心里难免有些紧张，对于公文写作还不是特别了解。

第二次笔试是在桂林航天工业学院，也是校办秘书一职，有了上次的经历，这一次比较放松。但出乎意料的是，这次采用的是机试，提供全校各个学院的资料，要求三小时之内看完资料并完成所有试题。鉴于之前的失败，我觉得这次一定要拿出好成绩。皇天不负有心人，我的笔试成绩排在了第一名，暗暗窃喜了好一阵。本以为这次能拿下这个职位，但是我又忽略了面试环节，与我一同进入面试的两名考生都有着学科背景，我又被刷了！

虽然这次又失败了，但让我明白一个道理：失败并不可怕，可怕的是你因为一次失败而停止了前进的脚步。

收获四：该签就签

其实，在应聘过程中也不是没有单位愿意与我签约，而是我的目标还不是很明确。12月份我参加了北海市教育局来我们学校举办的招聘会，当时以优异的面试成绩被几所中小学看中。但是考虑到距离问题以及自己一心想进入高校的愿望而拒绝了签约。当时，北海市教育局领导跟我说过这样一句话："如果你这次不签约，你今年就签不上工作了。"那两天我吃不下睡不着，一直在思考要不要签约。不签约意味着我将花费更多的时间和精力在求职上，但我又想以自己的实力并不是没有可能进入高校。一时的犹豫导致了我整个研三都奔波在求职的道路上，所以能签就签，不要犹豫和徘徊。好在我最终签约百色学院，达成所愿。

总之，求职之路各不相同，有的人会一帆风顺，而有的人需要历尽千辛万苦。但终究，我们都会谱写出属于我们自己的生命乐章。

盘寒梅，教育学院教育学原理专业2018届硕士研究生。本科阶段担任分团委学生会青年志愿者协会分会会长、教师技能协会粉笔字指导员、红十字协会宣传部部长、书画协会书法组副组长；研究生阶段担任陕西师范大学西北基础教育与教师教育研究中心学生会学术部部长。曾获"先进学生干部""大学社会实践积极分子""学习标兵""粉笔字优秀指导员""党校培训班优秀学员""优秀学生干部""优秀青年志愿者""优秀运动员"等称号。获园丁奖学金二等奖、中文演讲比赛三等奖、声乐比赛二等奖、钢笔毛笔字三等奖等。现签约百色学院。

在路上，在最美好的时光里

◎ 任志强

寄语：因为年轻，所以更用心。让青春怒放，在最美好的时光。

提笔写自己的求职故事，其实内心还是很忐忑的。坦白说，我的个人经历算是一个非典型的个例。其实大三的时候，我对自己的职业规划还是比较迷茫的，后来，通过专业课的学习以及各种课外实践，感觉自己对于物流行业以及广告传媒特别感兴趣，所以我特希望能进入一个与此相关的公司工作。

我的求职意识萌芽得比较晚，大三第二学期中期才开始准备简历。而且，我最开始准备的简历特别简单，在学习学校就业指导课后以及在同学的帮助下，我多次对它进行修改，最后用Photoshop重新制作了一份感到满意的简历。而正是这份简约而不简单的简历，为我的求职增色不少。

算起来，找工作花费的时间前后大致两个月。断断续续，各种宣讲会、笔试、面试、招聘会，拿着简历和各种复印件奔波在西安各大校园，穿着西装，打好领带，挤上拥挤的公交，一天只能吃两顿饭，行程安排紧的时候甚至只吃一顿饭。早出晚归的日子让人开始渐渐觉得身心疲惫。

更痛苦的是，数不清的简历石沉大海，又一次次牺牲在初面的战场上，所经历的一切无不在考验着我的耐心和承受能力。

9月初，我和同学一起在西安邮电大学参加酷派公司举行的宣讲会，那是我第一次参加宣讲会。这次宣讲会对我来说算是一个转折点。之前，我完全没有就业的意识，也不认为自己在这方面储备了足够的能力和技巧。很喜欢当时工作人员一再强调的"自省"意识，让我在层层选拔后，突然发现自己身上有很多之前不曾重视的特质。另外，在一对一面试的时候，和面试官的互动很成功，不仅看见了自己在制作简历等方面的不成熟，同时，收获了很多肯定和鼓励。感触最深刻的，就是他不停强调的一个观点：一定要把学习深造纳入自己的职业规划中来。可以毫不夸张地说，就是在这短短的时间里，不仅让我的自信心迅速"膨胀"，也彻底改变了我很多未经认真思考的幼稚的想法。对我来说，大学前三年都是缺少"职业规划"这一概念的，只是目光短浅地看着自己即将去做的下一件事情。

后来许多的公司、企业都在西安开展宣讲会或招聘会，当时我和同学成天奔走于西安交通大学、西北工业大学、西安电子科技大学等学校，参加过腾讯、百度、奥美、美的、格兰仕、顺丰、苏宁、康佳等公司的宣讲和招聘。但在面试过程中，我总因为不善言谈而在小组讨论的时候被淘汰，直到最后在得力公司的面试过程中，我克服了这一缺点，终于过了群面这关，最终被录用。

其实在网申这方面我也没有太多的发言权。后来一次偶然的机会和负责招聘的人力资源老师聊过，一般公司会很重视学业成绩和学生活动这两个点。我的运气还不错，刚好在简历中着重强调了自己在这两点上的优势，所以顺利通过。

一般公司的面试都会分两轮，群面和单面。我不喜欢群面，更喜欢单面，我觉得那样能使面试官真正全面地了解自己，那样的面试结果更加客观。

也许是性格使然吧，每次在等候区等待参加无领导小组讨论前，我都不太喜欢和小组成员认识、聊天，但在群面过程中，我会特别注意两个问题：一个就是我很喜欢以"我觉得你的意见很对"开始，然后再提出自己的看法；另一个我会关注到如果有人长时间没有发言的话，会主动邀请大家听听他的看法。我觉得这是对别人最基本的尊重，也是注重团队的表现。网络上总是有很多人在讨论是不是应该当领导或者最后做总结的问题，我倒是从来没有担心过，因为我是一个慢热型的人，逻辑感也不是很强，这两个重任都不适合我。同时，我也亲眼见证过因为当领导和做总结做得不出彩结果直接被淘汰的"惨案"。讨论的时候也不要太在意案例的正确答案，其实说到底，面试最重要的还是做自己，面试官阅人无数，装得再像也很容易被他们一眼识破。

我的单面次数很有限，但是我其实喜欢单面的气氛，与面试官进行直接的沟通，更容易使我感到放松，不过有许多同学并不能理解，他们觉得与面试官交谈比较有压力。我其实只参加过美味鲜、威露士以及得力三家公司的单面，之前的两次单面我都因为准备不充分或者能力不如别人而被淘汰。在得力集团的单面之前，我做了充分的准备，舍友也不断鼓励我，这更增加了我的自信心。所以，我最终顺利通过了得力集团的三轮面试以及笔试筛选，并在2014年年初参加总部培训之后，被公司调配到了北京分公司。

其实，和很多人比起来，我应该算不上求职那么成功的毕业生，但在这个过程中，我觉得自己收获了很多，也成长了很多。一年前的我根本没有想过就业的事情，也从来不觉得学习也是应该纳入职业规划中的一个问题，导致做决定的时候总是将学业和工作完全割裂出来。

相对于求职经历，我更愿意多说些在北京分公司两个月实习的点滴。那些日子，和同学打电话时我曾总结说：我是以学生的身份，拿着实习生的薪水，做着正式员工的工作。但绝对没有丝毫抱怨的成分。对于环境适应能力较强的我而言，最初的不适应只是觉得自己还无法从学生转变为上班族。

试想，整日和你来往的不再是与你年纪相仿的同学、朋友，而是公司里面的同事以及行行色色的客户。你会开始感慨大学四年的时光如白驹过隙，从此步入职场，你甚至要去斟酌自己的每一个举止和措辞；你会觉得自己要学的东西太多太多，而之前的书本知识远远不够；你会开始考虑自己在这公司未来的发展前景，并试图在同事和上司中寻找自己的发展模板。

所以即便找到工作，下一阶段，还有更艰巨的挑战在远方。而我们要做的，就是让自己时刻充满激情与求知欲，不断让自己去成长，去拥有可以让困难迎刃而解的能力。

这些，就是半年以来的一个小小总结吧，其中可能还是有些不成熟的想法，或者是个人不具代表性的经历，现在写下来，对自己也算是一个鞭策和鼓励。或者说，是对那两个月里早出晚归和坚持不懈的一种交代吧。

人一生中，最美好的时光，或者说值得在日后回味的某些场景有许多种。但至少现在的我觉得最美好的时光，是那些历尽一次次拒绝、一次次酸楚后仍旧有勇气继续走下去的日子。

其实，一路走来，我始终记得一句话：或许，只要人还在这个世界上存在着，还有憧憬，那么你就一直在路上，永不会停歇。

那么，现在的我，现在的我们，也永远在路上，追寻着自己想要的一切，包括梦想，也包括某些可望却又不可求的人和物。

任志强，国际商学院市场营销专业2014届本科生。曾任班级文艺委员、社团部长等职。曾获西安市"七校联盟案例分析大赛"优秀奖、"挑战杯"大学生创业计划大赛校级优秀奖等奖项。现签约得力集团有限公司。

总有一朵花为你绽放

◎申 雯

寄语：人生没有白走的路，每一步都算数！摧毁不了你的都只会让你更强大。

人生总有几个十字路口，要为梦想竭尽所能。回首前三年，平平淡淡是我大学生活的主旋律，日子过得波澜不惊。我参加过社团，做过学院办公室助理，参与过学校的勤助科研项目，但是说来惭愧，都没有太深入。或许大学最大的收获就是拥有一群志同道合的朋友和一个充满温暖与感动的地科大家园。

大四在恍惚间悄然而至，来得理所当然而又令人猝不及防。对于工作还是考研，父母更加支持工作，但是我怀着对南京师范大学郦波教授才华的崇敬，以及对金陵的烟柳画桥、流水人家的向往，决定考研——去南京。对我这个北方人而言，看倦了北国的萧索，更憧憬于南国的风帘翠幕。金陵帝都，底蕴优厚，人杰地灵，自以为南京就是那个"人生自有诗意"之地。尽管有些盲目，我还是决定跨考南师大文学院古代文学专业，然而在备考阶段我才明白心中所想和现实面对的，竟然如此千差万别。

备考古代文学也有众多理论、概念和语法句读，知识量繁杂，没有导师指引，没有现成的资料，没有扎实的基础，也没有目标相同的战友，可以说困难重重，但是开弓没有回头箭。我常常为弄懂一个概念查阅很多资料，为集齐真题与笔记动用手头所有的网络资源，跨考就是这样"眼鼻不通"。看着周围同学集思广益互相探讨相同问题，我感到孤立无援，不禁悔意迭生，但每当想起自己的目标，就告诫自己：坚持就是胜利！文科备考大多靠背，然而内容之多，难度之大，超乎我的想象。除文学综合之外，南师大还有一门阅读与写作，除了背诵还要动笔，引经据典，言之有物，再也不是当初的天马行空。

考研时间所剩无几，我却明显觉得准备不足。每天在图书馆走廊里背书，有一瞬间就越想越绝望，泪水忍不住夺眶而出，感觉自己考研计划功败垂成。学院召开考研动员大会时蓓姐安慰我："考研是不需要你花很大成本的一件事，即使失败你依然没有失去什么，为什么不放手一搏呢？"蓓姐这番话鼓励了我，剩下的时间里，我依然坚持按时去图书馆，每天刷题、背书。不久便到了正式考研的日子，我平静地完成了考试。现在回想起来，一切都像一场梦一般不真切。

考研成绩公布，不知道该说是意料之中还是之外，没有被录取。有一种梦想破碎的声音，有无数个失败的声音在脑海中回响，还是怪自己努力得不够，能力不够。看着我沉浸在难过与压抑中，室友和家长都宽慰我说跨考本就不易，缺乏经验，不要太苛责自己。同时建议我边工作边思考自己想要什么，希望我尽快走出考研失利的阴影。在父母的鼓励下，我开始准备找工作。

记得泰戈尔的一句小诗："如果错过太阳的时候你流泪了，那么你也将错过星星和月亮了。"往者不可谏，来者犹可追。过去的没办法改变，那就做好接下来的事。校园招聘会即将拉开帷幕，我把目光转向了西安市新东方教育集团。

第一次参加西安新东方招聘，顺利进入面试。第二天一大早我便只身前往碑林区新东方校区，试讲只有十分钟，五分钟提问。之前搜集过一些网络教学视频进行练习，自以为问题不大，结果负责老师点评说："你讲课是典型的公办学校风格的老师，不是我们想要的类型。"就这样被拒绝，但对我而言却是极为宝贵的经验。事后反思是自己没有找准目标，新东方是培训机构，必然要求求职者具备个人风格，能够独树一帜，与众不同。

第二次参加的是广东省东莞市光正教育集团的招聘会。虽然没那么回环起伏，险象迭生，却也有几分惊险刺激。有了之前面试新东方的经验，我提前了解了大概的流程，知道投完简历是在上午，下午宣讲会结束后就要试讲。而我的讲课水平距离一名优秀的地理老师还存在很大差距，当即决定请地理专业的同学指导我。从整堂课的肢体动作入手，如何巧妙地引入课题，如何组织一堂简洁优美的板书，如何活跃课堂的气氛，等等，反反复复练习打磨了一周。

终于到了参加招聘会的日子。顺利进入面试，试讲时老师让选一节最拿手的课来讲，心里一阵狂喜，事先有过充分的准备，我便轻车熟路地讲完了"大气环流"那一节。随后面试官问我是否愿意去光正教育集团工作，我表示同意。同时告知我第二天按照短信通知的地点与集团签约。当晚，我怀着无比激动的心情等待集团的短信通知，然而直到晚上10点多依然没有任何消息，同时听负责宣讲会的同学说当晚有很多应聘的同学已经签约，并且集团的地理老师名额已经所剩无几！这个消息，如同当头棒喝，但很快冷静下来并联系了郝老师，在老师的指点下我立刻联系面试官，只听见电话另一端"嘀嘀"的忙音，无人接听。难道这一次面试又要以失败告终？

在室友的鼓励下，我怀着最后一丝希望向面试官发送了一条短信。万万没想到，两分钟后收到了回复，很快便接到集团负责人的电话，通知次日早上去新勇签约！挂断电话，开心与辛酸一齐涌上心头，忍不住和室友们抱在一起痛哭。这是难过的泪水，是考研失败的泪水，但更是开心的泪水，是付出终于得到回报的泪水。失之东隅，收之桑榆，要相信总有一朵花为你绽放，只要奋不顾身地努力过，总有一扇门会为你敞开。失败并不可怕，可怕的是因为一时的失败而一蹶不振，因一叶而障目，深陷在消极的情绪中无法自拔。

从最初考研失利到职场失意再到如今顺利签约，终于有了一个较为满意的结果。我想这不是结束，仅仅只是一个新的开始。有人对我说应该二战，也有人说我不该跨考，但我知道我需要在社会历练中确定自己未来的真正去向，毕竟大学只是一个阶段的结束，并不是整个人生的收官。选择跨考或许有些冲动，但既然做了就不后悔，因为我为之努力过。尽管结果不尽如人意，但无愧于心。我深信所有失去的都会以另一种方式归来。人生没有白走的路，每一步都算数！

　　申雯，地理科学与旅游学院地理信息科学专业2018届本科生。曾担任班级文艺委员、心理委员。现签约四川省广安市光正教育集团。

挥斩坎坷荆棘，铸就完美人生

◎ 宋琳哲

寄语：大胆勇敢地去做，不要害怕出错。坦白地说，有许多人希望你被自己的错误击败。成功=努力（55%）+ 坚持（30%）+ 机会（15%）。

我读的是专业硕士，忙忙碌碌地经历了两年的锤炼，毕业时再次遇到了人生的岔路口。有些人选择了考博继续深造，有些人选择了走向社会。在仔细审视了自己和社会就业形势之后，我果断地做出了第二种选择。研二的第一学期我开始了自己的求职之路，最终拿到了航天504所的offer。如今回想自己找工作的经历，无论在心态还是思想上我都成熟不少，也收获颇丰，在这里，我给大家分享一首经过我改编的诗。

抉择之路

人生的丛林中分出两条路，

然而我不能同时去涉足，

我在那路口久久徘徊，

视线沿着一条路远望，

直至它消失在树林深处。

但我却选择了另外一条路，

它荒草芜杂，甚是幽寂，

显得更迷人，更美丽；

即使在这条小径上，

很少出现游客的身影。

但我仍然会奋不顾身，

聆听内心的声音。

义无反顾地往前走！

也许多年后的某个时刻，

我将饶有趣味地回忆：

一片树林里分出两条路，

而我选择了足迹更少的一条，

从此决定了我人生的方向。

我觉得这首诗很贴切、很生动形象地表现了我在找工作时的迷茫、自省与坚持。我将自己的求职之路概括为三个阶段。

尝试阶段

随着招聘工作的陆续推进，我通过浏览招聘信息，也经周围同学、朋友介绍，惊喜地发现我竟然可以进入金融系统。我果断决定试试。梦想还是要有的，万一实现了呢？当时，一个在银行上班的同学，她告诉我在银行工作特别累，刚刚进去工资不高，西安市的也比较难考，如果报的是地市级的，培训完随机分配的地区可能不太好，人生就被定型，是一件很悲哀的事情。我挣扎了很久，但还是决定试一下，没有什么事情是一成不变的。经过努力，我最终成功地进入了中国人民银行、中国农业发展银行等的面试环节。可现实总是那么残酷，我初次面试，没有经验，其次学的专业也不是财会、法律类，综合这两点，我没有什么优势。但令人可喜的是，我拿到了中国邮政储蓄银行的通行证，但是我依然不满足，在等待。

不忘初心阶段

大四上学期，招聘公告铺天盖地而来。由于我们学校属于师范类院校，因此来招聘的大部分是中小学，这也是我理想的求职意向，我始终"不忘初心"，继续前行。我陆续参加了一些陕西本地公办初高中的面试，结果在开始就吃了闭门羹。因为我的专业不对口，我学的是非师范专业。其中一些好心的老师对我说："小宋，因为你的专业不对口，如果想进入公办的学校，根本不可能，为了避免你少走弯路，我建议你明年参加3月份的教师公开招聘。"听到这话，勇往直前、风风火火的我似乎蔫了。经过深思熟虑，我觉得有可能是自己求职次数太少的缘故。后来西电附中来师大招聘，我参加了他们学校的笔试以及两轮面试，并且顺利地通过。但是，在最后环节，历史再次重演，西电附中的教导主任说："我承认你很优秀、出色，即使有教师资格证，但是你的专业不对口，如果你进入我们学校，到时候职称评定怎么办呢？这很重要，不然你一辈子职称就晋升不上去，长此以往，不仅会影响你的工作热情以及积极性，同时，对你以后的发展也很不利。"我并没有像上次那么失落，因为我觉得只要自己尽力，人生无悔就好。我开始做好下一阶段的求职规划。

释然与等待阶段

这学期的心路历程让我想起了蒲松龄的那副励志对联。上联说的是西楚霸王项羽——有志者，事竟成，破釜沉舟，百二秦关终属楚；下联说的是越王勾践——苦心人，天不负，卧薪尝胆，三千越甲可吞吴。经历了一个寒假的历练，我觉得目前需要调整心态，静待"山重水复疑无路，柳暗花明又一村"的契机。当时邮政银行给的签约截止日期是3月20日，在这一天来临之前，我听说航天504所在招聘，需要的就是我们专业的人才，并且其他硬性条件我也符合。但是，不管是我当时的想法还是一直以来的认知，我认为自己对科研没有浓厚的兴趣，并且总感觉自己也没有这方面的天赋。读研期间看英文文献，读了不知道多少遍，还是停留在表面的文字阶段。在我眼里，它犹如一个无底洞，我一直在洞口徘徊，却不能融入进去。这让我很是焦躁。出于这方面的考虑，我决定还是不去了。这时我的高中同学告诉我，人生就是这样，不能指望它被你适应或者改变，而是需要你学会改变，况且有些事只是你自己的想法，实践过后你才发现事实并非如此。听了同学的建议，我带着自己的材料去参加应聘，有两轮面试，早上是部门面试，下午是领导面试。可能是自己心态的问题，我竟然没有一点紧张，坦然得超出了我自己的预期。顺利通过面试之后，我突然发现我走向了一个不同的方向，人生轨迹得以改变。此时，我想起了贺舒婷《你凭什么上北大》里面的一句话："没有什么是不可能的。"

以上就是我求职经历的三个阶段。经过自己的努力、坚守，又巧遇机缘，我最终拿到航天504所的offer。人生的路很漫长，但我下一步要做的便是，做好自己的本职工作，在自己的岗位上踏踏实实、兢兢业业。

我给大家提三点意见。第一，先期进入角色。应聘前"未雨绸缪"。尽可能地掌握应聘单位更多的信息，做到心中有数，这样在面试阶段才能游刃有余，稳操胜券。第二，不轻言失败。求职之路不是一帆风顺的，求职过程中，被用人单位拒绝是很正常的。除非你是"量身定做"的专才，招聘单位对你一见钟情的概率是少之又少的。我们要树立信心，正所谓"精诚所至，金石为开"，让强大的内心支撑自己，坦然面对。第三，亮出自己的长处。任何人都有自己的长处和短处，关键是能以长补短、以勤补拙。如果你能把自己的长处恰如其分地展现出来，就有可能赢得用人单位的青睐。

宋琳哲，物理学与信息技术学院电子与通信工程专业2018届硕士研究生。读研期间，担任第四届全国统计物理与复杂系统学术会议暨海峡两岸统计物理会议志愿者，荣获学院第九届"教师技能活动月"传统讲课比赛研究生组优秀奖，参加2017年西部声学会议等。现签约西安航天504研究所。

只有心如止水，方能气贯长虹

◎ 田轶群

寄语：在纷乱的大环境中，我们需要内心的平静与坚定，从而收获成功。

对于本科和研究生都在师范院校读书的我而言，从步入学校大门的一刹那，就已经基本注定了要从事教书育人的职业。而且我对想要成为一名老师的渴望也从未停止过。

然而求职的路却并没有想象中那么容易。10月份求职浪潮到来之前，我仿佛还没有从学生的角色中转换过来，在每天搞科研的过程中，从未想过已经真正到了找工作的时候。有句古话叫"凡事预则立，不预则废"，我却从未深入思考过这句话的内涵。因此，在10月份第一批学校来招聘时，第一次面对着熙熙攘攘的人群、被围的水泄不通的教室，我内心的紧张感一下子全面爆发。还好在之前的简历制作环节中，我咨询了师兄师姐和同一届的优秀同学，又结合了网上对求职简历的指导，我的简历还是具有一定优势的，所以顺利通过了碑林区和新城区教育局的简历筛选关。但是在碑林区组织的笔试中我却被打了个措手不及。先前有的同学告诉我可能会有高考题目的测试，然而我总是抱着一种侥幸心理，觉得未必会有笔试。然而害怕的事情还是到来了，当我面对多年未见的高考题时，脑子里只是有个基本的解题思路，所掌握的知识模糊且不准确，笔试的结果可想而知。这次失败给了我一个沉重的打击，也给我上了很好的一课：在面对任何事情的时候，一定不能抱有侥幸心理；在决定人生的大事上，更是由不得半点马虎。

经历了第一次应聘的失败，我的积极性和自信心受到很大打击，可能没有经历过太多的失败和挫折，总把一切问题都想得太过简单和轻松，总觉得自己是优秀的，找到一份工作也是很容易的。但理想很丰满，而现实却太骨感。我一度变得消沉不已，总觉得自己很差劲，并且对找工作这件事变得更加害怕。还好家人和朋友们在了解了情况之后，及时给我安慰和鼓励，让我重整旗鼓，再次出发。我记得有一位同学是这样和我说的："我们指导求职工作的老师对我们说过，你不被拒十次，就根本找不到工作。"这句话虽然有些夸张，但是对当时心灰意冷的我来说确实是不小的帮助。之前是我把问题想得太简单了，任何事情都不是一下子就能轻易取得成功的，更何况对于一个还没有充分准备的我来说。

认真思考了第一次面试的失败原因，并结合自身的优势和劣势，我对自己下一步进行了明确的规划：第一，每天最少做一份高考题，结合答案，对自己高中的知识点进行查漏补缺；第二，每天至少讲一节课，在讲课之前要进行课本、教参书和视频三方面的备课。由于自己一个人讲课缺乏动力，并且不能很好地发现自己讲课的好坏，我找了宿舍的一个同伴，两个人相约每天晚上7点半吃完饭后在学校的文渊楼进行十五至二十分钟的试讲，其中一个人对另一个人的讲课进行录像和点评。就这样我们坚持了二十余天，把高一两册书的重点内容全部讲了一遍，对教材已经完全熟悉。不久，同伴在一次应聘中脱颖而出，顺利签约。我真心为她高兴，这也意味着以后试讲就只能自己一个人了。在那天，我发了一条朋友圈：这种战争，注定是单枪匹马的。在决定人生大事的道路上，没有任何人可以替代你，所有的事都必须你自己完成。

随着时间的推进，周围很多人陆续签了约，而我一直没有找到心目中想要的工作，我明显有些浮动和着急。可是在动摇的时候，我的家人告诉我，一定要坚持自己内心的追求，不要让周围的一切影响自己的内心，也不要去和人对比，对有所准备的自己要有信心。在家人的开导后，我更加坚定了等待新城区面试的想法。在等待过程中，我彻底成了一个独行侠。每天早上做高考真题，中午吃完饭以后一个人去文渊楼占座，一个人讲课。其中的辛苦只有我自己才能真正体会到。每次吃完午饭，同行的人都去午睡了，只有我一个人要去试讲，我总是挣扎的，然而想着"再坚持坚持吧"，就这样一个人讲课的日子坚持了三个多月。当我等到新城区教育局的面试通知时，我的内心并没有一开始应聘时的紧张和忐忑，反而有种如释重负的感觉，要等的终于来了。而最后的应聘也是如我想象的一般，由于之前准备得很充分，我顺利通过了新城区教育局的面试，也为我的求职经历画下了一个圆满的句号。

我的求职经历并不是一帆风顺，但在这个充满坎坷且历时较久的过程中，我重新认识了自己，并且得到了一次飞快的成长与锻炼。在这个过程中，不仅有我自身的奋斗，还有很多亲人朋友老师的鼓励和支持。期待在今后的工作生涯中，我能如我所愿，真正成为一名光荣且优秀的人民教师。

田轶群，物理学与信息技术学院2017届硕士研究生。读研期间，先后以第一、第二作者身份发表中英文学术论文各一篇，在研三上学期间获得园丁奖学金。现签约陕西省新城区教育局。

求职，人生中的一道风景

◎王　宝

寄语：求职路上，望大雁南归，笑落叶缤纷，职场的舞台属于你！

四年母校绿荫庇，千本图书春雨滋。

一朝毕业在即日，万望求职称心意。

毕业在即，求职成为一道无形的门坎。想当教师而又不是师范类毕业生的我，教师资格证、教学经历，统统没有。加上性格内向，连迈开第一步的勇气都没有，每天只在微信上默默关注招聘信息。

那是11月10日早上9点多，父亲打来电话问我老家那边的学校有没有来招聘，我敷衍地说只有鄂尔多斯的。但鄂尔多斯离老家榆林不远，在父亲催促之下，我来到新勇活动中心询问，得知来招聘的鄂尔多斯教育局不要求有教师资格证，倒算是一个机会。可再仔细一问，却只要小学语文老师。我心里一下子凉了半截，世上哪有称心如意的工作！但我也马上给父母打了个电话商量，老两口说可以一试，锻炼锻炼。我递交了简历，对方当场公布试讲课文《最后的战象》，确定下午2点面试。我对备课和上课毫无经验，读读课文，构思些许，就等待上阵。结果，在三位考官面前，我支支吾吾，慢慢腾腾，前言不搭后语，没几分钟就被叫停，然后草草回答完问题退场。

此时看着楼道里一个个跃跃欲试的应聘学生，我倍感压力，独自坐在椅子上沉默，不抱什么希望。突然，从教室出来一个考官叫我的名字，我应了一声，他特意吩咐我不要走再等一会儿。我感到这是个好预兆，内心喜忧参半。果然，等所有学生面试完毕，我又被叫了进去。三位考官这时和颜悦色地问我话，所问内容切实而具体，他们似乎对我有一定的了解，我明白了，是简历的缘故！我畅谈自如，最终应聘上了。回想起来，面对考官时我们应该有这样一种心态：不是熟人终是熟人。因为此时面试我的一个考官便是我后来岗前培训所在学校的校长。

在简历上下功夫，此是我的求职一点心得。

其实刚上大四时我就一边准备教师资格证笔试，另一边开始设计简历，笨鸟先飞嘛。简历版式贵在简明，简明就不能太烦琐，根据内容而定。板式还贵在匀称，匀称就要比例恰当，给人最佳观感。其次是内容，这时我能想到的内容最多只是个人荣誉、特长、自我评定等，平淡不起色。之后的9月中旬到10月中旬，由于学校安排，我去宝鸡实习，其间所写的剧评《〈班超〉之我评》和《观〈梁胜宝买种记〉有感》登报，后者又有幸登于陕西省艺术节的会刊上。实习经历使我萌生了新的想法：何不把写作作为特长突显出来呢？于是我搜罗了大学期间所有还拿得出手的作品，分别归在四个较短的写作时期中，总的栏目定为"文学创作"。那么，作为一个特色的"文学创作"应该放置在简历的哪个部位呢？我想，要在第一时间吸引住考官的眼球，应该是第一页。第一页的什么位置呢？我认为最好占据整个下半部分直到页脚，因为考官的眼球通常匆匆扫过基本信息，向下搜罗有价值的东西，一般目光会在页面底部停留片刻。最后，我打印出一些作品附在简历后，用带夹子的封皮包住。经过一番规划，我的简历终于有了风采。在简历上我选择了展现自我。

应聘成功以后，到底签不签约？围绕工资福利、当地经济情况、学校环境，尤其是编制等，我又展开了一轮反反复复的思想斗争，最终还是签约了。因为工资不低，环境好，机会难得。签约以后，心情放松下来了，可还有一个问号时时冒出来：工作适合我吗？这个问号直到我在4月份去岗前培训以后才烟消云散了。我完全适应鄂尔多斯的地理气候环境、城市环境、学校生活，并在第一次和小孩子们的接触中发觉自己很有童心、爱心和耐心，在书声朗朗的校园里找到了充实感和存在感，在三尺讲台上和最完美的自我邂逅。

求职，未尝不是一道美丽的风景。

王宝，文学院汉语言文学基地班2015届本科生。现签约鄂尔多斯市康巴什区教育体育局。

奔跑吧，为工作！

◎ 王乐彪

寄语：利用好师大的平台，突出自身求职优势，充分准备，抓住机会，实现梦想。学弟学妹们，现在就开始奔跑吧，为工作！

三年前，我怀揣着"未来教育家"的梦想进入了美丽的陕西师范大学，继续从事硕士研究生阶段的学习。三年的求学时光不但进一步提升了我的专业能力，而且丰富了我的人生经历。

下面我将与大家简单分享一下我的求职经历以及一些个人感悟，希望可以为学弟学妹们带来一定的帮助。

目标：全面自我分析并确定目标，迷茫中迈出坚实的步伐

步入研究生三年级（专硕二年级），每个学生都必须为自己接下来的前程做出深刻的思考。在考博和工作的两大选择前，我也曾经迷茫过一段时间，但是在仔细全面分析了自身能力与现实情况之后，我认为研究生三年级再播下"新的种子"为时已晚，必须是"结果"的一年，因此，我选择找一份较为理想的工作。目标一经确立，便有了努力的方向，接下来就开始积极地参加学院组织的求职经验介绍会，并在与已成功求职的学长学姐的交流中获得了不少求职方面的注意事项。我给自身制定的目标是中学体育教师，当然不排斥进高校；在城市选择上，回山东省省内青岛、烟台、济南等城市发展是第一选择，当然也不排斥西安、杭州、天津等更具有发展前景的大都市。

能力：针对目标，严格要求并努力提升自身综合能力

要想在应聘教师的考核中脱颖而出，个人认为，扎实的教学基本功至关重要。大多数单位在招聘过程中最注重的就是试讲（或说课）这一环节。因此，在准备过程中，我针对常考教学内容，从网络上搜集一些好的授课视频及教案（说课）模板，自己动手编写教案，然后找一间空教室进行试讲，有时还会叫上几个同学充当评委，互相学习，效果显著。作为一名应聘体育教师的毕业生，除了应当具备师范生必备的教学基本功外，扎实的体育专业技能在求职中也是尤为重要的。现在大多数的中小学对体育教师的要求更倾向于"一专多能"，这就要求我们在平时应当更加重视，勤于锻炼。值得注意的是体育专业技能的学习，应注重自身动作的示范，做到准确、大方。另外，要重视自己的实习经历，多反思，多总结。研究生二年级的校内实习经历就对我的求职成功具有重要帮助。实习心态一定要端正，实习是发现问题、思考问题、改进提高的好途径，在实习中可以很好地磨砺自己。

记住，当你时常觉得自身实力不够强大时，那是因为你一直过得太舒坦。

简历：突出自身优势，努力使自己的简历脱颖而出

单位筛选个人简历一般是招聘的第一个环节，也是至关重要的一个环节，简历直接影响到你是否会得到进一步面试的机会。因此，我在制作简历的时候，首先筛选了我在本科及研究生期间获得的荣誉证书以及参加比赛、担任裁判的照片，随后选取了几张代表自身专业能力的照片设计了简历封面，最后在简历正文中突出自身专业能力，丰富专业锻炼经历。我在这里要重点说一下简历中的"社会经验"一栏，"经历"不等于"经验"。有的同学在"社会经验"一栏中填写的是发过传单，做过销售，端过盘子，等等，写上这种与自身专业（体育专业）没有多少关联的"社会经历"反而是弄巧成拙，"经验"如此"丰富"的毕业生的简历，往往会让选聘者不禁产生疑问：整天都在忙着"实践"，还拿什么时间来学习呢？

另外建议学弟学妹们在制作简历时，设计两份——一份单页简历，一份带封面的充实简历，以免因准备不足而失去一些机会。

着装：精神抖擞，着装搭配干练大方

面试时的着装是给面试官的第一印象，对于成功与否显得尤为重要。注

意整洁大方，不可邋遢，不可修饰过分。无论是男装还是女装，对质料要略有讲究。好的面料可以使服装更有质感，合乎自身形象的着装会给人以干净利落、有专业精神的印象。需要提醒大家的是，如果你身着一身正装去应聘一个体育老师职位，那么可能效果不会尽如人意。记得我第一次去应聘某单位体育教师职位时身着一身正装，配上皮鞋再加上带框眼镜进入了面试教室，在面试过程中面试官直接抛出一句："你会打篮球吗？"而我本以为随后会有换衣服去室外展示技能环节，结果在第一轮面试中就被刷掉了。因此，建议应聘体育教师职位的学弟学妹们在面试及试讲过程中一定要身着整齐、大方的运动装，既便于做示范动作又能彰显体育教师的特质。

自信：从容面对面试失败，总结后继续前进

求职路上的挫折、失败除了带来焦躁和痛苦之外，还有必要的磨砺。学会保持一个好的心态，能让你越走越稳，走得更远。吃一堑长一智。人之所以能够进步，就是因为我们会在失败和挫折中总结经验来提升自我。记得我去年10月份刚开始参加招聘时也是满怀信心，但是在经历了几次不如意的面试后，我备受打击，特别是面对招聘单位对免费师范生的"特殊要求"，作为研究生连竞争的资格都没有时，更是倍感失落。但是在懊恼过后，还需回归现实，从容面对各种不利因素，不断提升自我，慢慢在总结中学会扬长避短，展现出自然、真诚和优秀的自我，高度自信地等待下一次面试机会的到来。

机遇：抓住机会，实现自我人生价值

2014年11月份，杭州某单位的招聘曾使我无限接近签约，但是在面试中我对是否愿意进小学的问题的不当回答，导致我失去了那次机会。直到2015年1月份烟台开发区教育局的招聘，我没有再次错过机遇，在认真了解城市及学校情况后，主动出击，认真准备，除了幸运的成分，自身专业能力的积累以及从容不迫的高度自信，都是帮助我突破重围的重要砝码，最终以体育组总成绩第一名完成签约。在磨砺中做好总结，抓住机遇，将最具魅力的自己展示给应聘单位，胜利便会水到渠成。

世界上没有两片树叶是完全相同的，因此，我的求职经历也仅仅是供学弟学妹们参考，要知道，自身实力才是成功的第一要素，适合自己的工作才是好工作。现在就奔跑吧，为工作，更为自己的美好未来！

王乐彪，体育学院体育教育训练学专业2015届硕士研究生。研究生期间担任了体育学院研究生团总支书记一职，获得2014年硕士研究生国家奖学金。现签约烟台经济技术开发区教育局。

蜕茧成蝶

◎ 王艺臻

寄语：天空黑暗到一定程度，星辰就会熠熠生辉。

　　我的求职之路，也许并没有大家想象得那么跌宕起伏还具有传奇色彩，但也许就是这看似平凡的经历，让我对未来和人生有了一些新的感悟。

　　2017年9月份，我去了深圳市罗湖区布心中学实习。就在实习的时候，我爱上了这个充满生机和活力的年轻城市，决定来深圳闯一闯。我知道这必定是一条充满荆棘的路，在与家人商量后，我决定走这条艰难的路。

　　11月6日，深圳市福田区教育局在陕西师范大学举行招聘会，我从深圳飞往西安，热情饱满、信心十足地参加招聘。我准备了各种资料，包括我写的十几页的实习心得，但结局却是悲惨的，我被不允许非广东籍的免费师范生参加招聘这一条政策拒绝了，也就是说我还没进去就被否决了……我去找负责招聘的老师，请求他看看我的简历，请求给我一次机会，我找了他三次，可惜自己不够优秀，失败了。

　　11月7日，深圳市龙岗区、龙华区教育局在东北师范大学举行招聘会。被福田区教育局拒绝之后，我与家人商量，为了不让自己后悔，决定晚上飞往长春参加这两个区的招聘会。11月的长春那叫一个冷，深夜1点多，我孤零零的一个人站在路边打车，拉着行李箱，心里满是明天的资格审查，这寒冷的夜也就默默地让我变得坚强许多。第二天我通过了龙岗区教育局的资格审查，却败在了结构化面试上。没有背过例题，没有对着镜子练习过，最终还是不行。同样地，接下来在龙华区教育局的招聘中也失败了。这两次失败对我的打击是巨大的，我以为我不远万里来到寒冷的东北，命运会偏向我，这想法是多么地可笑。寄希望于命运，还不如实实在在地准备。于是我飞回深圳，再战！

11月15日，深圳市南山区教育局在华南师范大学招聘，这一次直接在资格审查关就失败了。第四次失败……那一刻，我深刻感觉到自己的能力着实欠缺，就在与奶奶的一次通话中，我找到了希望。人活一口气，是奶奶从小教育我的，因此不服输的我更坚定地选择了这条路。我重新整理心情，梳理出之后的招聘信息，与师父商量后决定参加深圳市罗湖区教育局的招聘。

11月22日，深圳市罗湖区教育局在西南大学招聘，我经过前几次的失败，总结了经验，每时每刻都在背诵结构化面试的类型题，有空就对着镜子练习，自己问自己问题。终于在五天后，以第一名的成绩被罗湖区录用。

四次失败，一个月的辗转，终于在最后一次成功了，这一个多月来的磨难时光，使我瞬间长大了，明白了好多理儿，让我相信 What doesn't kill you makes you stronger，求职过程就是这样，经历过，奋斗过，成功了，你就不一样了。

要说我的感悟，我觉得，人生还是要把握在自己的手上，就像我当初做的选择，每一次选择都是让自己焕然一新的过程，不畏惧改变，也不逃避。

选定了方向就勇往直前，我们还年轻，还有犯一些小错误的机会，再不疯狂我们就老了，不畏惧才是我们的信条，但是不畏惧不意味着低着头往前冲，那叫作莽撞。凡事都要在做好充足的准备之后才能放手去做，我们的青春需要我们自己做主！

王艺臻，物理学与信息技术学院物理学专业2018届本科生。荣获优秀奖学金、明德奖学金及"优秀学生"称号；曾担任雪莲英语俱乐部主席，校电视台的实习记者，熟练掌握了新媒体的运营，视频的拍摄、剪辑，新闻稿的撰写等技能。现签约深圳市罗湖区教育局。

一个游戏人的求职之路

◎ 向泰隆

寄语：*如果你真的喜欢一个东西，就不要轻易放弃，好运总会来临的。*

以前，我只是一个玩家，现在，我成了一名游戏设计师。

在大三这个人生的重要抉择点，我也曾有过迷茫，面对求职竞争日益激烈的市场环境，很是纠结是否要去就读研究生，以获得对自己更有利的竞争力。家里人都希望我能读研，且大环境也让我对未知的社会有些害怕，出于迷茫和无知，打算准备考研。

转折点竟是我购入考研资料书的第二天，一个在腾讯游戏部门工作的学长，问我要不要尝试应聘腾讯的实习生，得到了前辈的鼓励和支持，也不断产生了诸如"考研真的是最适合我的路吗？""这是我喜欢的生活吗？"等思考。觉得考研对我来说，看似目标明确但实际也有些缥缈，所以比起没有目的性地去做一件虚无的事，倒不如定一个清晰的奋斗目标。于是向行内的前辈咨询工作状况，进行了职业性格测试，又结合自身的优势和性格特质，最后我终于有了个明确的目标：成为一名游戏设计师。

确定好目标后，我便开始了我的前期准备工作。光是第一步简历，就让我感受到了求职之旅的不顺利。由于对自己的设计能力还比较自信，也觉得个人履历足够丰富，信心满满地把简历投递给那位前辈，他却指出了许多不足，总结就是：无用信息过多，与岗位需求匹配度低，无亮点信息。并告诉我，这样是没办法脱颖而出的。于是我也开始在网上不断地探寻与制作简历相关的学问，也会根据面试公司的业务和优秀产品结合个人情况制作不同的简历，最后得到了前辈的认可，获得了内推资格。现在回想起来，也正因为在简历制作上就花了很多心思和功夫，才使得我在后续求职之路上简历总是能顺利通过筛选，进入笔试或面试环节。

2017年的春天，我像撒网一样开始了简历投递，在参加了多个公司的笔试后，我获得了我的第一次面试资格：腾讯群面。

永远都会记得那个下着小雨的早晨，由于地点比较远，出门也比较赶，到达面试指定地点后，我感受到了莫名的压力，整一层楼坐着满满的人，时不时有面试官叫号码，通知去面试的同学或小组。

在面试前就听闻了群面的恐怖之处，淘汰率之高往往让人有些畏惧。群面需要非常强的应变能力、团队协作能力与沟通能力，能够短时间内体现你的领导才能、运营才能、创新才能等，而且需要面试者对自己有较理性的自我认知和定位，掌握一定的技巧才能顺利通关。在群面的过程中，我们十个人坐在一个小房间里，四周是不同学校的甚至海外的、高学历的优秀人才，讨论的过程也让我倍感压力，大家的敏捷思维和踊跃发言让我有点跟不上，也未能在团队中发挥作用，加上对于群面的面试技巧掌握不够，我在整个群面过程中，发言少，观点俗，无推进作用，以失败而告终。

回到学校已经晚上了，校门口已经开始摆起了夜市小摊，熙熙攘攘的嘈杂声让我此时异常难受，虽然没有即时出面试结果，但是我心里有数，此时微信也收到了消息：您目前可能并不适合这个岗位……

其实第一次失败只是个开始，之后也参加了很多公司的面试，基本上都是落败而归，可谓充满了苦难与折磨。也有考虑过放弃，在内心反复质问自己：自己是不是真的不合适这个岗位？尤其6月份的时候，天气热，心态也比较消极，有点自暴自弃，很多次走到面试最后一轮，最终却都没能拿到offer。当时心里想着：干脆考研去算了。

后来参加了腾讯天美工作室的设计比赛，虽然没能获奖，但让腾讯的一位前辈看中了我，他觉得我有潜力，希望对我进行短期的小训练，尝试写一些设计案和反推案，前辈的鼓励让我满血复活，于是7月至8月，我跟着他一起对游戏进行了深度的学习和研究。这段时间里，我疯狂玩游戏，分析游戏，写报告，记录想法和方案。同时，我开始对之前的所有面试失败的经历进行反思，和人力资源相关专业的同学朋友探讨，懂得了面试其实也很看运气，尤其是在企业挑人时，最看重的并不是你是否优秀闪亮，更多的是你这个人到底是不是真的适合这个岗位。

今年秋招开始得挺早，我依旧遍地撒网，经过暑期两个月的精心准备，我也对自己充满了信心。从8月的阿里巴巴到10月的搜狐畅游，直到拿到了几个心仪的offer，我才停止了简历的投递。获得了盛大游戏、完美世界、多益网络、网龙等多个游戏公司的聘用资格，并最终与盛大游戏签约。虽然很遗憾没能拿到给自己影响最大的腾讯的offer，但我想我永远忘不了，在腾讯最后一面时，面试官对我说：我认为你挺适合当游戏设计师的。

这段经历，似乎也是对我大学的一个总结。正因为大一认识了前辈，大二在电竞社里的磨炼开阔了我的视野，提升了我的能力，大三的规划和努力，以及大四的好运，我才有了今日。而游戏就像风，永远伴随在我人生的轨迹中，我爱它。也正因为这份热爱，我现在仍想感慨：没有放弃真好！

向泰隆，计算机科学学院软件工程专业2018届本科生。曾任校学生会实践部成员、Idea精英副会长以及陕师大电竞部创始人，LCL（《英雄联盟》全国高校联赛）、UCG（中国大学电子竞技联赛）等著名高校电竞赛事的组织者。现签约盛大游戏有限公司。

"舌尖"上的岗位

◎ 杨立超

寄语：抓住机遇，展现自我，用实力和技巧赢得岗位。

5月阳光充足，植被茂密，离毕业的日子也越来越近了。现在真的有点舍不得生活四年的学校，舍不得学生时代的生活。可是我们不得不面对即将到来的一切。去年秋天的求职经历，仿佛就发生在昨天。可以说我的岗位是在"舌尖"上诞生的。

10月中旬的洛阳跟西安一样，很闷热。我正在实习学校的教研组批改学生们的作业，这时候我的一位老乡给我发了一条短信，让我看师大就业中心的网站，打开网站，一条令我惊喜的消息映入眼帘：大庆实验中学招聘教师。这条消息确实让我欣喜若狂，我当时就跟很多想去这个学校的老乡分享了这条消息，他们也都很高兴。可是问题就来了，我该如何面对这次招聘会？如何让我的简历打动招聘老师？如何跟招聘老师推销自己？如何讲好自己的试讲内容？离招聘会还有一周的时间，该怎样做好准备？

第二天，我找指导老师沟通了一下，他了解情况以后细心地指导我，告诉我很多讲课方面的技巧和面试时应该注意的地方，我从中受益匪浅。剩下的几天里，我按照指导老师的方法练习讲课，结合自己在学校就业中心做学生助理时的工作经验，积极准备面试。很快招聘会就到了，我请假返回学校。

招聘会大概有两百人参加。我很幸运地进入试讲环节。我当天准备了十分钟左右的试讲内容。记得当时我是化学组第三个试讲的求职者，前面有两个研究生，他们讲了大概五分钟。到我试讲的时候意外发生了，我试讲约两分钟时，符校长说："好了，可以了！"我当时在讲台上不知所措，就连当时教室里面其他应聘的同学也是一脸茫然，我只能在大家的掌声中回到自己的座位。坐下来时脑子一片空白，感觉没戏了。

可是我不能就这样放弃了，就是被淘汰我也要知道自己的不足在哪里，所以就一直等，没有离开。所有同学都试讲完了，教室里只有几位招聘老师。我看到符校长叫几位同学进去谈话，看到他们出来脸上挂着笑容，我就知道了答案。过了一会儿，我敲门走进教室来到符校长面前，诚恳地说："我想知道我被淘汰的原因。" 符校长说："我很欣赏你的讲课风格，但是你的成绩不是很好，我们考虑再三决定最后一站东北师大走完再决定是否与你签约。"当时我一直跟符校长解释，可是他也很坚持说会把我当作替补人选。

然而我很不甘心，跟着他们走出招聘的教学楼。在其他几位同学去取就业协议书的空闲时间里，我一直跟符校长推销自己，说自己的长处，给他看我的简历，并向他介绍我曾两次获得一等奖学金，两次获得二等奖学金。他很震惊地说："原来你的成绩也不是很差。"可还是没有表现出要和我签约的意思。我继续软磨硬泡，把我想去大庆实验中学的迫切心理跟他表明。然后跟他说："如果你现在不签我，我就跟着你去东北师大，和那里的学生PK，希望您能看到我实力，反正我家也在长春。"看着我这么执着，符校长就问其他几位招聘的老师："你们说我跟他签不签？"（其实是玩笑话，当时我看他已经有与我签约的意思了。）我一看这情景，赶紧顺水推舟地说："几位老师赶紧答应吧！"符校长当时就笑了，并说："你要是不说你跟我去东北师大我是不会和你签约的，就给你省点路费吧！"我当时高兴地直接给符校长一个大大的拥抱。他还调侃我说："赶紧地啊，十分钟内把就业协议书拿来，要不我可就不签了啊！"当时我飞奔到学工组跟老师拿了就业协议书，然后跟大庆实验中学签了三方协议。这就是我"舌尖"上的求职经历，短短十几分钟就从一个"备胎"转正了，确实很是幸运。

其实，我们师范生找工作首先就是要给自己一个清晰的定位，知道自己的实力适合怎样的学校，清楚我们以后想要追求什么样的生活，明白家人对我们工作的态度。其次，自己要有充足的准备，在简历的制作、讲课水平的锻炼、面试技巧的训练等方面多做准备，我们才有自信站到应聘的舞台上。最后就是我们要处世灵活多变，多多与人沟通，不要在招聘者面前畏惧，不敢表露自己的实力和长处，沟通多了，大家才能互相了解，这样才有利于我们跟招聘者之间拉近关系，并成功签约。找工作是我们重新了解自己的过程，在这个过程中我们不断发现缺点和不足，并不断完善自己，增长自己的阅历和经验，为以后的应聘打下坚实的基础。总之，要有自信，因为招聘单位需要敢于创新和有思想的人才，要相信自己，在不断学习和锻炼中得到进步，成为真正的人才。

杨立超，化学化工学院化学专业2014届本科生。曾任班长以及学校就业指导服务中心的学生助理，曾获得两次一等专业奖学金、两次二等专业奖学金。现签约大庆实验中学。

四周四面：且行且收获的就业季

◎ 于泠泠

寄语：我们都在迷茫与不确定中奔波，但每个人最终都会找到属于自己的那片宁静港湾。

那是一段时光翻飞的日子。每每翻开计划本，看到一大片一大片的时间已经被勾去的时候，我总是一脸惶恐，不可置信。太快太快了，时间在用它飞逝的脚步声叫嚣着：你以为这是什么时候？这是研三！

从铁一中参加完第一次工作面试的时候，我和同门开玩笑，不如就这样保持一周一面的节奏吧。后来也说不准是自己选择的，还是被蜂拥而来的招聘信息浪潮席卷的，就真的完成了一周一面的目标，并最终在第四次面试后签到了理想的工作，前后耗时一个月整。

铁一中的面试来得实在气势汹汹。大家腾腾地上楼，而后占满宣讲教室和笔试教室的时候，我第一次真切感受到什么叫"就业大军"。态度也从这时候变得严肃认真起来——原先可只准备投投简历就打道回府呢。因而，自我介绍那一轮面试也来得猝不及防。二十人一组进了面试教室，听到此起彼伏的学科教学专业、文学院研究生的时候，才知道作为一门新专业，我们在就业市场上的竞争力已经被打了折扣。但感谢校内外活动经历和还算稳定的表现吧，我稀里糊涂就进了二面。暑期稳扎稳打做了四十套高考题，因而笔试还算得心应手。紧接着又是一轮自我介绍和主题问答。问答的主题是你最不能容忍同事的哪一方面，一个女生从顶岗实习经历谈起，娓娓道来教师认真负责的态度对自身、同事和学生的影响，让人印象深刻。面试的黑色高潮是抽签讲解古诗词。应该说这是考查语文教师的学科素养和教学能力很公平和最快捷的方式。而诗词鉴赏是我的弱项，全程只能靠台风强装淡定，应了那句"金玉其外败絮其中"。虽然后来依旧进了三面，但着实给我敲响了警钟。

第二次面试是在西安市事业编单位教师招聘选拔会上。先前和学姐请教过经验，已经对此次招聘筛选的严格和竞争的激烈有了心理预期，却依旧在被几次退简历时心灰意冷。然而，意外惊喜，总会在最黑暗的深渊里降临。初次简历筛选能够过关，除了研究生所学专业外，四年半的博物馆志愿者经历也成了我的加分项。之前坚持在就业季还去参加志愿者招募，不知不觉间竟成了受招聘单位青睐的品质。原来，做好自己的生活打算也可以成为招聘工作中的亮点。二轮面试时进行了试讲和简单答辩，本科期间多次参加的讲课比赛经历在这时发挥了用场，不怯场，自如发挥，虽然时间把握上还有所欠缺，但整体表现还能让自己满意。这一轮结束，我就直接进入了拟签约环节。

第三次面试前所未有地让我意识到，找工作就是一瞬间的事情，命运可能很调皮，应对什么样的问题是有运气成分在的，把握住了也就还有希望。也许找工作累到没力气、没信心的时候，恰好是离机会最近的时候。所以无论何时都要抖擞精神，不放过任何一个机会去努力。

听闻是某省最好的高中，就想去感受一下就业阵仗。心态实在太好了，好到做足了简历被退的准备，在排队时全然不顾周围同学怎样紧张不安，我悠然地翻看起了欧丽娟教授的《大观红楼》。一面自我介绍完，老师果然对我的专业发起了质疑，所以相比于提问其他人的王国维诗论、语文核心素养、互联网+与语文教学，老师只是很随意地问了句最近在读什么书。我于是大致介绍了已经看了许久、排队时也在一直翻看的《大观红楼》，欧丽娟教授新颖的观点顿时也让老师表现出了很浓的兴趣。复又问到为什么选择这里而不是回家，我想我可真是没把面试当回事儿吧，直言听说这里是最好的高中，想感受一下最顶尖、最优秀的氛围。她笑了，可能没见过我这么实诚的山东姑娘。我的直白和傻气送我进入了下一轮笔试。除了高考题外，笔试附加了一题，介绍你所熟悉的语文教学名师。巧的是，最近在读的期刊里刚好着重介绍了大学附属中学的一位名师及其教学思想。由此，我竞争过了很多本地选手，进入了进班试讲环节。

第四次面试是我期待很久的。这一年，这家单位提前了几乎整整一个月来招聘了。在第四周，我迎来了最心仪的单位，也迎来了就业的最高潮。

可以很坦然地说，因为是最想去的地方，我的心态终究没有摆平，全程发挥是四次里最让我失望的一次。笔试考查的是作文写作，招聘公告里明确说明会考查这一方面内容的，偏偏被我忽视了。甚至朋友提示要深入研读公告，学姐传授关于考试项目的经验，都没有让我重视起来。笔试成绩一出，我排倒数第二。那份五味杂陈的心理和一触即破的千钧压力，一下子袭来。好在大家差距不大，但面试也没有发挥得特别理想。抽到了散文教学，这几乎是我准备最少的文体，完全不出彩的课堂流程，我只能在心里强行按下紧张、忧虑，用自己最饱满的情绪和热情把控全堂。走出教室的一瞬间，对自己平平的发挥，对未来不确定的缥缈感，对有可能丧失机会的遗憾，让我几乎落下泪来。妈妈急急忙忙地打电话问结果，我只心灰意冷地说：希望老师能看在家乡人的份儿上让我通过。

后来，我自己也不知道我是怎么就通过了面试，接到电话去签约的时候，整个人都蒙掉了。签约的时候老师肯定地道："有语文老师的气质，要继续加油。"那一瞬间，我感动得无以复加。原来从来就没有什么幸运，原来这份心仪的工作，全靠的是我自己的努力。之前为了就业做的所有准备，七年来做的所有积淀，都在这一刻化成了心想事成的甜。"语文老师的气质"，我在心里把这几个字咂摸了又咂摸，满足至极。

天道酬勤，相信自己付出的每一份努力，它们终将给你最惊喜的回报！

于泠泠，教育学院少年儿童组织与思想意识教育专业2018届硕士研究生。

曾担任校广播站站长、妇女文化博物馆助理，教育学院第五党支部组织委员。获得陕西历史博物馆"优秀讲解员"、"优秀志愿者"、广播站"优秀记者"等称号。现签约山东省烟台市经济技术开发区教育体育局。

求职点滴伴我成长

◎ 赵苏潘

寄语：年轻的我们不甘于平淡的生活，总会有跃跃欲试的激情，那么就大胆地去尝试。

转眼就临近毕业了，大学生活似电影一幕幕闪过脑海，大一新生入校时的情景犹如昨天刚发生的一样。回忆飞快逝去的四年，有欣喜，也有悲伤，有成长，也有遗憾。求职作为大学生活到社会生活的过渡，给我留下了不可磨灭的印迹，让人回味。它是对我四年成果的检验，也是我以后人生道路的启明灯。

作为一名免费师范生，求职之前应该做好充足的准备。首先是硬件方面，在读证明、期末成绩单、成绩排名证明、奖状证书、简历等材料在应聘时必不可少；其次是自身形象应落落大方，不卑不亢，有教师应有的端庄模样；最后一点也是最重要的一点，是对工作地点及教学阶段的准确定位和对应聘学科及相关课程的了解。

做好这些准备之后，就应该时时刻刻关注中小学发出的招聘信息了。如果符合学校的招聘条件，便可以根据招聘要求发送电子版简历或直接去应聘地点应聘。我参加的第一场招聘会是四川省双选会。双选会只有一天的时间，因此省略了笔试环节与试讲环节，只剩下筛选简历及面试两个环节。我将简历分别投给了三所心仪的学校，学校筛选简历后我接到了三所学校的面试通知。面试过程中，首先要做自我介绍，虽然简历中有关于自己的详细信息，但口头的自我介绍不该仅是干瘪的姓名年龄等信息，而应突出自身优点或技能，以及对工作的打算或规划。面试官可以从自我介绍中考查应聘者的普通话水平、表达能力及逻辑能力。随后面试官会提出关于应聘、教育教学方面的问题，比如，如果你班有同学早恋，你将如何去做？你将如何准备"指数函数"这节内容？这类问题没有所谓的标准答案，根据自己对问题的理解和内心的想法条理清晰地叙述即可。最后，面试官会选出综合素质最强的应聘者签约。最终我与一所高中签订了就业协议。

双选会之后，成都市高新区教育局进行了招聘。虽然我已与一所高中签订了协议，但如果遇到条件更好、更适合自身发展的平台，谁又能不再次心动？于是我来到高新区的招聘现场。投完简历后进行了笔试，笔试内容比常规中高考题难，考试时间也更紧迫，重点考察对知识点的全局性掌握及熟练程度。我的笔试成绩不太理想。笔试后是试讲环节，现场抽取讲课内容，半小时备课时间，在此期间，只有课本作为依据，不能借助手机和辅导资料，目的在于考查对课程内容的掌控程度。我抽到的题目是小学课程"找质数"。一页教材、一支笔、一张白纸、半小时，我能创造出什么呢？熟读教材后，先对教材、学生进行分析，因材施教，小学生更注重感性思维，课堂引入时列举的实例就应该贴近生活，氛围活泼有趣，多形象、少抽象。课堂应以学生为主体，老师起引导作用，将老师"最小化"。待学生掌握到此节课的内容后就应该学以致用，在题目中反复体会。试讲前要求将学科名称、本节课内容及姓名写在黑板上，意在考查粉笔字的书写。我没有书法家行云流水般的水平，却也努力做到一笔一画，书写清晰。试讲后考官对我的教学过程进行点评，对其中的环节提问，我阐述了设计此环节的缘由。

幸运的是，我通过了高新区教育局的招聘。之后便是对我的考验，高新区的教学环境显然强于之前的中学，若我要与之前的学校违约，便要缴纳五万元违约金，这不是一笔小数目。在家人的支持下，我选择交违约金，去高新区任教。此事给我敲了一记警钟，做事一定要谨慎，也要多加了解政策法规，应届生违约金一般不得超过五千元。由于自身考虑不周，白白损失了五万元。

如今工作已尘埃落定，回想起来自己有很多不足之处，现有一些感悟，希望让自己反省，让学弟学妹们借鉴。

第一，面试过程只有短短几分钟，面试官决定你的简历的去留只有一瞬间，要想给面试官留下印象，就重点突出你的能力，各种奖状证书、奖学金、等级证明一定要尽力争取，也许你觉得这些不能完全代表个人能力，但至少是学习态度和能力的一种体现。

第二，夯实教学基本功——普通话、三笔字、教学设计能力、教学多媒体的掌握。多了解教学理论，尽量将自己学到的理论和想法运用到实际教学中。这些经历你越认真，做得越好，就会越自信，在求职过程中便会如鱼得水。

第三，时刻保持积极乐观的心态，万事提前做好准备。多参加几次招聘，不管成功或失败，都是收获经验的一种方式。求职时态度真诚，表达对此职位的渴望。当然最重要的是对教师行业保持一颗热忱的心，愿意为了教育事业奋斗终生。

赵苏潘，数学与信息科学学院数学与应用数学专业2016届本科生。大一担任班级团支书，2012年被评"军事标兵"，2013年被评为校级"优秀团员"，2013年获校级首届本科生本书书写能力大赛优秀奖。现签约成都市高新和平学校。

等风来

◎周　虹

寄语：别在该奋斗的年纪，选择了安逸。

"不管你有多着急，或者你有多害怕，我们现在都不能往前冲，冲出去也没用，飞不起来的。现在的我们只需要静静地，等风来。"看着《等风来》中的台词，我若有所思。

空荡荡的宿舍里只有我一个人，最近其他姐妹都奔波在找工作的路上，只有我像一个局外人一样非常淡定。其实我的内心并没有表面上那么轻松自在，相反的，迷茫和焦虑充斥着我的心。对于未来，我并没有明确的想法，却又满怀着美好的期许。

由于宁夏的招聘双选会相比其他的省要晚得多，所以我每日都会看到身边的同学奔走于各类宣讲会与招聘会，而我却只能默默又焦急地等待属于我的挑战。面对求职大潮，我觉得自己也该做点什么准备一下，所以我打算根据自己的就业方向制定一些计划。

俗话说：知己知彼，百战百胜。首先我向前辈加老乡的叶子姐请教宁夏的教师招聘政策及安排，以及在应聘时的一些经验和感想。叶子姐非常热心，耐心地给我讲解分析，并给了我很多中肯的建议。在她的帮助下，我初步了解到，我所面临的就业形势还是比较严峻的。但我深知，机遇和挑战是并存的。我告诉自己必须要把握住机会，不让自己留下遗憾。

接下来，我开启了"加油站"模式，为了鼓舞不久后要上战场的自己，我要为自己加满油！写一笔好字是一个师范生的基本要求，为此我每天坚持练一篇字，其实从大一我就开始练字了。由于我的应聘意向是高中数学教师，所以熟悉高中数学课本是必不可少的环节，我把人教版的五本必修、三本选修课本认认真真地看了几遍，同时翻阅一些教案和课件资料，以熟悉教学重难点，设计教学方案。厚厚的高考试卷上满是圈圈点点，应聘数学老师，我也逃脱不了做题的命运。

我了解到应聘时需要抽签选题，并进行传统试讲，以此来选拔教师。为了能够更加有自信地参与招聘考试，我将高中课本上的每一课都备好了，并"闭关"在文渊楼里一遍一遍地练习备好的课。进门，问好，引课，讲课，小结，致谢。我将每一个细节都尽量关注到，并不断演练。

晚上，拖着疲惫的身体回到寝室，舍友们都在轻松地做着自己喜欢的事，看电影，听音乐，看书。她们已经从就业的厮杀中夺得了胜利，找到了比较心仪的工作，现在是她们享受胜利果实的时候。而我的未来，还在未知的不久之后。内心的巨大压力和烦闷不知道能与谁人诉说，我知道这是我一个人的事情，这场战斗必须由我一个人来勇敢面对，我的烦恼只会令亲人朋友为我做无谓的担心。我只能默默地，在喧闹中插上耳机，伴着昏暗的灯光，继续与神秘又难缠的高考题"约会"。

就像独自漂流在深色的海面上，等待日光。

临近招聘时间，我回到了家中备战。随着时间的日益缩短，我的压力和焦灼已经达到一种临界值，失眠困扰着我。联系了实习期间给过我巨大帮助的指导老师，他答应抽空给我指导备课及应聘中的问题，我内心深表感激与敬意。指导老师很耐心，也很暖心，他给了我很多非常棒的建议，最重要的是，他给予我了极大的鼓励与信心。我觉得自己突然充满了勇往直前的力量与勇气。我意识到，这不仅是一场智慧与实力的比拼，也是一场心理素质的竞技赛。

我知道想要有不错的发挥，必须要保持良好的心态，因此我不断对自己做心理暗示：我能行！心就慢慢变得放松起来，我告诉自己，我已经做了最大的努力，做了精心的准备，无论结果如何，我尽力了，对得起自己。

3月的宁夏正是乍暖还寒的时候，清晨的冷风灌进我单薄的衣服里，身着正装的我迈向了考场。过程短暂而又漫长。走出考场的那一刻，我知道我没有让自己失望，抽到的题目是我之前就已经练习讲过很多次的，正常水平发挥，我对自己很有信心。收到录取消息的时候，我的内心已经恢复了平静。

日光倾城，我终究没有辜负自己。

一切尘埃落定，记忆里剩下的是黑板前刷刷写着板书的身影，是台灯下戴着耳机奋笔疾书备课的自己。

此时，我才更加体会到《等风来》中的深深蕴意：风终究会来，你只需时刻做好飞翔的准备。你所追求的，你想要的，最终都会慢慢来到你的面前，你要等。

周虹，数学与信息科学学院数学与应用数学专业2015届本科生。2012年担任海燕爱心社社长，曾获学生社团工作"先进个人"、理科部创建评优工作"志愿服务先进个人"和"社团风云人物"等称号。现签约宁夏大学附属中学。

深造篇

柳暗花明又一村

◎ 李富珍

寄语：努力了或许没有收获，但不努力，一定没有收获。

　　我的考研路可以说是平淡的，如果有亮点，那就是最后的调剂。

　　真正开始准备考研是去年的9月份。暑假在家，与其说是准备，不如说是给自己一个可以偷懒的借口。手机就放在旁边，怎么可能看得进去书？8月中旬回到学校，那时的西安酷暑难耐，尤其我这怕热的人，温度一高，宿舍就特别闷，整个人就会"罢工"。开学前，学院开放了格物楼的报告厅给我们做自习室，对于当时的我们来说，无异于雪中送炭；开学时，为了考研，我报了助研实习。

　　等真正进入考研状态，已是10月份。那会儿天气也开始变得凉爽，心也安定了下来。但是对于具体的报考学校和专业方向，依然迷茫。所以，这个时候就有些急了。尤其是在做数学题时，听着周围人说已经把数学题过了几轮云云，心就慌了。做题找不到方向，复习时间不够用，又急于求成。这样学数学，认真思考内化的东西就少了，尽管看的资料多，但真正到脑子里的东西是少之又少。做事急，方法不当，有了数量，而没有质量。数学考试时，后面的几道大题，式子都列出来了，可就是算不出来，一遍又一遍，换一个，不行，再换一个，还是不行。整个人都要崩溃了！

　　英语也是，当时把唐迟的阅读视频看了一遍又一遍，播放速度也放得极快，记所谓的方法、技巧。虽然说真题也做了不少，但如今想来，做题时脑子里还是太杂，浮于表面，只是为了完成这个阅读数量而做，缺乏反思和总结，并没有真正用到唐迟的技巧、方法。没有真正地深入，导致英语考研实战中全凭那并不准确的直觉。

真正记到心里的，是我的专业课地理信息系统839，虽然专业课复习开始得比较晚，但我自认为复习得很扎实。那会儿刚确定了目标院校：中国科学院地理科学与资源研究所（简称中科院地理所）。很难，但那会就是它了，直到现在都佩服我当时的勇气。从地学考研中心买资料，扎扎实实先抄了一遍知识点，一道一道梳理地理所2000—2016年的真题，然后采用各种方法各种记。当时主要是和研友小莹子一起复习专业课，背诵、互考、口头说记。就这样，将近一个月，几乎把所有的知识点都覆盖且内化了。如果说知识点有缺口，那也可能就那么一小块。专业课考试时，虽然有好多没见过，但凭着积累和感觉，几乎把知道的都写到卷子上了。最后专业课的成绩出来，我已经很满意了。

至于政治，考前肖四的大题背得可以算是滚瓜烂熟了。记得有那么几次午饭过后，一遍又一遍，都要佩服自己了。考试时，背的都在材料中。但是对客观题完全没有把握，当时一度担心自己过不了国线。

2月16日下午4点多查到了成绩。具体不想说，只是当时跟别人比较后，想说："李富珍，你还真是差啊！"心里已经否定了自己，别人怎么样，其实又跟我有什么关系呢？然后，就是消极应对。别人都在积极地联系导师调剂，一封邮件，很快收到了导师的回复——"有机会调剂，好好准备复试"等等。而我呢？

很庆幸当时听到了这样的话：万里长征都走完了，最后一步怎么能放弃！正是因为这句话，我开始联系调剂，因为报的是中科院，所以当时打电话给寒旱所（寒区旱区环境与工程研究所），这个所分数比地理所低很多，然而，直接得到招办老师的拒绝："不接受调剂。"同样，看了几所差不多的学校，都是不接受调剂。无奈只好换了方向，只要是与地理相关的，只要能调剂的，我都打电话试，打不通接着打，或是不断地发邮件。那会儿用师大邮箱发了二三十封，登陆师大邮箱的频率简直要赶上登qq的频率了，每次先打开的都是收件箱，看到有新的未读邮件，满心惊喜，然而，都是邮件将满的提示！当时比较有希望的是首都师范大学，它出了个调剂通知，感觉不错，打电话说了自己的基本情况，对方说是有希望，又发了很充分的邮件，对此，我很期待。当时还专门问了苏老师，他让我好好试试。可是，过了两天再打电话时，对方回复确认能参加的调剂考生已经通知了。

那几天的状态基本就是登邮箱、无回复、重新发送，大概重发四五次。调剂系统开了之后，又填了几个，还是没音讯，就这样在不安中等待了几天。

随后就是参加本校的优秀生源调剂。不论怎样，只希望自己能自信迎接，因而精心准备了PPT、个人简历，化了妆，上午参加了笔试，认真完成。中午回去，意外地接了一个电话。

如果说人生有转折点，于我来说那个时刻就是。中国科学院大学地球与行星科学学院老师问是否能参加3月23日的复试，对于当时收到唯一一个调剂复试电话的我来说，必然回答"能"，即使希望渺茫，也答应了下来。下午3点，收到了邮件通知，询问郝老师是否能去北京参加复试，保留本校成绩。当时正要参加本校专业课面试，把这个事稳稳地放在了心底。本校复试完后，回去给苏老师打了电话，说收到中国科学院大学的复试通知，老师给了我一剂定心针——去参加，随后又问室友的意见，立即买了第二天去北京的火车票。于是开始准备材料、打印材料、拿政审表。

第二天，已经出发的我接到一个信息，负责招生的老师要求必须当天即马上填系统确认，否则成绩不予以保留。这下，我是真的急了，忙发qq给几位专业课老师，并多次与苏老师沟通。幸亏有老师帮我，到火车站后，我收到了蓓姐和郝老师的好消息，说已经帮我保留成绩，让我好好准备北京的复试。直到那一刻，出了一身汗的我才感到了些许畅快。该怎么说呢？幸亏这几位可爱的老师，幸亏当时我没放弃！

在北京参加复试的时候，意想不到的顺利，虽然竞争很大，但自己当时的状态很好，一切稳稳当当地完成了。

现在想来，幸亏当时发这个调剂申请，幸亏准备充分的简历，幸亏没有退票，幸亏……即使专业换成了第四纪地质学，即使是在中科院大学而不是中科院地理所，对我来说，这也已经算是好结果。这一切的幸亏，都是由于自己没有放弃这万里长征的最后一步。

虽然说，我的考研路很平淡，也没有辉煌可说，但它却告诉我无论在什么情况下都不要放弃。如果今后学弟学妹谁遇到这样的情况，请将我当个参照，从容应对。

李富珍，地理科学与旅游学院地理信息科学专业2017届本科生。2013级党支部组织委员，获"优秀党员""军训标兵""优秀运动员""优秀演员"等称号，获专业奖学金。现为中国科学院大学研究生。

成长的路上不缺感动

◎ 杨　怡

　　寄语：上天不会辜负每一份努力，这个世界是否美好，全在我们的心里。踮起脚，你会闻见一股芳香。

　　站在大四的尾巴上，心里没有太大的波动，只是突然间特别不舍得这个校园，这里的一砖一瓦都如此亲切。四年的大学生活，我早已融入其中。

　　四年前我欣喜地捧着陕西师范大学的录取通知书，随之而来的还有学费单，但那么多零的学费并没有打散我们一家人的喜悦。"现在的政策好，县上有求学补助，你不用怕学费，女女（家人对我的称呼）。"爸爸乐滋滋地看着我说。那个夏天，我带着全家人的期望来到了省会城市西安。

　　我以为大学会像大家说的那样，很轻松，很悠闲，然而并不是。我们专业的课很多，大一的时候甚至周末也上课。然而比不停地上课更让我难过的是我们专业并不被看好的就业前景，身边的同学无一不被消极情绪包围着，但是，已经踏上的路，无论如何，总要自己摸索着走下去。"考研"逐渐成了大家热议的话题，更成了我的目标。我认真学习，像高中那样用功，刻苦的努力不仅仅换来了优异的成绩，更换来了学校各种奖学金、助学金，我用自己的努力贴补家里拮据的生活。看到爸妈脸上舒心、自豪的笑容，我觉得这就是对我最大的奖励。

　　奋斗的路上肯定是有百般挫折的。就在我们大一那一年，研究生培养由公费改成了自费，"研究生以后得自己掏钱了啊！"这是父亲常说的一句话，话里的抱怨让我深深感觉到了父亲对我考研经济方面的力不从心。我难过，但是我不怨父亲，难道要父亲砸锅卖铁供我读研吗？那年春节，我对父亲说："我好好学习，我要保研，保研的学生有奖学金，不愁学费。"从此我慢慢成了同学眼中所谓的学霸，我早起去读英语，晚上和图书馆门卫叔叔一块下班，周末有时间就去实验室待着。舍友说感觉我永远都在忙着。"你不累吗？"别人总是这样问。"其实习惯了，你会觉得这样的生活更充实。"我笑着说。

一直很喜欢一句话：把优秀当作一种习惯。以前的我也总是赖床，但是当早起成为一种习惯的时候，你会为了某天晚醒错过了早上新鲜的空气和暖胃的早餐而后悔；一天可以无计划随意地度过，也可以有安排、有目标、循序、有序地过完，而后者会让你在入睡时格外安心。图书馆是一个好地方，待的时间越久，你就越能体会它的好，在那你可以找到温习功课的桌椅，可以找到成堆的专业书籍，想休息时也可以找几本散文或者杂志读读。这些在别人眼中看似枯燥乏味的事情，当你真正用心体验的时候，你一定会像我一样爱上它的。

2015年应该是收获的一年，我如愿地获得了保送研究生的资格并顺利去了我梦想中的武汉大学，同时也获得了国家奖学金的荣誉奖励。偶然有一天我翻看笔记本，看到了大一入学时在新生入学会上写下的大学奋斗目标：考研，得国家奖学金，锻炼交际能力，提高组织管理能力。我实现了我曾经许给自己的承诺，我深知重要的不是最终的结果，而是为了目标而努力的过程所带给自己的磨砺和成长。现在我不是站在一个终点，而是一个新的、更高的起点，等待我的是更广阔的天空。我要更加用力地扇动翅膀，未来才能自由翱翔。

一路前行，一路思索。或许途中坎坷不断，却也有弥足珍贵的收获。成长的路上从来不缺感动，用心走，用心感受。新勇活动中心旁蔷薇路的花香正好，沁人心扉。

杨怡，生命科学学院生物技术2016届本科生。曾任陕西师范大学培才社文艺部部长，曾获国家奖学金、国家励志奖学金、二等专业奖学金等，获"优秀毕业生""优秀学生""优秀团员"等称号。现保送至武汉大学读研。

在挑战中成长，在失去中收获

◎ 曹丽哲

寄语：希望学弟学妹们能够少一些功利主义的追求，多一些不为什么的坚持，早日实现自己的梦想！

我是一个"不老实"的人，在得与失之间不断前行。大一竞选班干部失利后又意外"空降"成班长；大二做了创行公关总监，暑假带着任务去了台湾支教；大三回来正式成立了"长雁通"；大四考研成功。在这里，我想把我的故事讲给学弟学妹们。

竞选班干部失利，却"空降"成班长

和大多数同学一样，我也觉得大一竞选班干部是无上光荣的事情，可惜败选，只做了体育委员。阴差阳错，原班长一个月后请辞，辅导员王楠老师找我谈话，让我直接担任班长。虽然当时答应得很爽快，但是担任"空降"的班长没我想得那么容易。初期开展工作的时候，我遇到了很多问题，再加上还不懂得分工与合作，经常搞得自己很辛苦，同学不理解，任务完成得不好。不过工作慢慢熟悉之后，和其他班干部的配合也越来越默契。在职期间，我带领班级获得了"优良学风示范班""校级优秀班集体"等称号。还参加了大学生古诗词唱诵活动，排练的节目《汉服婚礼》荣获一等奖，并录制作品代表学校参赛。

加入创行团队，挑起公关部长的担子

我在大一"百团大战"的时候加入了创行团队。当时在网上看介绍，发现很多学校都有这个团队。其通过做公益项目去帮扶受众，用可持续发展的方式改善他们的生活。我觉得很棒，因此即使陕师大创行团队刚刚成立，我也愿意加入，并担任了公关总监。

创行团队纳新，团队建设，逐渐使我和部员们都成长了很多，所以在"挑战杯"等科研项目答辩的时候有很多熟悉的面孔。大三的学弟学妹们现在也多身处校级学生组织、学院学生会和社团并担任重要干部。

2015年在北京创行世界杯比赛开幕式的现场，我收到了台湾交换生笔试的通知。对创行爱得如此深沉的我，抉择得很痛苦，两边都向往已久又都是难得的机会，最终还是选择了回去参加笔试。我买了晚上北京到西安的无座车票，飞奔回旅社收拾行李，上车之后，买了茶座，靠着车窗，不知为何开始流泪，不知道是因为回去追寻梦想的喜悦还是因为悲惨的坐车体验。回到西安直接进考场考试，可惜面试环节还是被淘汰了。放弃了那么好的机会回来参加考试最后却没成功，看似"赔了夫人又折兵"，但是这次的经历却让我快速成长了。

参与赴台"孔子行脚"活动却要面临缓考

我原以为无法去台湾交换了，以后只能作为一个游客去观光了。本已经计划暑期跟随学院老师下乡支教，后来看到了台湾"孔子行脚"活动的通知，我决定再尝试一次。有了上一次失败的经历，这次面试我进行了充分的准备，最终幸运通过了。但是此时又面临另外一个难题，那就是缓考！这意味着本学期没有成绩，也就没有评奖评优资格，而且第二年补考压力也很大。不过经过慎重考虑，我决定跟随自己的内心，对于可能面对的一切都选择承担。事实证明我的选择也是正确的，通过"孔子行脚"活动，我结识了师大各院系、全国各高校优秀的伙伴们，收获很多。去台湾支教也是难得的经历，有些东西也是旅游观光无法感受到的。

创立西北地区首家学生事务服务中心"长雁通"

大学中感触最深的是创办了西北地区首家学生事务服务中心——"长雁通"，我见证了想法变为现实的整个过程。

大二做创行公关总监的时候，我就感受到了学校跨校区办学带来的不便，有时候交一个材料还要很多负责人都专门跑一下新校区，既费时又费力。有一次来新校区交材料，我在新勇活动中心和学长郭云鹤聊天时，谈到了这个问题，当时灵光一现，就想到：为什么学校不能有个专门的机构来集中办理这件事呢？校车每天往返好几趟，只要两校区有固定办公室，有同学值班，这不但解决了同学们的问题，还提高了校车的使用价值，同时为学生提供了志愿服务机会和学习锻炼的平台。学长非常支持我的想法，还鼓励我形成完整的运行报告，将其反映给学生处的老师。

当时我也没太在意，感觉说说罢了，直到寒假云鹤学长找我要报告，说老师也考察过，觉得可行，大力支持，让我好好组建团队来创办这个学生组织。我也说不出当时是怎样的心情，觉得挺不可思议的，不过既然说干就好好干。我先跟创行队长章文文沟通了这个想法，文文表示赞同，还从创行每个部门调了一部分人做前期筹备工作，以项目组的形式开展调研。老师在转运的基础上，增设了失物招领的业务，于是我又联系到了"民间"失物招领平台"陕师大微雷锋"，邀请梁运乾加入，团队又多了一员大将。接着，从社联副主席到各学院精英，越来越多优秀的人加入团队。征集logo（徽标），购置办公用品，从曲别针到打印机，都是团队成员一点一滴积攒起来的。

试运行期间，遇到了很多困难，感觉像创业一样，成员们也会争吵，也闹过"分手"，不过最终还是相互扶持走了下来，在学校赢得了师生的好评，也算没辜负学校书记将社团"打造成为学生'演武场'"的期望。

"长雁通"这个项目经过我们的努力，荣获了"创青春"大学生创业计划大赛陕西省铜奖、陕西师范大学一等奖。"长雁通"在这一年里转运物资5238件，节约的时间相当于117天；发布失物招领信息1100多条，追回物品160多件，减少损失12000余元；中心累计志愿服务时间1200余小时。我看着这些转运大数据，觉得自己的付出都是值得的。在这一年半的时间里，成员换了一批又一批，但"长雁通"渐渐步入正轨，越来越好。

保研失败却又如愿考入中科院地理所

大三下学期的时候，同学们都开始计划自己的未来，我决定继续学习，攻读硕士研究生。其间有过一次保研机动名额答辩机会，虽然失败了，但是我也没气馁，我相信通过自己的努力照样可以考研成功。暑期留校复习的时候，天气比较炎热，有同学找我向学院反映情况，学院给了很大的支持，开放空调自习室，我们仿佛坐上了"软座"一般在考研路上持续前进。

集中学习那几天，班上同学都感受到了团队复习的优势，相约开学后在图书馆三楼自习室会师，组成三楼考研小分队，大家一路相互鼓励、相互扶持，我如愿考入中科院地理所。虽然我从城市地理专业调剂到了农村与区域发展专业，但精准扶贫是党和国家很重视的一方面，没有考上城市地理专业，走了"农村包围城市"的道路也挺好。我所在的F1-522宿舍成了考研明星宿舍，其余三人，一人考入北京师范大学，两人考入华东师范大学。三楼考研小分队也取得了出色的成绩，四人进入科研院所（我与其中两人携手跨进中科院），三人考入985工程院校，一人在二百多人的竞争中脱颖而出，以专业第一的成绩考入本校。一个人可以走得很快，一群人可以走得很远，如此出色的成绩除了个人的努力外，还与学院的支持、老师们的鼓励、同学们的互助、学长学姐的答疑解惑是分不开的。

四年前，我告诉自己，将来带着行李离开的时候，要满载而归，现在我做到了。现如今我背起行囊，开启我研究生阶段的学习生涯，去向下一个远方。

曹丽哲，地理科学与旅游学院2013级地理科学（创新实验班）本科生。曾担任班长、陕师大创行团队公关总监，"长雁通"主任。四次获得奖学金，多次被评为校级"优秀学生干部""优秀团干部"等。现为中国科学院地理科学与资源研究所研究生。

听从内心, 脚踏实地

◎ 郭 超

寄语: 踏实认真, 早做准备。做好充分的准备, 最后才可以充分展现自己的能力和潜力。

关于考博, 现就分享我自己的一点经验, 希望对于考博的同学有些许帮助。

先要确定自己是否要走读博这条道路。这样的决定应该是个人内心真实的选择, 一定不是强迫自己选出来的。研究生应该都是成年人了, 每个人在心里也有了一些初步的人生规划。决定读博, 需要提前准备。在研究生前两年的学习中, 踏实认真是必不可少的。我从来不敢认为自己做到了这一点, 但是在学习或者生活中它应该是我们以一贯之的态度, 是值得我们读博人持续追求的品质。如果面对大堆的文献, 只是感觉到烦躁和受罪, 觉得在浪费时间和青春, 那正好说明并不适合搞学术, 并不适合读博, 自己的人生优势应该发挥在对社会有用的其他领域。

我感觉自己在前两年的研究生学习中获益甚多。首先是从历史文化学院各位老师的课堂上收获甚多。在课后, 阅读相关参考书籍让我解决了课堂上的疑问, 对一知半解的问题也加深了理解。此外, 在学院安排的外教老师课堂上, 我的英语水平突飞猛进。我能确切地感觉到, 自己学习不再只是遵循着以前中式课堂的外语教学方法。其实, 以前我的英语水平一直很一般, 一直苦于如何提高。听过别人太多的方法, 但从未感觉行之有效。当然, 从这些外教的课堂上还学习到了国外学者的研究方法。有时, 从与他们的聊天中也能学习到外国人看待某件事情的角度和逻辑。从学习世界史角度来说, 这一点让我的眼界和思维更加开阔。

具体的博士考试只是一个比较短暂的过程，而平日里的知识积累则起着压舱石的作用。

接下来，我会再说一下我的具体考试过程和感悟。

博士考试首先要联系好报考的导师，确定他今年的招生名额。一般情况下，博士生导师都很欢迎学生联系和报考。所以，在确定好了意向导师之后，就要真诚坦率与导师沟通，介绍自己的情况。之后，就要认真备考。在这里经常会出现一个令人纠结的问题，就是在备考阶段是否要和老师频繁互动，保持紧密联系，给老师好感。我也遇到过这样的问题，身边有同学甚至是父母告诉你要和老师多多联络感情。然而，我并没有受到别人的影响，并没有那么复杂地考虑，只是继续专注于考博本身。

接下来，再具体说说考博的各个环节。以北京大学为例，它的历史系博士招生考试是申请考核制，一共分为三个环节。第一个环节是申请，就是把个人资料邮寄到北大，然后等待审核。审核通过了，就进入第二个环节。不要太过于担心个人资料，我觉得其中重要的是英语成绩证书、在读期间科研成果和博士研究计划（按重要程度排序），而其他的材料相对容易搞定。北大去年要求的英语成绩有两个标准，二者任选其一。一是那些雅思、托福、GRE等相关证书（具体参见北大历史系网站）。所以如果你能在考博之前，在你的平常学习中通过以上这些考试，那你报考北大博士就已经有较大把握了。二是北京大学每年组织的博士生英语考试。我在研二期间参加了好几次雅思考试，后来终于赶在博士报名寄送材料前拿到了合格的成绩。另外的科研成果材料和博士研究计划也需要认真准备。也不要太过于担心博士研究计划，毕竟以硕士的水平并不可能写出让导师拍案叫绝的研究计划。但需要强调的是，要认真对待，用心去写。

第二个环节为笔试。笔试考两门专业课。关于笔试考试内容应该是我们最关心的。我的建议是考生首先应该熟读你报考导师的文章和著作，也应该熟读你报考专业方向下其他几位导师的作品。因为专业课笔试就是由这些老师共同命题的。在考试前，我有幸读到了报考导师的一篇文章，这跟我在考场上遇到的考题很相关。我凭着当时读文章的一点印象和想法惴惴不安地答完了此题，当时我一直在责备自己：为什么当初不多读一遍呢？

第三个环节为面试。面试是最后一锤定音的环节，但是也不必要过于紧张，除非此时经过层层筛选仍然还有四到五个人，而这种情况一般都比较少。在面试环节中，最重要的还是"打铁还需自身硬"，所以这又回到了我最初分享的——平日的学习积累和准备是很重要的。至于面试的细节与硕士研究生面试很相像。当然自我介绍、考官提问的难易程度也会水涨船高。

最后要说的就是，每个人都是与众不同的，都有自己突出的地方。所以我的这点经验对于想考博的人来说仅供参考，希望每个人能结合自己的实际情况，向着目标做一些切实有用的努力，不要被我的个人经验所限制。祝大家都能取得好成绩！

郭超，2018届世界史专业研究生，现为北京大学博士生。

你的努力, 终将绽放

◎ 何　秋

寄语: 多读书, 多看报, 少打游戏, 少睡懒觉!

2013年10月我正式被中国科学院空间科学与应用研究中心录取。保研看似光彩夺目, 背后却充满了艰辛和汗水, 可谓三年磨一剑。我就分享一点保研过程中的些许经验, 希望对学弟学妹们以后保研有所帮助。

首先, 明确目标。大一第一学期听辅导员说, 我们是有保研这一途径的。当时我并没有太多的想法, 并没有确定要保研的意志。大一第一学期我的成绩比较优异, 专业排名第三, 并且获得了校级优秀奖学金, 这坚定了我保研的决心。我觉得越早确定保研目标越好, 有了目标, 才能进行下一步的奋斗。

其次, 学好各门学科, 杜绝挂科。众所周知我们学校的保研条件是: 必修课不能挂科, 根据前三年必修课成绩排名划分保研名额。所以, 想要保研就必须学好前三年的各个学科, 考得较高的分数。当我确定了保研目标以后, 我努力学好每一门课, 上课认真听讲, 下课认真完成作业, 不懂就问。除了上课, 我还经常去图书馆、自习室自习, 为期末考试做好准备。当时我们专业有四个外推名额, 我专业排名第三, 成功地取得了保研资格。另外保研还需要其他的一些硬性条件, 比如最重要的一条就是必须通过英语四级考试。

再次, 积极获取保研相关信息, 参加夏令营。在大三第二学期的时候就应该获取保研信息。获得保研信息的途径很多, 可以咨询老师, 也可以咨询上一届的师兄师姐，我主要咨询的是上一届的师兄师姐。通过咨询，我大概了解到本专业的保研率、上一届保研的学校，以及他们保研面试的途径。保研面试主要有两种途径，一种是参加暑假高校举办的保研夏令营，一种是参加9月份高校正式的推免面试。我在大三下学期的时候就了解到了一些基本的保研信息，所以当四五月各高校、科研院所举办暑期夏令营的时候，我就积极报名。我参加了四川大学以及中国科学院空间科学与应用研究中心（简称中科院空间中心）的夏令营，并且通过了夏令营期间的推免面试。通过参加夏令营，我们对这个学校有了较深的了解，而且夏令营的推免面试比9月份的推免面试要容易一些，所以对于保研的同学来说，参加夏令营是一个明智的选择。

最后，明确专业与学校的选择。无论是保研还是考研，专业和学校的选择都是很重要的。在这样一个迷茫的时候，我与本专业的老师交流沟通，然后根据自己的兴趣爱好，最终选择了计算机应用技术专业；又根据夏令营的参观考察以及对各学校师资力量的评估，选择去中科院空间中心攻读硕士学位。在专业和学校的选择方面，最重要的就是遵从自己的兴趣爱好，每当迷茫的时候，应该多与老师或者父母沟通。

以上就是我保研的经历。其中最关键的还是专业知识的学习过程，只有学习好、考得好才能拿到保研名额。保研不是一朝一夕的事，时间和汗水铸造了保研之路。只有目标明确，并持之以恒，梦想才能实现。

何秋，物理学与信息技术学院电子信息科学与技术专业2014届本科生。四年间，先后荣获 "优秀学生" "优秀团员" 称号，并获得四次校级优秀奖学金、一次国家励志奖学金。现保送至中国科学院空间科学与应用研究中心读研。

努力了才会看到希望

◎ 李改燕

寄语：所有事情，不是看到希望了才去努力，而是努力了才会看到希望。

不少人认为，就业是大三大四的时候才要花心思准备的事情。其实不然，从进入大学校园的那一刻起，我们就已经开始书写我们的简历。对于保研则更是如此。我最初听到保研这一说法，是在辅导员某次晚点名时。虽然我最终获取了推免资格，但熟悉我的人都知道，我在大一的时候并不是老师、同学们眼中的"好学生"，成绩不差但并没有多优秀。步入大二，逐渐褪去了大一的浮躁，但并没有想到我要通过保研这一途径来获取攻读研究生的通行证，我只是尽力做好当下的每一件事，认真对待老师布置的每一次作业，认真准备每一次考试。这句话听起来很没意思，但的确是这样。没错，就是从这个时候开始，故事开始出现反转，大二第一学期期末考试，我的成绩排到了班级第二。我才发现，原来我并没有多差，我可以和那些优秀的学生一样做得好。只要努力，就有希望。

推免工作是在每年的四五月份、各院校出夏令营通知的时候开始。这个时候往往需要准备大量的材料，包括简历、个人陈述、成绩表等等。各院校的报名条件也不尽相同，主要是一些硬性条件，比如说成绩排名要在前10%、前15%等，英语要过六级，各种科研竞赛也是加分项。我当时主要申请了南开大学、浙江大学、北京师范大学和华南理工大学的夏令营，收到了三所学校的入营通知，参加了两所，分别是南开大学和华南理工大学。

2016年是南开大学环境科学与工程学院第一次举办夏令营，但是各环节都准备得很到位。下午举办开营仪式，我中午便到了学校。开营仪式在比较轻松的氛围中进行，周启星院长与各位营员共进晚餐，对同学们的到来表示热烈欢迎。接下来两天，学院为我们安排了系列讲座，环境科学系主要课题组的老师，也就课题组目前主要研究课题和课题组成员做了简要介绍，之后带领我们参观各主要实验室。参加完比较轻松的活动之后，便到了营员的面试考核环节，主要是为评选优秀营员做准备，这也是我最为担心的。面试在两个考场分别进行，第一考场是基本信息的介绍，老师会针对自我介绍的部分提出一些问题，而基本每位营员都会被问到：为什么选择我们学校，还有没有报名别的学校，你对什么研究方向比较感兴趣，等等。这就要求我们对报考院校有一定了解，并且如实回答老师的问题，面试过程要表现出自己的诚意。第二考场主要考查专业问题，其实主要是针对本科期间做过的科研项目和竞赛等进行提问。整个面试过程老师们都非常和蔼，这使我感觉非常舒服，这虽然没有多么重要，但是会给我一定的心理暗示，使我更加喜欢这个学院。上午面试结束之后，下午同学们便开始与自己心仪的导师进行交流，也就是通常所说的选导师环节。其实在参加开营仪式的时候，我了解到已经有同学在来之前联系过导师。我当时并没有意识到这方面的问题。所以建议各位学弟学妹们，联系导师要趁早，这也算是抢占先机。再者，一定要有自信，不要认为别的学校的学生比自己厉害，要积极向老师推荐自己。我们想想，如果老师们都按照本科学校的排名来选择学生的话，那举行面试的意义又何在？在坐车回学校的路上，学院公布了本次夏令营的优秀营员名单，看到我名字的时候，我在第一时间编辑了一条短信给我妈妈，那种兴奋，难以言表。

回到学校休整了几天之后又踏上了前往广州的火车，参加华南理工大学的夏令营。第一次去广州，有些小期待。与南开大学有所不同的是，华南理工大学的夏令营更加具有趣味性，我们和研究生学长学姐打成一片，又去附近参观了黄埔军校遗址。面试环节也是比较轻松的。其中有一个小插曲，面试之前学院发通知说让我们每个人准备一份中文版的自我介绍，但是进入考场之后，老师们是用英语与我们进行交流的，并且要求我们用英语做自我介绍和回答相关问题。好在当时老师们的问题也比较简单，不涉及专业词汇，后来的专业知识考查时是用中文进行交流的。最终我也拿到了华南理工大学夏令营的优秀营员。所以，一定要把准备工作做足。

夏令营就这样告一段落了。

之前夏令营我报名了浙江大学，但是很遗憾没有被录取。不甘心的我9月份又报了他们学校。经过面试，我最终被录取了，终于圆了浙大梦。夏令营没有被录取没有关系，9月份还有一次机会。而且之前学校夏令营录取的优秀生源中会有一部分选择去另外的学校，一定要抓住这些机会。

推免工作是一个漫长的过程。从选择学校到选择导师，从第一封联系邮件到面谈再到面试，从网上申请到材料的准备，从一个地方跑到另外一个地方，这期间的事情很多，千万不要浮躁，不要拖沓，一定要有条不紊地去应对每一个小的环节。保持良好的心态，不怕烦琐地去办理每件小事。

保研这条路，在别人眼里总是光彩夺目，但内中的艰辛与坎坷只有我们自己才能感受到。前面所写的内容，现在读起来感觉整个过程很轻松。其实当时各个阶段焦急的等待，忐忑的心情，奔波在陌生城市的诸多不习惯，只有我们自己知道。这次保研只是人生路途中一个小小的经历，未来还有很多事情等着我们去做选择，所有的一切都得靠自己去争取。有时候机会只离你一毫一厘之远，不要放弃自己，不要对自己失去信心。我希望在经过这次磨砺后，我会有更充足的勇气面对接下来的挑战，也祝各位早日梦想成真！

李改燕，地理科学与旅游学院环境科学专业2017届本科生。曾获国家励志奖学金、专业二等优秀奖学金，获"优秀学生"和"优秀团员"称号。现保送至浙江大学读研。

努力的人最聪明

◎ 李雨欣

寄语：努力不一定会得到自己想要的结果，但一定是好结果。

时光荏苒，大学四年如白驹过隙，如今的我已经站在毕业的路口，即将和我的母校告别。未曾想到我会来到陕西师范大学，学习社会学，更未想到能有幸被保送至北京师范大学读研。每个人都有属于自己的路，升学并不一定就是最好、最正确的选择。我相信，每一个刚进入大学的人都曾像我一样迷茫过，挫败过，如今我渐渐找到了自己的路，希望我所分享的能给那些一时感到迷茫或无价值感的学弟学妹一点光亮。

谁的青春不迷茫

我不是一个聪明的人，我以前一直都这么认为，尤其是当我面对那复杂的数学题时，总比周围的同学理解得慢，直到高三遇到一位老师，他告诉我："丫头，聪明不是反应快，努力的人才最聪明。"我带着这句话一直坚持到高考结束，来到了陕师大，并且选择了一个并不了解的专业——社会学。

我相信在进入大学之前，大家都想过自己的大学生活，甚至从网上、学长学姐那里询得了很多"经验"，例如要参加学习生活、多参加社团、要发表文章等等。但毕竟每个人的情况不同，这些经验并不一定适合每一个人。在我的心中，"大学"二字具有重要的意义，虽然一时还不知道自己具体该做什么，但我给自己定了三条原则：多读书、多交朋友、多去体验不同的经历。每当我纠结该不该做一件事情的时候，我就用这三条原则去衡量，这让我渐渐找到了大学生活的意义，减少了迷茫的状态。随着经验的增加，我开始更加了解自己的优缺点，安排自己的大学生活时也就能有的放矢。我爱上了大学自由的学习氛围，我可以自由地去学习我所感兴趣的领域。学习的方式也不再是像高中一样坐在教室里和课本死缠烂打，大学里还有浩瀚书海的图书馆、校园内的精彩讲座、可以自由选择的课外兴趣班，还有丰富的志愿实践活动。我意识到这是一个多么宝贵的平台，所以在认真学习专业课的同时，周末去兴趣班学习韩语，偶尔去参加志愿活动，周内的课余时间去学学吉他和纸艺花，在学校里还意外结识了几位外国朋友，这更增加了我学习外语的动力。

虽然在大学初期我并没有打算保研，那时也并不了解保研的相关事宜，只是觉得应该学好眼下的课程，哪怕是体育课，我也觉得应该认真上。这样的心态让我能够放下对分数的执念，减轻了学习的压力。

我们以什么做出最好的回报

尼采曾经问："我们以什么做出最好的回报？"我把这个问题贴在我的台灯边，经常会想，当我舒适地生活在大学校园里，享受着对于大部分人来说已经是十分宝贵的资源，我以什么做出最好的回报？到了大二大三，渐渐发现周围有很多同学选择了与自己不同的路，有的人选择多参加实践活动，做好学生会工作，有的人选择去体验不同的兼职，做起了家教，还有的人选择搞起了自己最喜欢的IT行业，自学创业……每次和考入其他高校的同学交流，也会深感还有太多东西需要学习，还有更好的世界等着自己去看看。

大二的时候我选择了去台湾交换学习，那半年的交换经历是我大学生活中最鲜亮的一笔，它不仅让我感受到了不同的生活和学习环境，也让我对我的专业有了不少思考，和各地朋友的交流更让我为身为这个世界的一份子而倍感开心。带着满满的能量我回到母校，和同学一起申报了大学生创新创业项目，并于暑期在系里老师的带领下参加了一项关于铁路青年职工的思想状况调查。我想，一步步认真做好当下的事，也是对自己所具备的能力的最好回报。

路在脚下，路在心中

大三带来了一轮新的抉择，考研？工作？创业？出国？我们不得不面临新的选择。而随着学习的深入，我更加感受到了读书的好处，综合考虑了自身的情况，我找到了自己心中的那条路——继续读研究生，去更高的平台看一看。一旦目标确定，从目标的高度往下看，就能看到自己现在距离目标有多远，就会发现自己还有哪些不足。我深感自己研究性学习的能力还很不足，尤其是专业书阅读量还不够，对于本专业的学习也不够深入。于是我开始听取专业课老师的意见，把注意力从课本转移到一些专著上，尝试着在大学生创新创业的项目基础上，发表文章。后又同舍友一起撰写了一篇关于春节红包文化变迁的文章，发表于《东南传播》。

在大三的暑假，我有幸参加了北京师范大学社会学院优秀大学生夏令营，华东师范大学中法联合项目的夏令营。如果在北师大的夏令营中成为优秀营员，再获得本校的推免名额，就可以直接免试进入北师大读研。为期五天的夏令营安排得非常紧凑：一方面校方为我们安排了校园参观、学术讲座、游戏活动以及同外国学生交流的活动；另一方面，在这些活动之中考察我们在各个方面表现，最终择优录取。尤其是最后一天，不同专业的人被分为不同的小组，每个组分别选择一个主题做一个完整的汇报，最后分别回答老师的问题。对于没有太多准备的我们来说，时间非常紧张，第一步选择一个可以共同汇报的题目就十分困难。以我们组为例，五个人就有四个专业：人类学、社会学、社会工作、社会保障。加之前几天白天活动安排得非常紧凑，我们需要另挤时间讨论、分工制作PPT、练习汇报。小组成员之间的关系很微妙，一方面每个人都是竞争关系，另一方面我们还要维护好小组的完整性，团结协作。我还记得大家在汇报的前一夜通宵做PPT，尽管每个人都很累，但还都互相帮忙出点子。汇报当天我们还突然加了一场二十分钟的英译汉的小测试。汇报结束后我们小组五个人中有三个人拿到了优秀营员，一人替补，成为入选率最高的小组。回想起来，认真做好自己的模块，真心对待身边人，团结协作都是十分重要的。平日的积累也让我在做汇报时省了不少力。之后，我幸运地拿到了学校的推免名额，便选择去北师大继续读研。那短短的几天改变了我的命运，脚下的路就这样一点点地向前延展。心中拿定了主意，走好每一步，才能看到属于自己的沿途景色。

如今就要离开母校，我怀念这里的每一个角落，每一份师生情谊，每一口香甜饭菜，每一缕蔷薇花香。希望在以后的日子，我还能继续问自己：我要以什么做出最好的回报？还能继续相信，努力的人最聪明。

李雨欣，哲学与政府管理学院社会学专业2016届本科生。曾担任班级心理委员、政治经济学院学生助理，大二第一学期赴台湾高雄师范大学交换学习，获2013—2014学年度国家奖学金。现保送至北京师范大学读研。

仰望星空，脚踏实地

◎ 刘春良

寄语：仰望星空，脚踏实地。认定目标，理性规划，笃实敦行。

在入学之初，我有幸认识了几个大神级的直系学长学姐，并且从他们那里得知基地班保研率相对较高。但是，怎么能获得保研资格呢？在学长学姐的指点下，我在网上查了一些保研方面的信息。保研资格的考查一般包括四个方面：学习成绩、研究能力、社区服务、特长。这四个方面还是可以通过努力而达到理想水平的。因此，我认为经过三年的学习和积累，保研不是难事。前三年，我把学习成绩稳定在保研范围之内，又通过参加科研项目提高科研素养，同时找到了兴趣所在——肿瘤生物学，并利用课余时间参加社会实践和志愿服务，一直认真学习的英语也算是一技之长。除此之外，享受大学生活，结识好友，游览山河，闲读趣书，竞选班委，服务同学。"花有重开日，人无再少年。"青春与大学要绚丽而精彩。

大三上学期结束后，我们就只剩四门必修课了，可以说保研大势将定。我查看了自己的排名，胜券在握，于是寒假开始考虑保研去向。选择院校主要从地理位置、院校声誉、专业实力和师资力量方面考虑。一般来说，四者相辅相成，形成良性循环。地理位置和院校声誉能引来名师大家，名师大家的研究和教学工作代表了专业实力，专业实力使院校声誉进一步提升。我很喜欢魔都大上海和开放包容的海派文化，所以我的目标院校集中在沪上。寒假期间，我花了些时间研究位于上海的、与生物医药领域相关的院校，最终将目标锁定在中国科学院上海药物研究所和上海交通大学医学院。

开学之后，我开始准备简历，准备证书和复印件，梳理做过的科研项目。从4月中旬开始，各院校、研究所陆续发布夏令营招生通知或者直接来开宣讲会，我经常关注"保研论坛"（http://www.eeban.com），感兴趣的院校一出通知我就开始准备材料。准备申请材料是一个烦琐的过程，要细心加耐心，绝对不能出任何差错。措辞要积极向上，因为申请材料就是你的第一张名片。材料准备好以后要及时寄出去。一般来说，早到的材料受到招生老师的关注会更多，录取率也会高一些。稳妥起见，我申请了多个感兴趣的夏令营，最后选择了中科院药物所、动物所及上海交大医学院。但是，期末考试安排出来的时候，我发现药物所夏令营和期末考试完全重合，动物所夏令营的前两天和期末考试"撞车"。我只能推掉药物所的夏令营，虽然快快不乐，但还是收收心认真准备期末考试。

最后一门考试中午12点结束，我稍作休息便赶去北京参加动物所夏令营。我认为参加夏令营的主要目标是拿"优秀营员"，其次是交流学习。但是动物所夏令营没有招生考核，我对上海交大的期待也就更多了。上海交大医学院夏令营包括参观实验室、游览上海主要景点、导师见面和招生考核几个部分。招生考核由笔试和面试构成，非常正式、严格。笔试为全英文考试，共计一百五十分钟，主要考查专业兴趣和专业能力，有名词解释、实验设计、分析题和论文翻译等题型（后来听说上海交大是按硕士专业课考试难度出的）。幸好看过一些该领域的英文文献，答题还算顺利，可见平时的积累还是非常重要的。面试是单独面试，三分钟自我介绍加七分钟导师提问。由于准备得很充分，自我介绍和回答专业问题都做得不错。就在面试即将结束的时候，一个老师问我："科研兴趣和赚钱，你认为哪个更重要？"我认为赚钱更重要，没有经济保障就很难发展科研兴趣，两者最好能有机结合，然后以达尔文为例进行论证。面试必然超时了，而且老师似乎不太赞同我的观点。原以为面试肯定被刷了，但当天下午我却意外地接到了这个老师的电话，他希望我能在夏令营结束前去他的实验室参观。"生活就像一盒巧克力，你永远不知道下一颗是什么味道。"努力的人从不会被辜负。我拿到了交大的"优秀营员"，10月份又顺利地获得了保研资格。

保研不是学习的终点，而是一个新的起点，科学探究之路漫漫修远。在此，祝学弟学妹们梦想成真，愿你我永远"仰望星空，脚踏实地"。

刘春良，生命科学学院生物学基地班2016届本科生。曾担任班长，曾获国家励志奖学金、全国大学生英语竞赛三等奖、"挑战杯"大学生课外学术科技作品竞赛陕西省一等奖、优秀奖学金，获"优秀学生干部""优秀学生"等称号，参与发表SCI论文一篇。现被保送至上海交通大学读研。

临渊羡鱼，莫若退而结网

◎ 马佳鑫

寄语：四年时光短暂且珍贵，自己应该认真规划，确立目标并为之不懈努力。

初心之所向，砥砺前行

进入大学，从高中生到大学生的身份转变，也曾使我迷茫。我曾发问：究竟如何才能度过最珍贵的四年时光？四年后究竟要选择怎样的人生道路？还记得大一时牟朝丽老师对我们的殷殷教导，在课堂上她以自身的经历，用自己学生的例子，贯穿着对大学生活以及未来就业和升学的思考，告诫我们要尽早确立目标。也就是从那时起，我便确立争取保送研究生的目标。我明白，若要梦想成真，从此刻起便要充实地过好每一天。清晨的教室里，闭馆铃声散去的图书馆里，深夜致知楼亮灯的实验室里都能看到我，我拼尽全力去完成自己的蜕变。大二，临近最后一场考试时，我被查出患上了肺炎，每天都一边打着点滴，一边单手翻看着课本，离开医院，顾不得休息，便又匆匆前往图书馆，我不想放过任何可以战斗的机会，因为找任何借口的放松，都是逃避责任的表现。"梅花香自苦寒来"，在这次考试中，我以专业第一的成绩向大家证明了"一个人可以被战胜，却不可以被打败"。

自信乐观、勇于尝试已成为我的标签。学习优秀、勤奋刻苦，或许是对一名优秀学生的评判标准。但我不局限于这些，勇于挑战自己，积极参加各种活动，在迎新晚会上我担任主持，在体育场上我踊跃参赛。我越来越自信，眼界变得越来越开阔。凭借着努力和自信，在大学里收获了应有的骄傲。

博观而约取，厚积而薄发

通过三年锲而不舍的拼搏，最终凭借年级第一顺利获得推免资格，而心中的科研梦使我毫不犹豫地选择了中国科学院。来到中国科学院大连化学物理研究所（以下简称大连化物所）的夏令营，同台竞争的是浙江大学、中国科技大学、南开大学等985高校的优秀学子，面对强大的对手，我没有却步。能和他们同台竞技已是对我的认可，此时我只需调整心态，将师大对我三年的培养战果展示出来即可。三年的努力和积累让我在大连化物所的夏令营面试中游刃有余，得到了老师们的一致认可。最终面试成绩名列前茅，特被录取为直博生。

积土而为山，积水而为海

懂得规划、高度自律一定是实现梦想途中的必备条件。我会分阶段地为自己制定目标，明白自己想要的到底是什么，并全身心地为之付出。对待时间，我格外珍惜；对待事情，绝不拖延。极强的执行力、绝对的自律以及良好的生活习惯成为我制胜的法宝。好友常晓明曾这样评价我："马佳鑫总是将时间安排得特别合理，每个时间段做什么事情，总是井井有条，包括什么时间吃饭，他都特别有规律。"

大学初我便立志要在科研的路上不断攀登，于是大二时加入我院陕西省"百人计划"刘治科教授课题组，从事钙钛矿太阳电池制备及其稳定性研究。钙钛矿太阳电池的研究需要多学科知识：在实验方面，需要化学制备知识；在原理方面，涉及固体物理等物理方面知识；在测试方面，需要材料表征等大型仪器的使用知识………面对重重困难，我不畏惧，不退缩，一步一个脚印。知识储备不够可以自学，实验失败就重头再来，理论支撑匮乏就一页页翻阅文献……每天宿舍、教室、实验室，三点一线的生活早已成习惯，做实验到天亮也已是家常便饭。一路走来，虽有迷茫，但有老师的指导和鼓励，有自己不懈的努力……

目前我已参与发表两篇学术文章，其中一篇以共同第一作者身份发表在美国化学会《应用材料与界面》上，另一篇发表在英国皇家学会《纳米尺度》上。2017年9月份确定保研之后，本可以选择轻松地度过大四这一年，但为了为研究生期间打下基础，又开始潜心于研究生期间的研究方向。于是我加入我院雷志斌教授课题组，从事超级电容器储能方向的研究。对于一个新的研究领域，一切从头开始，与文献为伴，与实验为友，即使周日在致知楼也总能看到我忙碌的身影。经过三个月不懈的努力，我又以第一作者身份完成一篇学术论文。大四下学期我又只身前往大连化物所，在新的未知和探索里完成自己的毕业论文，希冀为自己的大学生活画上圆满句号。

大学四年，我实现了最初的承诺，用诸多的科研成果实践了自己的价值。如果说本科阶段我为自己垒起了科研金字塔的地基，那么在之后的学术征途上，我将不断向金字塔的顶端走去。怀着一颗求知又勇敢的心，怀着对真理的信仰，开始新一轮的历练和成长。

马佳鑫，材料科学与工程学院材料化学专业2018届本科生。本科四年，成绩排名专业第一。曾获国家奖学金、中国科学院大连化学物理研究所奖学金，五次获一等优秀奖学金，三次获"优秀学生"称号，并获"优秀学生标兵""优秀毕业生"及"优秀实习生"称号，另获陕西师范大学第三届大学生课外学术科技作品博览会最佳海报奖。现已被保送至中国科学院大连化学物理研究所直接攻读博士学位。

破茧成蝶

◎ 潘维扬

寄语：用心去对待你要做的事，不要只在乎终点，更重要的是感受沿途的风景！

我的保研之路略显曲折，却值得回味。

首先，作为一名生物学专业的学生，实验能力是最被导师重视的。最好从大二上学期就开始关注你感兴趣的方向的学术动态，在大二下学期申请一个校级本科生科研项目，尝试自己摸索；或与老师进行深度交流，可以的话跟着老师做一些项目，做一些辅助工作，虽然不一定能够接触最核心的东西，但在潜移默化中会提升你对科研、学术的理解；大三上学期可以全身心地投入科研，争取在大三下学期有一些比较突出的成果，为你的保研申请增加分量。所以大家在本科期间可以联系相关导师，尽早进实验室学习。做实验多思考，一些搞不清的细节一定要和导师交流。这样在面试的时候就能应对自如。

其次，要对面试的考官有一定的了解。一般面试的考官就是本系的老师，了解一个导师的最好办法就是阅读他们发表的文章。通过阅读这些文章，你一定能获取很多有益的信息，包括他们的研究方向、实验方式及实验进展等。在研究生阶段很多专业研究方向分得非常明确，考查的内容大相径庭，所以，最好参考导师的研究方向。导师的研究方向反映了这阶段他关注的焦点，面试的时候他的兴趣点一般与他的研究方向有关。因此，平时要多看一些相关专业领域的权威期刊，对所报考导师的学术观点、论文、专著应有较深入的了解。

再次，就是专业知识的储备。申请学校的同时，要做知识准备和整理，主要有以下几个方面。第一，基础知识的准备。基础学科知识的整理和整合是相当必要的。第二，学术论文。多看核心期刊文章，边读边记笔记，看得越多越好，看多了就知道科研文章怎么写了，就清楚自己的研究领域了。第三，当前科研的最新动态。可以经常登录生物谷等网站，关注最新的科研动态。第四，英语阅读、英语口语和专业词汇的准备。可以多看看英文文献，面试中一般要求英文自我介绍，或者用英文论述和阐述某个观点和现象，有时候会问得很专业，所以要多练口语，平时可以多尝试用英语论述某个问题。

最后，面试时要注意的一些问题。第一，注意行为礼貌，细节往往决定成败。进门时一定要敲门。在进面试室之前一定要先把手机关闭，千万不要出现在面试现场手机响个不停的尴尬局面。如果真的在面试过程中出现没有意料到的尴尬局面，在面试结束后一定要向老师表达歉意。第二，注意行为动作，在复试之前戒除紧张时的不良动作。因为每个人，在紧张时都会有自己的行为动作，比如搓手或者揪耳朵之类的，有时是很不雅的，所以一定要了解自己紧张时的下意识动作，然后在面试之前训练自己并努力克服掉。第三，谈吐清晰，在英语面试的时候，应该尽量压缩英语介绍的内容，语速千万不要太快。关键是在老师面前要说得清楚明白，给老师留个很好的印象。第四，态度诚恳，专业面试的时候一定要诚实，不会的时候就诚实地说自己不是很了解，把自己所了解的尽量说出来。不要认为可以蒙骗过去，因为以前就有这样的同学，老师问她看过那些相关的专业书籍。她其实并没有看，只是偶尔记得几个书名就说了，以此表现一下自己的专业素养，而当老师让她接着说说看这些书籍后的感受或收获时，她就只能傻眼了，结果给老师留下了不好的印象。因此一定要态度诚恳，实事求是。

保研同样需要奋斗，如果你决定接受上帝抛给你的橄榄枝，那么就不要懈怠，否则你的橄榄枝是会被收回的。在成功面前我们每一个人都是平等的。没有什么是很容易做到的，成功是等不来的。

回顾这段经历，我感觉自己真的长大了。这段经历教会了我面对困难时要坚强，给予了我逆境求生的勇气，指引了我勇敢地去面对今后更为复杂的社会。我相信，这次的经历，会是我人生中的一次凤凰涅槃，一次破茧成蝶。我第一次将梦想照进了现实，第一次将眼泪真正变作坚强，第一次直面人生的挑战，第一次做到了从失败中坚强，从坚强中获得胜利。我承认这中间有运气的成分，我承认我是一个很幸运的人，我希望自己能够好好把握这份幸运，继续前进，在未来更广阔的天地中自由地翱翔，不辜负所有关心我爱我的人！

潘维扬，生命科学学院生物技术专业2015届本科生。曾获"优秀学生""优秀团员"称号。现保送至复旦大学读研。

摒弃浮躁，逐梦未来

◎彭　精

寄语：摒弃一颗浮躁的心，脚踏实地、端正态度，会有更加湛蓝的天空和美好的未来等你。

我不知道该用什么样的词和语句来描述我保研求学的经历。如今回顾，看似曲折漫长，实则是对个人心理与能力的一场考验。

我不是一个自信的人，也不是一个足够优秀的人。"保研"一词，还是大三上学期，从直系学姐口中听到的。那时保研对我来说似乎还遥不可及，可是却不知道好多人已经在为自己的未来筹备了。学姐告诉我保研看的是前三年的综合成绩，而我前两年的成绩不算特别突出，因此要想保研似乎还有些危险。在学姐的指点和鼓励下，过了两年像做梦一般生活的我还是下定决心要最后一搏。因此，对于我来说，大三是整个大学生活中最充实、最正能量的一年，我尽可能地做到认真对待每一节专业课、对待每一次实验、对待每一份实验报告。功夫不负有心人，我大三上学期的成绩还算不错。也是在这个阶段，我终于通过了英语六级考试。看来任何事情的成功都需要下一番苦功夫。到了下学期，许多事情接踵而至，学习各种专业课和选修课、六门实验课，准备教师资格证面试，我整天就像一只疲惫不堪的老牛，没有心情去考虑任何事情。然而，当同学们一个个都在谈论着要考去哪里、要考什么方向时，繁重课业之中的我却始终找不到自己的定位，不知道喜欢什么，能够做什么。无数个夜晚，躺在床上，睡了醒、醒了又强制自己睡，为自己的未来感到迷茫和忧虑。我终于鼓起勇气，咨询了任课老师，老师的意见很中肯，关键是自己得清楚自己想要的是什么。学姐建议我去申请夏令营，去一个更高的平台开阔眼界，因为高校举办的暑期夏令营是一个很好的磨砺自己、认清未来的机会。夏令营的通知信息可以通过目标高校的官网、研究生院官网以及保研论坛得到。于是听从学姐的建议，我开始了简历的制作、各种获奖证书的搜集和准备。每个学校的具体要求材料不一样，但是大同小异，因此最好提前按照往年要求准备，只需要在最后进行格式的调整即可。

5月份到了，各个高校的夏令营通知铺天盖地而来，我像一只无头的苍蝇，不知道自己该往哪个方向撞去，还好自己努力使那颗浮躁的心安静下来。考虑到自己不是很出众的成绩以及个人喜好等因素，舍弃了竞争力较大的北京、上海等地高校，我选择了浙江大学、中国科学技术大学、南京大学三个安静却又不失影响力的名校。按照之前准备的材料，我做出了申请，接下来就是漫长的等待过程。在确定申请学校的过程中一定要结合自己的实际情况（成绩、能力等方面），切不可盲目申请，否则就会浪费时间。

我们专业最后一次考试比较早，因此给想参加夏令营的同学提供了极大的方便。我认真复习，希望抓住最后的机会，因为当时，我还是不敢保证自己能拿到保研资格。期末考试结束了，我感觉还不错，于是对未来又充满了期待。接下来我就开始进行一些收尾工作，在这期间，我收到了南京大学环境学院、中国科学技术大学生命科学学院的夏令营录取通知。简单的准备之后，7月2号我踏上了南下的火车，心中有些许期待，也有一些忐忑。

7月的南京，梅雨连绵，南京大学环境学院为期四天的夏令营就是在这连绵的夏雨之中举行的。环境专业和生物专业虽然有些交叉，差别却很大，接二连三的报告把我听得云里雾里，这似乎也注定了这次行程的结局。由于之前一直想学其他学科，因此最后的面试我选择了与生物相差很远的环境规划与管理专业，从始至终都有些紧张，虽然老师的问题我都基本回答出来了，可是通过老师们的表情还是看出来他们觉得我专业跨得有些远，结果应该可想而知。

回家短暂的休息之后，我去了合肥，来到了中国科学技术大学（以下简称中科大）的生命科学学院。回归本专业，一切看起来都似乎信心满满，去实验室参观听取报告，交叉进行的各种学生交流活动，以及学长学姐的亲切指点和帮助扫去了我第一次失败的阴影。"所谓大学者，非谓有大楼之谓也，有大师之谓也。"我想这是我对这里产生不一样的感觉的又一原因，雄厚的师资力量吸引着我。在不断与学长学姐的交流中，我终于决定了自己未来的方向——生物信息学。这个将生物与信息、计算机交叉的学科引起了我无限的兴趣，生命里的阳光会就此到来吗？我在想象。最后的面试比较简单轻松，但是我仍端正自己的态度，认真对待老师的每一次提问。功夫不负有心人，最终我通过了面试，拿到了中科大的预录取通知。

夏令营结束，我回到学校，联系了我最想找的老师，老师对我进行了视频面试，可能是由于隔着屏幕的原因我感到异常轻松，一向胆小的我似乎在有所经历之后内心直接变得强大起来了。由于学长的指点，我在面试前浏览了一些关于生物信息学的论坛，做了一点简单的准备，没想到老师给了我一个很愉快的氛围，对于我的有些回答，老师也很认可。面试结束了，老师在一周后给了我答复。

接下来就是更加漫长的保研结果的等待过程，对于我这种成绩处于保研边缘的人来说是一种煎熬。在这一过程中，我仍然认真准备考研复习。中途也接收到了南京大学生命科学学院的夏令营通知，但是已经确定了中科大，所以我果断放弃了这次机会。终于到了9月份，院部排名、学校给每个学院的推免名额相继公示，最终我获得了一个资格，内心也是久久不能平复。历经一年的迷茫与努力、痛苦与挣扎，终于有了自己想要的结果。

9月26日凌晨，守候在电脑前的我在推免服务系统上郑重地填下了中国科学技术大学。27日上午还没有睡醒的我收到了中科大的录取通知。一切尘埃落定，悬着一年的心终于可以放下了。面对未来，我充满希望，希望自己奋斗的足迹更加厚重踏实。

此时，站在四年大学时光的终点，白驹过隙之感油然而生。也许，一年、两年、五年，甚至十年之后，夕阳西下，虽然格物楼上不会有我的身影，但是我的的确确来过。我相信，摒弃一颗浮躁的心，端正态度，脚踏实地，会有更加湛蓝的天空和更美好的未来等着你。

彭精，生命科学学院2017届本科生。曾任社团部长、班级宣传委员，曾经连续五次获得陕西师范大学优秀奖学金，两次获得校级"优秀学生"称号，两次获得"优秀运动员"称号。现保送至中国科学技术大学读研。

我的博士之路

◎ 秦克玉

寄语：生命是属于你的，你应该根据自己的意愿去生活。

2013年9月，怀着激动的心情，我顺利地进入了陕西师范大学，师从李晶老师，进行生态系统服务方面的学习与研究工作。直到还在，我还清楚地记得李晶老师第一次带着我进入格物楼三楼实验室的情景，以及那种有点激动，有点兴奋，又有点忐忑的心情。没想到转眼间，就到了即将毕业的时候。

回顾一下三年的时光。研一一年，是有些挥霍的。恰巧老师出国，我的自律能力又比较差，大部分时间都是在漫无目的地学习，没有系统规划，没能打好理论基础。现在想起来，其实还是有些后悔的。到研二时，突然发现有很多针对性的工作要做，要学软件，要处理数据，要写论文，开始觉得时间很紧张。研二也是我收获最多的一年。现在我所掌握的技术、发表的论文都是在研二获得和完成的。到了研三，基本都是在准备毕业论文和考博的日子中度过的，是我感觉过得最快的一年。

临近研三，就到了该决定未来发展的时候了，我也是在那时下定决心读博的。在决定读博到考博成功的过程中，我有以下感触。

第一点就是要明确自己的发展方向。是要工作还是要读博，最好能尽早地做出决定，因为这是两条完全不同的发展线路。如果要工作，那么读研期间要做的是提高自己的工作能力，努力学习那些能够在就业上为自己加分的技能。而如果决定考博，那么要做的就是加强自己的科研能力。通俗一点说，就是要学会看论文、做数据和写论文。因为发表论文的质量和数量在考博的时候就是最好的敲门砖，有发表的高质量和多数量的论文，可以直接提高考博的成功率。

第二点就是攻克英语。如果决定了考博，这点需要特别注意。博士阶段由于需要对最前沿的研究进展做深入研究，而最前沿的研究进展又通常发表在高水平的英文报刊上，所以博士的招生通常对英语都有硬性要求。高校或者科研院所的招生方式是普通招考还是申请审核，英语的考查都不会被忽略。第一种普通招考，就是要先通过英语和专业课的初试，分数达标，再进行面试复试，最后决定博士人选；第二种申请审核制，近几年刚开始流行的，在满足某些条件之后不参加招生考试，向招生院校提交申请材料之后直接进入面试阶段。这些材料通常包括硕士阶段的科研成果或者发表的论文，还有英语限制——必须通过六级或者雅思、托福达到一定分数。我所报考的海洋研究所实行的是申请审核制，幸运的是，我早已通过了英语六级，所以英语没有成为我的障碍。

第三点也是最重要的一点，同样也是考博和考研区别最大的地方，就是考博必须要提前联系导师。因为每个博士生导师手里的名额很有限，所以报考博士前必须先跟你要报考的导师联系，看他手里是否还有名额，一般来说导师对你不太满意就不会让你报名的。导师的联系方式可以在相应学校的官方网站上查到，如果官网上没有，还可以通过搜索导师发表的论文寻找，论文的下方，通常都有作者的邮箱。邮件在与博士导师联系的过程中起着非常重要的作用。那么如何通过邮件和导师沟通、交流呢？首先，我觉得第一封邮件的主要内容应该是个人介绍，包括年龄、求学的经历、学术成果、硕士论文的内容等等。导师通过这封邮件对一个陌生的学生能够有个基本的认识和了解，这可为以后进一步联系做准备！其次，还要简要地谈谈自己对未来所报考的专业、实验室和课题的了解和想法，让导师能够真实感受到你的诚心、信心和决心！再次，主要是表达一下自己报考的强烈愿望和对导师课题的浓厚兴趣！这点我觉得还是很重要的！至于以后的邮件联系，取决于导师回信的内容。一般导师回信有以下几种。"你好，报考的人很多……"或者

"已经有几个人联系报考，请改换其他导师，谢谢"，这些情况最好不要报考，因为一般导师只招收一两个学生，可能导师已经有了中意的考生，即使报考，也不是分数考的高就可以被录取。"欢迎报考"这种回信一般是最常见的，喜忧各半，可以继续加强和导师的联系和沟通，从而获得导师更多的想法。"欢迎报考，对你的研究方向很感兴趣，请介绍更多自己研究方向的内容以及整个实验室的状况。"这种情况，一般是比较圆满的。通过邮件联系导师是选择导师重要的一步，之后最好能够登门拜访，进行进一步的沟通，增进老师对你的了解。如果老师认可你，考博也就成功了一大半了。

第四点，就是准备考试和面试了，这点就不多说了。唯一想提醒的是，如果条件允许，尽量还是买一些或者问报考院校的师兄师姐要一些真题，针对题型做一些针对性的训练。

以上就是我个人考博期间的一些经验，希望对立志继续读博深造的同学有所帮助。当然，工作和读博没有好坏之分，最重要的还是在我们做出选择之后，能够坚持朝自己选择的目标去努力，不留遗憾地去奋斗。

秦克玉，地理科学与旅游学院地图学与地理信息系统专业2016届硕士研究生。在校期间，曾获国家奖学金、厚德奖学金、科研单项奖等奖项；以第一作者发表SCI论文一篇。现已被中科院海洋研究所录取。

保研那些事儿

◎ 邱婴芝

寄语：当你犹豫时，这个世界就很大；当你勇敢踏出第一步时，这个世界就很小。

匆匆那年，谈天说地，梦里花落知多少；悠悠今日，整装待发，我们即将奔赴远方。大学四年的生活从师大蔷薇花开花落间，从每日的上课铃声间，从野外实习的整齐步伐间，从求职的紧张准备间悄悄溜走了，留下了欢声笑语，留下了泪水懊悔，更留下了不计成败的奋斗痕迹。正是最后求职的酸甜苦辣给我们的大学生活画上了完美的惊叹号。

从犹豫不决到坚定目标

曾经的我对未来没有具体的规划及设想，只是一步一步往前走，认为只要走好每一步，未来的路会越来越宽阔。但到了大三下学期，还是不可避免地面临读研和工作的抉择。这个问题让我不得不深思人生的意义。到底什么样的生活会让我觉得有意义呢？教书育人是光荣而伟大的，工作稳定；相反，读研则会开启新一轮的未知与不定。长辈与朋友也以他们的立场给予我很多的建议，大多希望我能早点工作。但我的内心似乎不愿意接受这样的建议，因此，我开始慢慢明了我的所思所想：在青春洋溢的年华里，安稳的生活并不是我所想的，外面的世界太精彩，知识的海洋太广阔，似乎等待着我去探索。尽管科研的道路崎岖漫漫，但也正是在这探索途中，我或许能发掘真心热衷的事业。因此，我决定读研。

积累的过程

树立目标之后，便是将目标变为现实的过程。我很庆幸由于前几年的努力，专业课成绩得以名列前茅，因此无须担心保研名额。但除此还有许多重要的事要做。首先，我开始搜寻各大高校的信息和导师的情况，以综合衡量。这需要对大量信息有进行筛选的能力。我主要通过网上搜集和向老师、学长学姐直接了解的方式，对比分析各高校在人文地理学方面的优势、各导师的研究方向、学校环境氛围等，最终选择中山大学作为我的目标。同时，由于参加各大高校的夏令营有机会提前拿到录取资格，于是我报名参加了中山大学的夏令营。

接下来是各种材料的准备工作。这个过程相当琐碎但又非常重要，需要提供成绩证明、个人陈述、任课教师意见等。在这期间，我梳理了三年来学习的主要内容，总结了所做的科研项目、助研实习及成就和感悟。我庆幸三年来的勤奋学习为我的知识储备打下了坚实的基础，两年的全国大学生创新项目锻炼了我科研的能力，并取得了些许成果。这些都成为个人陈述中有力的支撑。同时，我仔细了解了各导师的研究方向，选择了几个感兴趣的导师进行联系，并下载了大量的文章，进行充实。

几个星期后，夏令营的录取名单结果终于出来了，我的名字列于其中，这给予了我莫大的鼓励。这次夏令营需要完成一个小组研究性学习任务，并指派了合作人员。我认为充分的准备能够换得更扎实的成果，于是我积极联系组员，与他们商讨研究题目，并开始着手准备资料，思考研究方法。

向梦想进发

做完准备后，我带着一颗充满向往但又惴惴不安的心前往我心目中的求学圣地中山大学。从报到那刻起，我积极跟遇到的所有师兄师姐以及各高校的同学们进行交流，努力认识所有人，积极参与各项活动。尽管大家来自不同的高校、不同的专业，但我觉得很亲切。大家很快就畅所欲言，建立起了良好的关系。但同时能感受到大家都想把握住这次机会，都尽力展现着自己最好的一面。

在外文讲座中，我认真仔细倾听，记笔记，就不懂的问题向老师提问；在与师兄师姐的交流中，我积极互动；在小组科研中，我们在电子阅览室认真学习研究，制作问卷，并冒着大雨去城中村做了调查问卷；在最后的笔试、面试中，大胆展现自己的思维与能力。当最后成绩公布时，我开心地发现我在入选的名单中，并被评为了"优秀营员"。在我的不懈努力下达成目标的成就感使我感触万分。一方面，我很感激老师给了我新的未来；另一方面，我也明白了只要足够努力，所有的付出都会有回报。

没有拼搏的青春不值得纪念，因此，只要有梦想，就去追寻吧。只要付诸实践，尽自己所有努力做最好的准备，梦想就会离你越来越近。

邱婴芝，地理科学与旅游学院地理科学（创新实验班）2015届本科生。曾获国家奖学金、全国大学生英语竞赛二等奖、"挑战杯"系列竞赛三等奖等。曾获"优秀学生标兵"称号。现保送至中山大学读研。

保研只是一种选择

◎孙晓蓓

寄语：读书，是为了成为一个有温度、懂情趣、会思考的人。

早就想写一篇东西来记录我一波三折的保研经历了，由于种种原因一直拖到今天。现在快毕业了，总结一下我大学里这件重要的事情吧。

一

9月初，我看着网上的保研通知，下定决心要去试试，这时距离递交材料的截止日期还有不到三天，这么晚才决定是因为我一直在矛盾。一是要不要保研。我三年的成绩和综合测评虽说有保研资格，但希望比较小，正因为如此我早就决定要自己考。10月份是考研的攻坚阶段，需要全身心地复习，如果趟了这趟"浑水"会不会影响复习，一旦保不上心态能不能调整过来，最终会不会鸡飞蛋打……一系列的问题在我的脑袋里打转。二是如果保研的话，侧重于哪个。摆在我面前的有两条路：一条是走外保，我自己知道基本没有希望，因为班里比我优秀的几位同学都盯准了外保名额；另一条是走学校的补偿名额，就是六所部属师范互相补给的名额。权衡过后决定走补偿名额。

回顾自己的大学生活，一直过得不温不火。成绩不错，但不拔尖。专业上没有深入的学习研究，项目做得也很少，得过的奖励，无非就是"优秀学生"称号、专业优秀奖学金之类的，整张履历看下来，自己也觉得平淡无奇。

在院里开过会后，结果不出所料，我们专业外保三个人，补偿名额两个，我正好是第五名，搭了个末班车拿到了西南大学的补偿名额。其实，我自己对西南大学并不满意，我本来是准备考研的，从3月份到9月份已经准备半年了，考研班也快上完了，一直梦想着考研去南京大学的，对于地理专业来说，南大的氛围和平台都更让人心之所向。院里给了两天时间考虑，我准备回家和爸妈商量一下。爸妈非常希望我能够接受保研的名额，考南京大学的风险较高。经过权衡，我决定接受父母的建议，再加上我对考研并没有十足把握，最终选择了保研去西南大学。

二

决定了保研，接下来就该准备各项材料和联系导师。在准备材料方面，学院老师都很热心负责，因此非常顺利。联系导师就显得一波三折了。我先联系了一位老师，结果得知他今年在我想报考的那个专业不招生，老师问我有没有兴趣去另一个他带的专业，但我对那个专业不感兴趣，因此婉拒了老师。然后我联系了国土资源专业的廖和平老师，她并没有回复，我也不知道是她没有时间还是对我不满意。这时，距去西南大学面试的时间也快到了，我决定先去面试，和老师当面见见。

10月份的时候，我去了西南大学进行面试，在去之前，我问过院里几位老师，他们说没什么问题，让我放轻松，结果我就真的没准备什么就去了。到了面试的时候，发现还是蛮严肃的，问了许多专业问题，还用英文提问了许多专业问题。由于地理包含的内容比较多，国土又是其向外延伸的方向，而我对国土方面的最新前沿和政策不太清楚，再加上我当时六级没过，英语方面显得不足。因此，这次的面试自己觉得挺失败的，老师对我估计也不太满意。

面试结束后，第二天结果就出来了，还好我被录取了，但是西南大学的推免生录取不分导师，所以还是不知道廖老师有没有选择我。回来后，我和她联系了一次，廖老师说她也不清楚，让我问学校。学校方面说一般情况下都是按照学生意愿来分的，基本都在报的老师名下。我就放下心来，过了一段十分潇洒的生活。

但最终，事实证明我当时的预感没错，廖老师果然对我不太满意。今年3月份学院告诉我，廖老师的名额满了，让我重新选择导师。我一下就有一种果然如此的感觉。虽然是保上了研究生，但这一段经历还是让我觉得很遗憾，人有时候还是需要有些一往无前的勇气。

孙晓蓓，地理科学与旅游学院本科生。曾担任院学生会学习部部长，组织过"讲课比赛"等学院活动。曾获"优秀学生"荣誉称号，四次获专业优秀奖学金。现保送至西南大学读研。

走过的路

◎ 王梦宇

寄语：最美的愿望一定最疯狂，我不怕千万人阻挡，只怕自己投降。

9月，从来没有过的兵荒马乱、神经敏感、情绪多变，却也是从来没有过的收获和感动、成长和蜕变。

9月初公布了新的保研政策，我从网上买的考研资料也刚好到手，听身边的同学说我的成绩应该能保研了，但自己心里还是没底。焦急却又耐心地等待着院办老师公布前三年必修课成绩专业排名，辅导员每一次在群里发布文件都会紧紧地牵动着我的神经，左右我的心情。然而，当最终排名确定的时候，我也终于松了一口气。

在确定了保研资格之后才发现，好多事情其实才刚刚开始，比如说联系导师。我暑假期间去华东师范大学参加了夏令营，在那里通过讲座等一系列活动了解到各位老师的研究方向，所以我首先向感兴趣的一位老师发了邮件，说明了自己的基本情况并咨询老师今年的招生指标等问题。老师答复说今年的招生指标还没有最终确定，可以保持联系，有新的情况及时告知。但几天过后老师发邮件说今年他的招生指标只有一到两个，所以不能保证。看到邮件之后我的心情一下子沉到谷底，因为通过夏令营的接触，我真的很喜欢这位老师，而且对他的研究方向很感兴趣。

明白没有事情是一帆风顺的，整理好心情之后，我又开始查找新的导师，最后决定给中国科学院生态环境研究中心的傅伯杰老师发一封邮件。第一次了解傅老师是大三时在校网上看到了他要回母校开讲座的通知，而主题刚好是我很感兴趣的生态系统服务方面的，所以当时就义无返顾地去听了讲座。之后我也有考虑过报考傅老师的研究生，可总觉得光"中国科学院"这几个字就离我好遥远，似乎是不可能实现的梦。内心挣扎了好久，我最终决定勇敢地尝试一下，给自己一次机会。仔细斟酌之后给傅老师发送了邮件并附上了简历，随后便又开始了漫长而揪心的等待。时间一天天过去，还没有得到回复，我也逐渐不抱什么希望了。

但没想到的是，事情很快就有了转机。

之前我给华东师范大学的老师回邮件表示很遗憾不能做他的学生，但是很感谢他最近一段时间的帮助，没想到老师又给了我新的回复，并在邮件里向我推荐了华东师范大学另一位和他研究方向类似的老师。我急忙去网上查了这位老师的相关信息，然后又发邮件联系这位老师。很幸运的是这位老师对我的基本情况也比较满意，并让我去学校网站的系统里报名。

就在我准备在华东师大报名时，又接到了学院党委副书记焦老师打来的电话，说是傅老师看到了我的邮件和简历，并委托我们学校的延老师对我进行面试。我听后立即奔向旅环院办公室找延老师面试。延老师看了简历，问了我一些基本的问题，重点了解了一下我对于野外工作的看法。对于女生来说野外工作确实不很方便，首先是体力不如男生，同时还有一定的危险性。但野外工作正是生态学独具的魅力，这其中也有许多在实验室无法体会的乐趣。我承认在野外工作条件很艰苦，肯定会遇到一些困难，但我会努力克服。面试的结果是，延老师对我的情况基本满意，但也向我提出了几点要求，让我去看傅老师写的几本书，多了解专业相关的知识。

随后我向焦老师汇报了我面试的情况。然后开始和家人联系商量，考虑了各方面的因素后，最终决定给华东师大的老师发邮件说明不再报名的情况，并表示非常抱歉；然后又给傅老师发邮件说明了面试的情况以及我关于学习生态、进行野外工作等的态度。

至此，联系导师的事情终于告一段落。

接下来的几天我都奔波于各个办公室之间，找学院的焦老师和生态学专业课的朱老师帮我修改推荐信，拿准备好的材料去签字盖章，并顺利将材料寄到了中国科学院生态环境研究中心。随后我就接到了生态中心打来的电话，通知我去北京面试。我尽快安排好自己的行程，并为面试准备了英文的自我介绍和一些基本的专业知识。当结束了体检和面试，我撑着伞走在北京完全陌生的街道上，恍惚觉得这一切都是梦。之后的事情都很顺利，我从生态中心研招办老师那里知道自己通过了面试，回到学校后就登陆网上的系统去填报个人信息和志愿，直到9月29号我收到待录取通知，一切终于尘埃落定。

　　我现在还能记得我刚从旅环院延老师那里面试出来的心情。煎熬许久满心失落，却忽然柳暗花明。我走在路上都忍不住哼着小曲："当你的心已累，以为失去了一切。其实等在前面，还有一整个世界。"生活好像就是这样的，在你挫败失望不知如何前行的时候，它又会给你意想不到的惊喜。这一路走来，我一直都在成长。感谢家人、老师和朋友的陪伴与支持，让我在这个难忘的9月乃至未来更长的路上都充满了力量。最后我想说的是：但行好事，莫问前程。任何付出都不会被辜负，时间总会告诉你答案。

　　王梦宇，生命科学学院生物技术专业2015届本科生。曾担任生物技术一班团支书、生科院团委学生会网络部部长等。曾连续五学期获得优秀奖学金，曾获"军训标兵""优秀学生""优秀学生干部""优秀团干部""学生会先进工作者"等称号。现保送至中国科学院读研。

许我一个武大梦

◎伍丹丹

寄语：为梦努力，莫问前程，度过属于自己的无悔青春。

记得白岩松在一次演讲中曾经说过这样一句话：没有一代人的青春是容易的。在祖辈眼里，我们这代人无疑是幸福的，大部分人都可以衣食无忧地读书，受很好的教育。而能保研的人，更被称为幸福人中的幸福人，但其实没有一个人的保研是容易的。回首自己的保研路，泪水与快乐参半，在这里，我只愿意用最平实的语言，将自己的保研故事与大家分享。

选择：谁的青春不迷茫

青春时期，我们最为迷茫，步入大学，更是如此。高中时，我们所有的努力只为实现一个目标，那便是高考。而进入大学，我们突然发现了自己可以选择的道路和方向很多。然而我们之中的绝大多数人，却因此变得不知所措。因此在选择这个问题上，我的建议是在迷茫的时候积极收集各方面的信息，权衡每个方向的利弊，选择适合自己的，选择自己喜欢的，在确定自己的目标之后全力以赴，努力实现，这样才不会在学习和科研的过程中感到过分的压抑和痛苦。

在出国深造、攻读国内研究生和就业三项选择中，我选择了攻读国内研究生这条道路。首先是因为我认为本科阶段的学习还是十分粗浅的，并没有很充分地达到专业水平，其次，不出国深造，主要是经济原因。

辛苦的前期准备

保研的前期准备是个非常漫长的工作。要说具体的开始准备和寄送材料的时间，大概在大三下学期的4月底5月初。但是所有的硬性条件，比如大多数夏令营要求成绩排名在前10%内（清华、北大的夏令营一般要求成绩是前一二名），四六级、托福、雅思、GRE等证明英文能力的考试成绩，各种科研竞赛论文，等，都不是这一两个月就能做好的。从这个角度而言，保研肯定不是从大三下学期才开始准备的，其实这场战役从大一就开始打响了。

再说说我的夏令营申请过程。旅游管理专业相对于其他经管类专业来说比较特殊，专业所在学院分布各不相同，主要有历史院（复旦大学、四川大学、兰州大学等）、地环院（南京大学、南京师范大学等）、管理院（山东大学、浙江大学、厦门大学等），还有就是单纯的旅游学院（中山大学、南开大学等），所以在申请夏令营的时候非管理院的学生去申请经管类的夏令营会受一定的影响。

2014年举办旅游管理类夏令营的高校有中山大学、浙江大学、厦门大学、武汉大学、中南财经大学、北京交通大学等，像南开大学、复旦大学、山东大学等学校只有9月的推免。我当时申请了中山大学旅游学院（以下简称中大旅院）、武汉大学经济与管理学院（以下简称武大经管）、北京交通大学管理学院、厦门大学管理学院、中南财经政法大学和工商管理学院的夏令营。最后除了厦门大学网申被拒，其余四个都获得了入营资格。由于时间的冲突，我只参加了武大和中大两个学校的夏令营。

压力与快乐并行的夏令营

武大经管（7月10日至11日）：

据我了解，武大经管的旅游管理夏令营报的人数比较少，只报了十个人左右，入营三个，录取两个，所以想上个比较好的985高校的师弟师妹们，武大是一个比较好的选择，竞争压力不大。

第一天报到加开营仪式，第二天上午笔试，下午面试，就是一个推免招生，没有其他多余的活动。特别值得一提的是，武大的夏令营组织形式比较好玩，十多人为一组，配备一位研究生师兄（姐）。我们旅游管理是和企业管理的分在一块，取了个很牛的名字叫作"骑驴小分队"，学姐人很好，小伙伴们在一起也很开心，欢乐无穷！武大经管的考核分数比例是基础材料占20%，笔试占40%，面试占30%，英语面试占10%。笔试有点出乎意外，全部考的是微观经济学。有些学校的笔试可能只要不考最后一名就行，但是武大是真的按照40%比例来计算的，而且是院里统一阅卷，系里面试的老师也没有最后录取学生的决定权，所以想要去武大的学弟学妹，笔试一定要好好准备！

11日上午是笔试，题型大致是名词解释（英文翻译成中文再解释）、简答题、计算题、问答题，之后是一个心理测试。下午是面试，我们只有三个人到办公室去面试，第一个是兰州大学的陈求隆，第二个是海南大学的赵桠楠，我是第三个进去的。首先是自我介绍。接着是答题（有三题抽其中的一题就行，比如旅游可持续发展策略）。跟老师互动，比如为什么来武大、未来的研究方向是什么等等，跟老师聊了半个多小时就出来了，很轻松，老师对我还是非常满意的。晚上就启程回学校继续专业实习，等待结果了。

中大旅院（7月27日至31日）：

中大旅院是旅游管理专业学生理想的深造之地。2014年也是中大旅院第一次举办夏令营，全国各大院校四十多个同学慕名而来，最终只录取五人，当我们听到这个消息时，全场一片骚动，名额真的太少了。今年招十八至二十个研究生，其中本校十个左右，外校推免五个，剩余的外校招考，一切以旅院最终的招生计划为准。

第一天：开营仪式（孙九霞老师主持）。就是在这里老师告诉我们最后只招五人。接下来，孙老师做了《旅游人类学的理论与实践》的报告。孙老师无论是气场还是学术，都让我们深深叹服。下午是徐红罡老师的学术人生分享，氛围还是比较沉重啊，让我们思考未来的学术人生。接下来是中大学生组织的小游戏，玩得还蛮开心的，有一种重温了大一的感觉。

第二天：参观校园，接下来罗秋菊老师做了《事件旅游：新领域的开拓——脉络与探索》的讲座，传递给我们的是做学术是一件很快乐的事情。

下午主题讨论会——"旅游是什么"，赖坤老师从哲学视角给出了他关于旅游的定义，王彩萍老师则对我们的旅游定义做了一个点评。接下来是中大学生与我们的交流会。

第三天：上午是关于"旅游企业知识创新与管理"的主题讨论会以及张朝枝老师《中国遗产旅游地矛盾与冲突演变及其政策协调》的讲座。下午是笔试，主要考查旅游学概论和旅游地理学两部分内容，主要题型有名词解释、问答题，比较基础，比如名词解释考了旅游的定义、旅游地理学的定义等，问答题考了旅游者空间行为的特征、改革开放以来旅游政策的评价等等。

第四天：上午7点多从珠海校区乘车到达南校区，参观旅游研究中心，见到了保继刚老师，很激动，合照完，公布了二十位同学的面试名单，其余二十位同学参观校园，个人觉得这样的安排好残酷。面试流程如下：中文自我介绍、抽题回答问题、英文提问、简历提问，个人感觉还是比较顺畅的，正常发挥就行了，老师们一直面试到1点多，讨论了一会儿，之后在南草坪餐厅直接宣布了面试结果。今年中大旅院夏令营只预录取了五个人，而我总成绩排在第九，所以与中大错过了，这个结果在意料之中又出乎意料，在广州回西安的火车上，自己一个人哭了一路。不过塞翁失马，焉知非福，我还是重拾自信，调整好了状态投入后面的学习和实习中。

尘埃落定系武大

最后通过夏令营，我获得了武大经管院的录取资格。9月份的推免，我本来想再战一次，可是由于今年推免政策有了重大变化，实行推免系统，每个有推免资格的学生只能在推免系统中填报三个平行志愿，并最后只能接受一个学校的录取。所以，我最后也没有再投入9月份的推免之战中，坚定地选择了攻读武汉大学经济与管理学院旅游管理专业硕士研究生，一切到这里就尘埃落定了。

最喜欢冰心的那句"成功的花儿，人们只惊羡她现时的明艳，然而当初她的芽儿，浸透了奋斗的泪泉，洒遍了牺牲的血雨"。保研这条路，在别人眼里总是光鲜的，其实个中艰辛与坎坷只有自己才能感受得到，各个阶段焦急的等待，上下起伏跌宕的心情，奔波在陌生城市的诸多不习惯，刻骨铭心。纵使如此，保研也只是开始，后面还会有各种挑战，生命不息，奋斗不止。尽管会常有挫折，但是只要努力了，哪怕阶段性目标没有实现，人生也不算失败，因为还会有其他目标值得努力。在走向梦想的征途中，我们都是黑暗中的舞者，等待破茧成蝶的时刻。

伍丹丹，地理科学与旅游学院旅游管理专业2015届本科生。曾担任班级团支书、学习委员、学院办公室助理等职务，参与科研实践项目三项，在国内公开刊物发表论文两篇。曾获国家励志奖学金、陕西省地理学会学术年会优秀论文三等奖，曾获"优秀学生干部""优秀学生"称号，曾获陕西师范大学第五届导游技能大赛二等奖。现保送至武汉大学经济与管理学院读研。

我的留德之路

◎ 许春艳

寄语：任何成就都是从尝试开始的。

从童年时代开始我就很爱看书。每个新学期开学发新书了，我就兴奋地把每一本书封皮仔细包好，并在一天之内通读完。课下喜欢买很多名著、作文书、故事书，《故事大王》《童话大王》《读者》《格言》等杂志更是每月必备。中学时代，我接触了龙应台的作品，便一发不可收拾地爱上了她的文字，如《目送》《孩子你慢慢来》《亲爱的安德烈》《野火集》《人在欧洲》等等。正是《孩子你慢慢来》这本书激发了我对德国的奇妙想像。这本书主要记录了龙应台和儿子安德烈在德国的生活，她的文字仿佛有魔力，句句柔情，将我带入了他们的生活情境中。像是小时候的安安在呼唤我：来我家乡看看吧，好山好水好景色。彼时我正高三，带着对远方的憧憬，想考到遥远的北方，看看和南方海滨城市不一样的世界。而龙应台一家在德国的生活，也在我心里埋下了眺望远方的种子。

进入大学，我的专业是地理信息系统。偶然间我得知这个专业在德国有很好的发展前景，德国的地信产业在世界上位居前列。于是我就萌生了到德国留学的念头。同时我学习外语的兴趣浓厚，基础也比较好，所以打算先学习德语。在2013年9月，大二开学时我开始了德语学习，德语初级、德语辅修。随着时间推进，我留学德国的信念越来越坚定，决定要通过德福（TestDaf，即申请德国大学的语言考试）考试去留学。但是仅仅学习初级的德语课程是远远不够的，经过认真考虑，我决定在考德福前的暑假去北京，报德福备考班。到了北京才发现之前欠缺的知识太多了，因为在西安只有到A2水平的德语辅修，内容和TestDaf要考的内容相差太大。这证实了我到北京学习的正确性。在这期间，每天早出晚归学习德语，拼命查漏补缺、狂背单词。每天晚上在宿舍楼下练习口语，录口语语音。暑假结束后我回到了西安，那时离德福考试还有两个多月的时间。在别人复习考研的时候，我就在自习室准备德语考试和APS考试（德国大使馆留德审核部的面试）。2015年11月7日是我考德福的日子，考试地点在西安外国语大学南校区。考试前一天晚上我没睡好，精神状态不是最佳。早上一下子考了阅读、听力和写作，后来我这三门都拿到了3分的成绩（满分5分）。稍作休息后，下午要进行口语考试。德福口语考试跟雅思口语考试不同，是要对着电脑录音的。由于口语是我的强项，所以当时我的心情缓和了许多，最终口语拿到了4分的成绩。就这样我的德福总成绩是13分，和我的期望值一致。付出多少努力就会直接反馈多少在成绩上。德福12分以上可以去德国大学学习语言，16分可以直接读专业课。一开始我就打算先去德国适应一段时间再学习专业内容，所以我也没再考。有一个事实：德国大学的毕业率低，如果达不到学科要求就不能毕业，要一直读下去直到达到要求为止。很多人在中国过了德福考试，但只是掌握了应试技巧，实际的学习生活还是很难适应的。这就是我一开始就坚定在国内达到基本的语言要求，再去德国适应学科体系的原因。我一般是在前期充分适应之后，后期会逐渐发挥特长，所以必须给自己足够的时间适应德国大学的学科体系。

德国大学主要分为综合型大学（Universität）和应用型大学（Fachhochschule，以下简称FH），我们一般选择的是综合大学，而FH是供技术性很强的专业的学生选择的。德国人基本上不会给他们的大学排名，因为大学的要求都是严格的，每一所大学都要给学生严格把关，也就是宽进严出。如果想选择英语授课，就要提供达标的雅思成绩。而我选择了德语授课，首先德语授课选择面广，与德国实际生活更贴切，德语授课都是免学费的。德国大学的研究生要读两年，我申请了多特蒙德工业大学的半年语言学习加两年专业学习。语言课结束后要参加DSH（与德福考试同等效力的语言考试）的考试方可学习专业，压力不言而喻。但是在学习语言期间，还有时间在德国了解自己专业的方向，明白自己的兴趣所在，选择适合自己的研究方向。德国的地理信息系统专业非常好，正如我之前所说，这个专业在德国有很好的传统上的优势，其中最好就业的方向就是开发，尤其是德国的车载导航领域，就业前景很明朗。这和德国发达的汽车产业紧密相关，也是我想从事的领域。当然，这必须付出很多的努力才能达到。

怎样才能去德国留学呢？除了德语语言考试外还有一门重要的APS考试。德国驻华使馆文化处留德人员审核部（简称审核部APS）成立于2001年7月，是由德国驻华使馆文化处和德意志学术交流中心（简称DAAD）在北京合作成立的服务机构。审核部是中国学生前往德国留学的大门。当申请人通过了材料审核，并参加审核面谈（APS考试）或者德适考试（TestAS）后便可以获得审核证书。该证书是德国高校录取中国学生的前提条件之一。拥有证书即表明该留学申请人所提交的申请材料是真实的，并且拥有在德国留学所必备的认知能力。

去德国留学必须通过APS考试，它旨在考核中国学生的专业知识、学历的真实性。一生只有三次考APS的机会，如果三次不过就和德国留学"绝缘"了。在大三结束六个学期的成绩都出来后，马上到教务处开成绩单，经过一系列的翻译公证，寄到北京大使馆让审核部审核。审核部收到材料，登录教务系统查询成绩真实后，会打电话通知你到北京参加考试，排队等待的时间一个月到一年不等。APS考试分笔试和面试，考试只能用德语和英语，先是笔试再是面试，笔试半个小时，面试也半个小时。面试是重中之重，有两个德国审核官会拿着你的成绩单、翻译公证件问你问题，包括专业问题和签证问题等等。考完试后考官会让你回去等消息，一周之后就可以在网上查到是否通过。

每年的4月15号到5月30号是德国大学冬季学期的申请季，还有很多大学是在7月31日才截止的。可以上德意志学校交流中心（DAAD）网站或者心仪的大学官网上查看大学以及专业名单，按照学校的要求，寄出申请材料。接下来就是等待录取通知，到德意志银行开户办理签证等。我没有找中介，从决定留学开始，每一项要求我都是在网站（如ABCDV网站）和相关论坛找到的，并且自己去准备每一项材料，也没找父母帮忙。父母给我提供的是部分的资金帮助，剩下的资金部分（如语言考试和APS考试的4000多元）都是我自己兼职挣来的，这让我时刻明白自己在做什么，我不是盲目留学，也不是为了父母的梦想，一切都是自己的选择和追求。

留学德国意味着新的开始，这只不过是第一步罢了，今后也会有更多的挑战。在近三年的学习中我把重心放在提高专业成绩上，从大一成绩的平均分82分提高到了大学四年总成绩平均分85分，只为了在申请德国研究生专业的时候有更多的选择。我不是传统意义上只会考试的"学霸"，我喜欢实践和理论结合，喜欢多样化的学习方式。在留德之路上我才刚刚起步，而近几年的磨炼也让我成为一个更加独立的人，清晰客观地分析自己的优缺点，及时查漏补缺，时刻明白自己的目标并为之付出努力。从一个刚踏进大学校园懵懂稚嫩的大一新生成长为独立自主的大学毕业生，我做到了，相信正在梦想路上奋斗的你们也能做到。

许春艳，地理科学与旅游学院地理信息系统专业2016届本科生。曾获香港思源奖学金、优秀奖学金，被评为"科研先进个人""优秀学生"。现被德国多特蒙德工业大学（Technische Universität Dortmund）录取。

明确目标，砥砺前行

◎ 颜子明

寄语：生活是自己的，当你不将就一切时，生活自然厚爱于你。

光阴荏苒，往事飘逝，四载时光，短暂如梦。长安正值初夏，云淡风轻。毕业在即而美景如斯，更添心中不舍。犹记四年前站在那纷纷秋雨之下的少年，面对着翠影斑驳的校园，心中半是憧憬半是迷惘。白驹过隙，斗转星移，逝者如斯，不舍昼夜。俯仰之间，叶落四载，然昔日之少年，已然蜕变成长。

保研已结束半年之久，如今回想，每个环节我都记忆犹新。我最终舍弃了北大，选择去华东师范大学追随一个令我敬仰的导师。在保研的路上，我跟大家一样，度过了一段充满担心但一直逼迫自己坚持下去的时光，还有一些人给了我莫大的帮助。

我从去年4月和5月开始关注各高校的夏令营信息，选择了几个和专业相关的填了申请，准备了相关材料，最终通过三个，由于时间冲突舍弃了一个。现在来想，参加夏令营真的是一段很不错的经历，建议学弟学妹们尽量争取机会，体验和各学校大神们一起交流。我想具体说说我参加的中山大学夏令营。在踏上由西安开往广州的火车前，我为自己明确了此次行程的两个目标。一是拓展专业上的视野。包括了解地理科学的研究前沿，接触著名的专家学者，结交志同道合的优秀同辈。由于中山大学目前在地理科学方面重点打造人文地理和城市与区域规划专业，因此这一目标更偏向于人文地理。

二是认真考察当地的地理景观。作为一名地理人，我深知"行万里路"的重要意义。广州地处热带，为我提供了一个绝佳的观察热带地理景观的机会，因而这一目标就偏向于自然地理。事实证明，我成功地实现了上述目标，使整个行程充满了意义。此次出行，不仅使我增长了见识，而且使我增加了一段美好的经历。同时我更深刻地认识到，纸上得来终觉浅，学地理专业的人一定要多出去走走。

到了7月和8月暑假期间，我开始专心梳理专业知识框架，为9月份可能到来的推免面试做准备。同时从自己的兴趣点出发，尝试用邮件联系敬仰的导师，往来的邮件让我充满欣喜与信心。9月份新学期开始后，很幸运，我获得了推免资格。我开始认真填写琐碎的材料，打印复印扫描证书材料，最终顺利进入面试环节。面试过程虽紧张却无意外，最后的面试成绩也比较理想，于是，保研之路就这样结束了。

其实，写下这段经历，一来铭记自己的一路辛苦；二来，告诫自己，保研不易，未来我们需要更加努力；三来，为学弟学妹们提供借鉴或帮助。

最后要告诉大家的是，面对困难我们不要气馁。就像我问学长的，如果以后做不好科研，头脑里面没有想法怎么办？他说，能走到这步的，智商都不低，读硕士不难，只要努力扎实，一直积累下去，一定能够成功的。

颜子明，地理科学与旅游学院地理科学（创新实验班）专业2015届本科生。曾担任班长、学习委员、学院2011级非师范党支部副书记，曾获"优秀共产党员""陕西师范大学优秀学生干部"等称号，曾获一等优秀奖学金等奖项。现保送至华东师范大学读研。

心之所向，身之所往

◎ 阳　赛

　　寄语：三年的宝贵时光一点点沉淀出保研的成功，今后的人生也同样值得我们在找到自己的心之所向后几年，十几年甚至几十年的沉淀。

　　保研结束到现在已经过去了将近九个月，此时的我只能靠一些零星的记忆粗略地记录那段真实的历程。

　　我的保研之路可以说是从大三下半学期开始的，这条路走得艰难但坚定。最先接触到的就是夏令营，不是每个学校都有夏令营，但是对于有机会参加的一定不要错过，多参加一个就意味着多一次机会。这需要密切关注各个学校夏令营的通知，我的绝大部分信息都是从保研论坛上获得的，除此之外，就是和有保研意向的同学相互沟通，可以说二者缺一不可。

　　不管是夏令营，还是9月份的推免，面试或者笔试环节都会对专业知识进行考查，因此要对学过的知识进行复习，尤其要侧重准备研究的方向的知识。这是最基本的准备。申请夏令营必不可少的有简历、推荐信、申请表、荣誉证书。而这个时候已经没有太多时间来丰富简历了，但是对于环境科学专业的学生来说，能够跟随老师进行科研、做实验也能够为简历锦上添花。

　　我参加了广州的中国科学院南海研究所的夏令营，也通过了北京大学深圳研究生院的推免。最后综合考虑各方面的因素，我选择了北大深圳研究生院。

　　我报的夏令营其实很多，包括同济大学、北京大学、复旦大学、浙江大学、厦门大学、中科院的生态研究中心和南海研究所。最后通过的只有三个：复旦大学、中科院的生态环境研究中心和南海研究所。很不巧的是三个夏令营的时间冲突，我非常想去复旦大学和中科院生态环境研究中心，但又觉得自己拼不过那一批985高校的尖子生，咨询过老师后我选择了去南海研究所，希望拿到一个保底的保研资格。其实最后我发现没有被申请的夏令营邀请也不需要气馁，因为参加夏令营的都是各大高校非常优秀的学生，他们可以参加多个夏令营，但是最终选择的都只能有一个，所以9月份的推免才是最重要的战场。

南海研究所的夏令营开始得比较早，在最后一门考试结束后的第三天我踏上了去广州的旅途。这三天我似乎做了很多准备，准备自我介绍，查关于南海研究所导师的资料，实际上都是为了掩盖心里的忐忑不安，但是到了广州后，反而看开了，决定顺其自然，毕竟两年多的努力让我还是有点底气的。

南海研究所的夏令营历时六天，前三天在听报告和观光旅游中度过。对于有意向的老师的报告一定要认真听，并且做记录，这也为我后面的面试助了一臂之力。第四天体检，第五天上午你可以找你喜欢的导师聊聊，询问老师的意向，因为一位老师只能招一位硕士研究生，所以我当时也只找了一位老师。一开始老师就问我现在就读的学校是不是211，从这点看我们学校还是非常有优势的。然后了解了下我的家庭情况、读博的意向，问我对她的方向是否感兴趣，等等，还要求我用英语和她的一位博士交流，因为平时专业词汇用得太少，以至于我根本没有说出口，还好老师没有太在意，最后她带我参观了她的实验室。后来还有另一位老师给我发短信说我英语不错，问我是否找好导师，由于这位老师的研究方向是海马，和我的专业大相径庭，我便委婉地拒绝了，这也充分说明英语是很重要的。

下午开始面试，一个大圆桌，坐着和对面一圈的老师"谈话"。老师们都很和蔼，面试先是做自我介绍，英文中文任选，为了避免后面的英文提问，我果断选择了英文自我介绍。问题都很简单，还问到我是否对选择导师的研究方向有所了解，幸运的是，我听报告的时候做了笔记。唯一专业点的问题就是：什么是COD（化学需氧量）？测溶解氧有哪两种方法？二者的区别在哪？结果我答成了测COD的方法，老师们仍然微笑，估计是怕我紧张，出门后才知道原来自己答错了。回到宿舍后没多久导师就给我打来了电话，说我表现得不错，晚上的笔试不用担心。笔试是一篇关于海洋的英文文献翻译，但是其他专业的笔试是问答题。

首战告捷，却没有预期的高兴。经历几天的夜不能寐，我终于认识到这不是我感兴趣的研究方向，连续几天情绪都很低落，内心很纠结。不去南海所愧对导师，去的话又违背自己的内心，后来我联系了上一届的学姐，说出了我的疑惑，详谈之后决定9月份继续参加其他学校的面试。我做出了决定，不到一个月就回到了学校，联系导师并准备9月份的面试。

开学后确定了我的推免资格，我选择了几个学校：华南理工大学、中山大学和北京大学。中山大学和华南理工大学的老师都给了比较好的回答，让我信心倍增。北大的资料递交得最早，面试时间也很早，当时在实习，请了假去北京面试，虽然有了夏令营的面试经验，但内心的迫切希望仍然让我很忐忑。

北京的天很阴沉，下着雨，在楼里绕了许久才找到面试地点。来面试的大部分都是985名校的学生，而南海所夏令营的营友大部分不是，这让我有了很大的压力。整个面试过程可以说是比较平静，甚至可以说是冷场的。自我介绍，随后翻译了三句水处理相关的文献内容，其中有个单词我还不认识。然后老师问了我实习时去的渗滤液处理厂的工艺流程，做过的科研，学过的课程，对北大深研院的了解程度，报考的原因，等等。

当晚收到面试通过的通知，心里十分激动，连夜坐火车回到西安。回到学校后给南海所的老师发了一条道歉的短信，解释了自己的决定，并对老师对我的肯定表示感谢，希望能够最大程度降低此事的负面影响。幸好对方老师很理解，还祝我一切顺利，这时真的感觉尘埃落定了。

此次经历最大的收获是认识到了自己容易受到太多因素的干扰，并让它们左右了自己的想法，变得盲目，但这也让我有了今后努力的方向，在摇摆不定的时候，倾听自己内心的声音，看清自己真正想要的，不后悔。

保研在许多人眼里是很光荣的，但是争取保研不是容易的事，保到自己心仪的学校更不像表面那么简单。保研是一场持久战，心理上的比身体上的煎熬更大。面对邮箱里的无消息，有时会怀疑自己这三年所有的付出，对未来充满担忧，甚至有放弃的想法。这时应多咨询学长学姐，多咨询老师，他们都很乐意提供帮助。当然还需要一个良好的心态，不断地调整自己，所有的焦虑都来源于对失败的害怕，但你要相信保研不是结束，而是另一段旅程的开始，当下能做的只有勇往直前，经历以后一切都会是过眼云烟，所以无论结果如何，唯有坚持。

大学四年多一点规划，少一点浑浑噩噩，只要有机会，就勇往直前，不要害怕失败，任何一条路上都有坎坷，哪怕百分之一的希望也值得付出百分百的努力。

阳赛，地理科学与旅游学院环境科学专业2015届本科生。连续四年获得优秀奖学金和"优秀学生"称号，获得国家奖学金和励志奖学金。本科期间参与校级"勤助科研"立项项目。现保送至北京大学深圳研究生院读研。

风雨复旦路

◎ 杨　蕾

寄语：坚持你的坚持，执着你的执着。风浪挫折何足畏？阳光总在风雨后！有付出，一定就有回报！加油！

从陕西师范大学到复旦大学，我走了四年的时间。一路走来，经历了风风雨雨，经历了坎坷挫折，甚至在2015年10月12日，我差点与心中多年的梦想复旦大学擦肩而过。

还记得四年前的开学典礼，那时我刚刚步入大学的校门，对一切都充满了好奇。开学典礼上教学秘书向新生们介绍了学校的保研政策，看到那么多优秀的学姐学长通过努力最后成功进入心仪的学府深造，我也暗暗给自己定下了奋斗的目标。从大一开始，我就没有放松自己，认认真真打好基础，在学习上没有丝毫的懈怠。我坚信，努力终究会有回报。终于，在大四上学期，我以专业排名第一的优异成绩，取得了推荐免试攻读硕士学位的资格。我朝着自己心中的梦想迈近了一步。

保送开始于每年的9月。而我在大三下学期就已经开始关注这方面的信息，并向两所高校提交了个人简历，报名参加了保研夏令营，一所是华东师范大学，一所是厦门大学。幸运的是，两所高校都向我抛出了橄榄枝，我得到了入营资格。不幸的是，华东师范大学的夏令营开营时间早，而那时，我还没有结束期末考试；厦大虽然可以入营，但并没有我理想的专业，只能报考英美文学方向。于是，抱着开阔视野、多了解多学习的心态，我乘上了从西安开往厦门的火车。

在厦大的每一天都是开心快乐的。通过这次夏令营，我更加明确了自己的兴趣和方向。作为一个英语专业的学生，我对文化和教学更感兴趣，而非英美文学或者是语言学。所以，那次的厦大之行，我没有被提前录取，但是却收获了比那些更为重要的东西。在夏令营中和全国同专业的优秀学子相处一周之后，我深感自身能力上的不足。在家里休息了一周时间，我果断决定回学校，认真准备9月的正式推免。于是，我顶着西安逼近四十度的高温，在学校度过了一个拼搏的8月。

9月，推免名单确定，进入正式的保送阶段。在教育部推免系统开放之前，我有幸获得了北京外国语大学的复试资格。对于一个外语专业的人来讲，北外的吸引力不亚于清华北大，而且北外有我非常喜欢的专业——美国研究。在去北外考试之前，我做了充分的了解，比如往年的录取情况、考试形式等等。虽然我做了较为充足的准备，但是幸运之神并没有眷顾我。我以一分之差，遗憾地和北外说了再见。这是我报考的第一所学校，结果以失败告终。

时间不等人，一所学校失败了，紧接着向另一所学校前进。9月26日，结束了在北外的复试，我马不停蹄地乘坐动车赶往上海，参加华东师范大学的复试。在去上海的路上，我不断给自己打气。华东师大没有笔试，只有面试。作为陕师大的专业第一名，再加上我充分的准备，我相信我可以在面试中脱颖而出。9月29日，我参加了华东师大的复试，面试中我从容大方，回答问题有理有据。可即便是这样，我仍旧没有被录取。知道结果的我心碎了一地。这是我报考的第二所学校，结果同样以失败告终。

经历了两次失败，心里瞬间紧张了起来。我开始怀疑自己，怀疑自己的能力。那几天一些参加推免的朋友们都陆续有了归宿，而我，一时间竟不知应该怎么办。妈妈在身边不断安慰我，告诉我要坚强，推免还没有结束，我仍旧有机会有希望。可是那一刻，我心里只觉得对不起父母，对不起关心我的老师和同学。每到一个陌生的城市，背着行李，寻找住处，倒车倒地铁，几经周折才安顿好。可是我都没有成功的消息。看着妈妈焦急又心疼的眼神，我想哭。中秋节，背井离乡，而我却没能给父母一个交代。我真恨自己，恨自己没出息。9月30日，我踏上了从上海回西安的行程。在机场，我和妈妈道别，并且登机前在教育部系统中填报了最后的三个志愿——武汉大学、复旦大学、陕西师范大学。如果我没能被这三所院校录取，那么今年的推免大战中，我就是失败者。从上海回到西安，回到学校，独自一人在宿舍，经历了一路的疲惫，心力交瘁的我再也忍不住了，我哭了。那晚，狂风大作，风雨交加。可能伴着雨声，我的哭声才不会引人察觉吧。

如果说还有什么可以让我在悲痛中看到一丝丝希望，那应该就是武大和复旦都给我发出了复试通知。然而这只意味着我有了复试的资格，如果复试不通过，我的命运仍旧不会发生改变。接下来的国庆节假期，我独自一人看书、学习。

10月8日，我再度踏上征程，独自前往武汉。当飞机起飞的一刹那，看着航站楼上越来越模糊的"西安"两个大字，我告诉自己，再次回到西安来，我希望自己带来的是好消息，不给母校丢脸！到了武汉，没有太多休整的时间，10月9日我就参加了武大的复试。上午笔试，下午面试，进行得还算比较顺利，结果也不错，当天晚上我就收到系主任的短信，通知我已经被录取。直到那时，我的心才算落了地，感觉对父母、对母校终于有了交代。这是我报考的第三所学校，结果是成功。

由于武大没有在教育部系统中发放待录取通知，我还有机会去参加10月13日复旦的复试。于是，10月11日，我离开武汉，前往上海。短短十几天内，我又一次来到了魔都。10月12日，我在复旦大学的光华楼整整自习了一天。我发现我真的被这所学校吸引着，不愧是我多年来梦想的学校！良好的学风深深吸引着我，文艺的氛围让我觉得惬意。对于复旦，我真的是太向往了。可是上天却偏偏要让我做出一个选择。当天下4点多，武汉大学在系统中向我发送了待录取通知，明确要求最晚于10月13日上午10点前点击确认，否则视为放弃，将顺次录取下一名同学。这个消息无疑让我痛苦，我不知道应该怎么选择。要放弃吗？如果放弃，我后边只有复旦和本校两个选择，并且很不巧的是师大的复试也在13号，与复旦是同一天。不放弃吗？可我已经被复旦这所学校深深吸引，我真的好想为之一搏！我的父母也是意见不一。在我不知所措的时候，我咨询了我的专业课老师，他们给出了中肯的建议，放弃武大，冲刺复旦。学院也给了我很大的支持，如果我复旦复试失败了，学院会组织二次复试，这样我就多了一个机会。听到这个消息，我重新充满了斗志！第二天以最佳状态参加复旦大学的复试。无论是笔试还是面试，我都发挥得很好。当天下午我就接到了复旦大学的待录取通知，我在第一时间点击了确认。那一刻，我的心都在呐喊！复旦！我来了！我终于来了！

虽然保研过去了很久，但每当我回想起这段经历，仍有不少的感触。有的时候，选择只在一念间。选择不同，人生的发展方向就可能发生变化。坚持自己的目标，前进的途中虽然有挫折坎坷，但也不要轻言放弃。请相信：风雨之后，必有彩虹！

杨蕾，外国语学院英语专业（创新实验班）2016届本科生。曾担任外国语学院2012级本科生党支部组织委员、班级团支书。曾获得宝钢优秀学生奖、国家奖学金、国家励志奖学金等，荣获校级"优秀毕业生""优秀学生标兵"等称号。现保送至复旦大学读研。

在蔷薇花开的季节

◎杨　帅

　　寄语：意志的力量，就是决定成败的力量，脚踏实地，坚定地迈出你的脚步，一定会拥有属于你的舞台！

　　四年间，我总是第一个到空荡荡的教室去上法律逻辑课，四年后，我充满仪式感地照做，就像兑现了当初的承诺。所有的故事，只有一首主题歌，现在的我，拿到了国家奖学金，受中央财经大学、北京理工大学等多所高校青睐，最终也如愿地被保送到了北京航空航天大学攻读刑法学硕士研究生。

　　学校的蔷薇花开了，走在那条道儿上，我憧憬未来的硕士生活，也回忆自己的过去，以及初来大学的懵懂与无知。说起大学，我想到了那句美丽的谎言——"上了大学你就轻松了"，细细想来，这句话错误之处在于把学习进行了阶段性的终止，然而，大学绝不是一个终点，恰恰是一个起点。我很庆幸当初很理智，选择了一个自己最喜欢的社团培养兴趣爱好，担任老师的助理去锻炼一下自己，没有让太多的闲杂事务分散我的精力，而是把大量的时间用在了学习上。事实上，我们也应该这样做，把时间用在学习上，让学习成为一种信仰！用纯粹的眼光去看待学习，其实它是一种非常有趣的游戏。我们要源源不断地投入我们的时间和精力，换个角度想想，我们玩什么游戏不需要时间和精力呢？刚入大学，我和千万个大一新生一样，对事物充满好奇，迷茫而不知所措。10月的百团大战，社联、学生会纳新，此后我们的精力就被消耗在一个又一个社团的事务上，耗费在一周几次的聚会中。我们是谁？我们在哪？我们在做些什么？舍本逐末，在社团里身兼数职却忘了真正的本职，大学之道，学习是主要的任务。我们要明确什么是我们上大学的目的，什么才是我们的追求，通过大学四年的学习能得到一些什么。变"要我学"为"我要学"。可以给自己定一个计划，去图书馆找一个位子，多看看专业书，这都是很好的选择。总之，试着改变自己，大学是全新的起点，主动学习，让学习成为一种信仰！

万事开头难，大学的学习生活自然也不例外。"靡不有初，鲜克有终"，强调的是坚持！我们经常听到"天行健，君子以自强不息"，其实后边还有一句"云雷屯，君子以经纶"，讲的也是这个意思。坚持的重要性，在我大学生活中不断地闪现、重复。说起坚持，那就要谈谈我的体育，每次体测抑或是期末的体育考核，我都很担心，长跑常常拉我的后腿，自己平时太不爱运动，锻炼不够！于是我给自己定下了计划，每天晚上去操场跑四十分钟！的确痛苦，就这样，我坚持了一个学期，体重下降了二十斤。坚持的确是世界上最伟大的一种品质。

为了心中的目标和梦想，我选择做一个"无趣"的人。我要保研！我要改变自己不一样的青春！第一年两次的考试综合总成绩，我排在了系里的第九名，也许听上去这是一个不错的成绩，但是，理性告诉我：你要保研，如果你不能把所有人甩在后边，第九名和第十九名、第二十九名又有什么差别。

那种觉醒的震撼是无法用语言来描述的，我每天早出晚归，坐在图书馆里，不敢相信能够从早上八九点到晚上坚持了一年的人是我。可我平时并不是一个能够踏实地坐下来的人，"心似平原放马，易放难收"，常常坐着坐着就忍不住了，眼神开始飘离，只是在那个最危险的边缘告诉自己：忍不住的时候，再忍一忍。我是一个骨子里相当有傲气的人。是的，大二两次考试彻底坚定了我的信心！是的，你可以想象，卷子上几乎所有题我在平时都见过！我的成绩升到了第五名，其他人都惊呆了，可我的心出奇地平静。是的，这仍然不够，因为保研的名额只有两个，我只有大三的最后一年时间，一切会是徒劳吗？

在最后的一年，副教授把他办公室的钥匙给了我，我有了一个人的自习室，甚至时常住到那里，美团上的外卖我几乎吃了个遍。我们都不是神的孩子，所有的呐喊都被咽进去，我化身成一头黄牛，默默努力。那时候，我也曾歇斯底里过。但苦，是从来不会白吃的，我把老师上课的内容录音反复听，将近二十年来所有的司法考试题认真刷，慢慢地，慢慢地，心好像沉静在了某个寂静的角落。如今我不光感谢那段时光带给我的成绩，更感谢那一段日子在我性格的塑造中发挥的重要作用。人生中未曾有哪个时期像那段日子一样一心一意地、坚定地、固执而又饱含信仰地与世隔绝，这是我一生都买不来的财富。最后考完试，我的内心异常平静，侥幸的部分交给运气，其他都是一步步坚定地走来的，结果可想而知，我成了全系的第二名，并成功入围厦门大学、同济大学的保研夏令营录取名单。学校放榜，我出现在了保研的名单里。不久，我获得了梦寐以求的国家奖学金，也收到了北京理工大学的录取通知、北京航空航天大学的录取通知、中央财经大学的录取通知，最后我选择了北航作为我的新起点。

我决定在北航，在更遥远的未来，继续我"无趣"的生活。蔷薇花开的香味，会穿越山水，不言迟暮，一路馨香，飘到更远的地方。

杨帅，哲学与政府管理学院法学专业2017届本科生。大学期间担任学生处教育管理科办公室主任，哲学与政府管理学院党支部副书记。曾获国家奖学金，获校级"优秀毕业生""优秀学生干部""优秀学生"等荣誉称号。获一等奖学金三次，二等奖学金三次；获校级优秀志愿者等荣誉称号两次。现保送至北京航空航天大学读研。

寻找更多的可能

◎ 俞　悦

寄语：继续深造不只是为了文凭，是为成长，是为修炼。

　　我真正决定要在研究生阶段去境外深造是在2016年寒假，也就是大三上半学期结束的那个寒假。终于要步入大学生活的后半程了，也终于是要为本科结束之后的发展做个决定了。一直以来，升学都是在父母的主导下选择，到了二十多岁，父母决定将这个选择权交给我。在人生的转折点上还没有做过什么重要决断的我最终还是决定：去境外申请名校。理由有三：觉得自己不够独立，日常总是一副得过且过的心态，希望在无人依靠的环境下激发自己的潜能斗志；开放学习，丰富自己的人际交往圈子；这份研究生学历是我职场发展的跳板。

　　想去境外深造的念头从大一就在我的脑海里了。在两三年的犹豫、放弃、确定中，我终于认识到了做事的意义不是别人给你的，而是要自己寻找出来。人生每个转折点都需要认真规划未来。我在网上看一位前辈做决策时常用以下三个步骤，通过这三个步骤我渐渐明白了自己继续深造的意义。

　　第一步：回顾自己，定位自己，面对挑战。

　　无论是职业规划还是教育规划，最大的难点不是外向分析就业形势或者专业热门程度、被学校录取的难易程度。最大的难点是内向分析，究竟这个专业是不是我喜欢的，在这个地方以这种方式学习对我来说真的好吗？我究竟是个什么样的人，想要什么，能做到什么，能做好什么？

　　自我认知真是一个千古难题，我主要通过自己感知、做一些小测试、听取别人评价三个方面来认知自己。我喜欢在熄灯以后，静静地思考近一段时间发生的事情，自己的、他人的，好的、不好的。但是没有镜子，我们连自己的脸也会看不清楚。真诚的、专业的、有经验的人的意见，很多时候反映了我们自己所看不到的那一面。当时我最希望知道的就是别人眼中的自己。很多人认为我环境适应性很强，但是做事不够用心。面对一些批评，我从来不一味地反驳和争辩，我也不想错失加深了解自己的机会。一个受不了批评的人，也失去了借助别人力量进步的可能。

第二步：尝试更多，向前辈请教。

我决定去香港求学深造时，微博关注了不少有经验的前辈，看看他们的日常，吸取他们的经验教训。在择校择专业时，最担心的就是理想与现实差距过大，所以要多找目标学校的校友交流，千万不能闭门造车。比如之前我的目标专业有香港中文大学的社会学专业，然而在了解后我发现这个专业是全粤语教学，这就与我理想中的全英文教学相距甚远了。理想需要落地成为深刻的认知，这样才能完美实现。

第三步：算清成本，承担最坏的结果。

从成本上看，首先包括直接经济成本——学费、生活费、申请费用、语言学习费用等。然后是时间成本——读书时间、申请周期、考雅思或者托福的时间等等。我并非来自大富大贵的家庭，出境出国深造依旧是一笔不小的开销，所以我当时决定前往香港读书而放弃出国。因此最现实的还是经济方面的，家人的支持也很重要。

另外，风险对我来说就是如果没有收到一个录取通知该怎么办。这个需要提前做好准备，毕竟什么都没有万全的可能。我的打算是到2017年3月还没有收到任何消息就先找工作，去找实习。

在这三个步骤下，我基本能做出一个简单的学业规划。走一步看一步，承担的风险会提高，也会在毕业季焦头烂额。其实自己之所以选择境外求学，还是想寻找到更多的可能性，想要接触更多的东西，去感受不一样的世界，从不同的角度来审视自己，找到真正适合自己的路。

俞悦，哲学与政府管理学院社会学专业2017届本科生。曾任学习委员。曾三次荣获三等优秀奖学金，获陕西师范大学70周年校庆"优秀志愿者"、"优秀共青团团员"称号。现已被香港城市大学录取。

意外的惊喜

◎ 岳　姣

寄语：心存希望，最后终究会有一条属于自己的出路，只要认认真真过好当下，结果就不会太差。

在大学即将毕业的最后一年，出去被人问及最多的就是"工作找着了吗？""今后怎么打算？"等一系列问题。当我回答"我保研了"的时候，几乎所有人都投来羡慕及钦佩的目光，甚至有些人会说"你怎么这么顺，每次听到的都是你的好消息"。我微微一笑，谁会明白保研路上的一番心酸。

我很幸运拿到保研名额

9月7日，我们班公布了最终排名，当时我压根没想到我会保研，所以也没有多在意那个排名，最后舍友告诉我说："你排名十二，可以保研了。"这实在太意外了，我顿时心跳加速，但也不知所措。我们班有十五个保研名额，竟然有我。但是这种惊喜，很快被联系学校、确定专业的烦心事所替代。

当时觉得我能保研纯属幸运，但是最后想想没有努力就没有这种幸运。我不是那种很早就确定自己能保研的同学，那些确定保研的同学在大三第二学期，都积极申请一些学校的暑期夏令营，参加了暑期夏令营的同学只要表现比较好，又有我们学校的保研资格，差不多在最后都能顺利保送到理想学校。当时的我没有申请任何一所学校，因为在大学前五个学期，我的成绩总排名是二十一名，觉得保研无望，所以打算自己考研。

因此，在大三第二学期我就没有分心去准备那些保研的事情，因为打算考研，就好好学习和复习所学习的两门专业课，期末考试竟然排名第六。最后大学前三年的成绩加和平均，我排名十二，所以才有了难得的保研资格。这里我想说的是，做任何事情不到最后一刻，永远不要放弃自己，成功或幸运也许就在于你稍微的坚持。

选择学校，确定专业

在得知能保研之后，我一片茫然。今年新出台了很多关于推免招生的政策，比如，不得以任何形式限制本校推免生报考其他研究生招生单位，各专业必须留出一定比例招生计划用于招收统考考生，全部推免生通过"推免服务系统"自主报考，考生在规定时间内可自主多次平行报考多个招生单位及专业，等等。虽然学生得到了更多的选择权，但是也意味着面临更大的风险和竞争。

我一直打算报考第四军医大学，也联系过一位导师，这时候本来满怀欣喜地给导师打电话，告诉老师我拿到我们学校的保研资格，不用考试了，但是导师说："虽然你有保研资格，可是我们这边的接收名额，在夏令营的时候已经都发放出去了，估计情况很危险，我建议你还是联系别的学校。"听到老师这么说，我顿时觉得没希望了，四医大都是这种情况，别的学校也大抵是这样。这时离网上填报志愿还有十几天的时间，如果我再去联系别的学校，万一面试没过怎么办，可能连自己学校的录取时间都会错过，况且我不想出省，只想留在西安。

最后我思来想去就决定留在师大，并且去找过很多老师，了解他们的研究方向，觉得西北濒危药材国家工程实验室确实不错，也和老师聊过，研究方向我也比较喜欢。就算以后工作不好找，还有当老师的出路。这时候觉得就定下来吧。可是没过几天，教育学院那边又通知"4+2+1推免生"也可以报，这时又犹豫了，如果打算以后当老师，这是一个很不错的选择，可是我不甘心只是去当老师，还是想做做科研多学一些技术。在经过思想斗争和老师分析鼓励后，我决定还是选择工程实验室。

做决定填报志愿

从9月7日开始，我每天都在思考，不知道哪个选择更适合自己，在这个过程中，也在不断反思自己，我究竟想要什么。9月28日，推免系统开放，终于可以做决定了。第一志愿报的是陕西师范大学，第二志愿我还是把第四军医大学报上了，虽然没有抱多大希望，第三志愿直接放弃。28日当天师大给了复试通知，10月8号面试，这时候我心已经完全放下了，打算乘着国庆长假好好放松放松，并准备10月8号的面试。

可是，生活总是有很多意想不到的小惊喜，就在9月29日下午1点多，四医大从系统给我发送了复试通知。我感到太惊喜了，立即打电话过去询问，那边老师说："你下午有时间过来面试吗？"我立马说有时间。本来我打算回家，还买了下午5点的票，谁知突然又有了这样的惊喜，如果我回家了不也就错过了吗？有时候真的是机缘巧合。

匆匆忙忙赶到四医大，招生办给我联系了一位老师，我去聊了聊我的情况，然后他组织了几个人给我面试，这时候才知道这位老师就是我导师。他们用英文问了一些问题，虽然有些没答上来，但是老师还是给通过了。就这样我意外地被第四军医大学录取了。一位老师开玩笑说：你多么幸运，有一位同学他不来第四军医大学了，所以空了一个名额，我们才从系统里面把你"拣"出来的，如果你放弃的话，我们就去捞别人了。

命运有时候就是这样，你永远不知道下一秒会发生什么。是机遇还是挑战，是风险还是幸运，我们不得而知，但是只要我们心存希望，有时候看似到了绝境，也会出现转机。没到最后一刻，永远都不要放弃。在生活中要认识到你自己很重要，只有充分了解自己，在做选择的时候才能从容应对，不至于那么纠结和痛苦。

岳姣，生命科学学院生物学基地班2015届本科生。曾获校三等优秀奖学金，曾担任海燕爱心社办公室部长，获"优秀团员"、理工科基础教学部"志愿服务先进个人"等称号。现保送到第四军医大学读研。

把握时机，相信自己

◎张　甜

寄语：机遇只光顾有准备的头脑。

　　举办暑期夏令营的高校越来越多了，我当时向六所学校及研究所投了申请材料，成功申请的有北师大减灾与应急管理研究院、中国科学院水利部水土保持研究所、中国科学院遥感应用研究所和中山大学，北师大全球院和生态中心都没有申请上，最后我根据具体时间安排去了三所学校，并在北师大减灾院拿到了拟接收函。而这也为我9月份申请北大奠定了坚实的基础。因为有了北师大这个比较理想的选择，我开始鼓励自己尝试申请更好的学校。我是9月初才开始关注北大的招生信息的，已经算比较晚了，当时觉得有那么多强人都申请，我自己肯定不行。在给几个比较心仪的老师发邮件介绍自己的情况后，有一位老师鼓励我参加推免，这给了我极大的鼓舞。也正是这位老师的推荐，才给了我参加面试的机会。所以在联系导师时一定不要盲目，所选老师的研究方向自己应该较熟悉，有了一定的学习经验和研究成果，这样才能展示自己的特长，在众多的自荐者中吸引导师的目光。后来我在9月底参加了北大的面试，面试主要由五分钟的自我介绍、专业课问答、英语论文翻译、自由问答四部分组成。

　　周围的很多人包括我自己都觉得，最后能保研到北大是很幸运的一件事，但是我认为这也是一个不断积累、逐步推进的过程。回想去年的6月至9月，我觉得每一个阶段都是不可或缺的，所以接下来主要介绍一下在夏令营和正式推免中的注意事项。

　　一般学校的夏令营都在7至8月间举办，大都设有预录取环节。可以通过保研论坛或者各个学校的网站查看其夏令营信息，注意自己是否符合他们的招生要求。确认自己喜欢的几个学校后，按其要求准备所需材料，一般都包括排名证明、成绩单、推荐信、个人陈述、获奖证书，除此以外，准备所有可以展现个人能力的材料，比如大学生创新创业项目、发表的论文、自己较满意的课程实验报告等，都可以作为展现个人能力的砝码。就我个人的经验来讲，建议大家认认真真地准备一份个人简历和个人陈述，在很多地方都能用上，并且可能很多老师在面对诸多的申请材料时，只通过浏览每个学生的个人简历来决定是否录取，所以我们一定要在个人简历上多花些心思。寄出材料并被录取后，就可以参加夏令营了。在夏令营中，除了好好感受校园文化及科研氛围外，就是要认真面对面试，有的学校还设有笔试。在面试过程中要表现得很自信。此外，从我个人的经历来讲，参加北师大面试给我的启示还是比较深的。首先各位导师会介绍自己研究方向，此后会有一整天时间留给学生主动联系自己感兴趣的老师进行面谈，老师会在面谈时对学生进行初步考查，最后决定是否推荐该生参加第三天正式的笔试及面试。所以在这个过程中，我们一定要积极主动地联系导师，只有主动争取、积极表现才能为自己争取最后的机会。

　　此外，在夏令营中大家需要注意几个问题。首先，把握机会，个人感觉夏令营面试难度比正式保研时难度略小，并且可选择的学校更多，所以想要保研的同学一定不要错过夏令营这个好机会。其次，我觉得夏令营是一个提前了解情况和积累经验的过程，初次参加可能会十分迷茫，会有些恐慌，但是几次之后就会越来越从容，也会不断发现自己的问题，进行弥补和改正。此外，根据自身科研兴趣及未来规划等，选择综合性大学或是研究所也是值得重视的。所以，我们可以参与不同学校的夏令营，思考在以后的几年中自己究竟想要怎样的学习生活，可以帮助我们做出最适合自己的选择。

　　经历过夏令营，就到了9月份的正式推免，如果在夏令营阶段已经签了比较心仪的学校的同学，在这个阶段我建议尝试冲刺一些顶尖的学校，根据对方的要求精心准备材料。不是有句话说，不逼一下自己你就不知道自己有多优秀。这句话也就是鼓励大家要敢想，敢想才会有可能。但是对于在夏令营阶段没有找到合适学校的同学，应该谨慎对待9月的正式推免，可以适当地多投一些学校，注意一定要有保底的学校，这样才能降低风险。另外，在面试之前，同学们应该从专业知识、中英文自我介绍、PPT等方面来做充分的准备。

最后我想说一些我在保研过程中的亲身体会，它们可能都是小问题，但是可能会从某些程度上决定我们的胜败，所以都要重视。第一是明确本专业的保研资格，地理信息系统专业的比例一般都是10%左右。第二是所有相关纸质申请材料的签字盖章一定要提前准备！一定要提前！因为有些表格的签字盖章是要经过很多环节的，有时候老师也会有事不在，为盖一个章子跑好几次的情况是很正常的。而所有申请材料都是有截止日期的，为了保证不误事，我们一定要提前准备。第三就是时刻关注信息的更新。在保研过程中，会经历很多的起起伏伏，在面对众多的变数时，都要以一种良好的心态来面对，积极应对不良情绪。第四也是我认为最重要的一点，就是一定要有自信！有时面对别的学校强劲的竞争对手，我们会质疑自己，但要知道我们每个人都是不同的，都有自己的特质，我们要做的就是自信地将自己的长处展现出来。发挥陕师大良好的讲课台风，把我们在讲台上的自信从容展现出来，就一定会有满意的结果。

机会总是留给有准备的人，把握时机，相信自己，你定会收获成功！

张甜，地理科学与旅游学院地理信息系统专业2014届本科生。先后获得国家励志奖学金、陕西师范大学二等专业奖学金、一等专业奖学金，发表论文一篇。现保送至北京大学读研。

边走，边回首

◎ 张甜歌

寄语：多读书，多跑步，该放飞时要放飞。

我们的一生，有时走，有时跑，但是，无论我们是在走还是在跑，耳边从来都不乏有声音在说："一直向前看，别回头，相信我，在你回头的瞬间也等同于给了别人一个机会去超越你！"所以，有的人就这么一直往前走，为了不被超越，在不一定正确的路上越走越远。曾经有那么一段时间，我想我就是这样的。

作为一名即将告别大学生活的大四党，我不得不说，四年的时光真的是弹指一挥间，而我在这四年之间，做了什么，没做什么，收获了什么，又失去了什么。当"毕业"这个词频繁地在耳边响起的时候，赤裸裸地摆在我的面前，就像一个人站在水边或者镜子边，他做出的任何动作，都会原封不动地反射到自己的面前，只是我做出的动作在四年之后才形成画面。可以说我的个人意识来得比较迟，但我更愿意解释为凡事都需要过程，谁都知道陈忠实蛰伏了十年才有今天的《白鹿原》。

大一，让每个人对大学生活的无限憧憬和期盼变成现实，包括我自己，在经历了高考那段惨淡时光的"禁欲"和洗礼之后，迫切地需要根据自己的兴趣爱好去读书，而不再是读教科书！陕师大古朴典雅的图书馆及其巨大的藏书量深深地吸引着我，于是整个大一阶段我几乎刷遍了自己珍藏已久的畅销书单，那时候我的生活除了日常的学习考试，就是看小说，还有旅行。要谈梦想和人生？不，我觉得我不能过早地谈梦想，谈人生，因为我的人生才刚刚开始，等于在摸着石头过河。我的目光最终要落在什么地方还未知，如果此时要决定往哪走，就业或者考研，这样的命题无法决断，没有根据，这样的命题也过于深奥，就像思考哲学的终极命题一样，只会过早地把自己给绊死。一位法学教授说过，我们就是要用这四年的大学生活去发现自己的兴趣所在，可能是自己发现，也可能是某个人的点拨……我想，就像《摆渡人》里面的迪伦一样，或许我也需要一位灵魂的摆渡者，在适当的时候给我指引和启发，来拨开眼前的云雾，消除迷茫。可以说，我当时虽然处于对人生路途的探索阶段，但也没有因此懈怠了专业和外语学习，所以专业排名一直很靠前，包括困扰了一届又一届旅游管理专业学生的高等数学。我还在大一的下学期就获得参加大学英语四级考试的资格，并且在同一年通过了大学英语六级考试，在同学眼里，有可能被绊住的坎儿我都跨过了，甚至跨进大家眼中的"优秀学生"的行列。但是我知道，自己还不够优秀，要走的路还很长，当时我没有料到自己会走上保研的路。

记得刚入学的时候，爸爸妈妈陪我走在陕师大雁塔校区的校园里，爸爸指着宣传栏上获得奖学金和保研的学生光荣榜对我说："闺女，你看看这些同学，能出现在这里说明他们得多优秀啊！"我当时因为受不了爸爸夸"别人家的孩子"，于是醋意大发就夸下海口："您放心，下次这光荣榜上出现的就是我。"没想到，还真有这么一天，我也成了获得奖学金和保研资格光荣榜上的一员，我也可能成为别人家爸爸口中的"别人家的孩子"，究其渊源，还要从我的"灵魂摆渡者"说起。

我的"灵魂摆渡者"就出现在大二的上学期，上"旅游者行为学"这门课程的时候。刻板印象告诉我，所有的理论课程都是比较枯燥乏味的，但是事实上并不是这样，任课老师讲的第一堂课就勾起了我的兴趣，并且让我在进入大学以来第一次主动举手回答问题，第一次对自己的专业有了系统的认识，对科学研究产生了敬畏之心，也是第一次，取得了课程第一的成绩。之后除了课堂上的吸收，我也会在课下请教老师各种问题，鬼使神差，求知欲会在得到满足的时候悄悄潜入人心，埋下种子，等待发芽的时刻。所以我想感谢这位老师一直以来不辞辛劳的启发和帮助，还有《旅游者行为学》这本著作的作者，他们让我下定决心好好学习专业，去了解专业，以至于后来才有机会获得保研的资格。

其实，我的保研经历一直是我不愿触及的痛处，因为我用两年的时间去做准备，却在两个月的时间里感到精神崩溃，这一度让我怀疑自己的能力。可是谁的路途会一帆风顺呢？我曾经的目标是复旦大学或者浙江大学，因为这两所院校的旅游管理专业相对而言都比较国际化，国际项目很多，出国交流的机会也很多。浙江大学在5月份的时候挂出了推免直博生夏令营的通知，虽然参加条件比较严苛，但我还是选择了争取，并且意外通过了审核。短短的三天时间里，体验了浙江大学开放的师生关系、全英文的授课方式和短期内（一天）完成一篇研究设计的紧张氛围，直到最后一天参加导师组面试的时候，都是在轻松融洽的交流环境中进行。可以说成就感十足。至于最终为什么没有入选，我到现在依然感到迷茫。用我的老师的话说，就是我有时不懂得突出自己的优势，就像面试导师让我说出一个必须接收我的理由，我却哑口无言，不过最直接的原因还是因为我不够优秀，才没有脱颖而出。虽然直博梦破碎了，但是无论如何，收获了这样一次充实的经历，认识了一批来自全国各大高校的志同道合的研友，不虚此行。

之后，我又把目标重新转移到复旦大学，我对目标导师郭英之老师的研究方向很感兴趣，拜读了很多她的文章，也多次与郭老师交流过，甚至郭老师在电话中连面试的注意事项和基本的着装礼仪都提醒到了，就差明确说只要我能进面试她就接收我这种话，于是我抱着必过的心理等待着初审结果。一般来说初审都会通过，可是我这次的情况不一般，是的，我没有通过。当我在推免系统上看到这个消息的时候，我觉得自己完了，因为我已经没有退路。由于我的过度自信，认为自己一定会通过复旦大学的审核，我提前拒绝了陕西师范大学的录取。当我觉得自己的人生轨迹可能要完全改变的时候，命运又给了我一个选择，这时中山大学突然挂出了二次推免面试的通知，以我当时的反应和思维能力，好像一下子消化不了这一系列的起起伏伏，于是就不假思索地提交了申请，竟然通过了！之后的短短几天，我临时做了中山大学旅游管理系的王牌导师的功课，也刷了一部分文章，不远千里，从陕西宝鸡的实习单位去到广州参加意料之外的附加面试。经历了浙江大学的面试之后，我已经摸清了导师组的提问套路，对于外语的考查不是自我介绍就是回答几个英文问题，紧接着就是简述自己的学习情况、科研成果和读研的动机等。令我始料未及的是对专业理论的考查，我抽了道题：阐述和解释你所了解的一项旅游学理论。这个问题在现在看来再简单不过了，可是当时莫名其妙就蒙了，马斯洛需要层次论？不，这个理论不是源于旅游学。旅游动机理论？也不行，不好说。最后就直接回答了个旅游者决策的形成过程，这个是我的强项，可是导师说这不能算个理论，结果可想而知……当天返回西安，第二天凌晨下的飞机，万年路痴终于找到酒店接机的地点，之后突然却接到电话说司机已经下班了，于是10月份的西安，凌晨2点，我穿着从广州返回时的夏装，拉着行李箱，独自泪奔在空无一人的航站楼，我在想：什么样的人可以接连被拒绝三次，在阴冷的深夜里还找不到容身之处呢？是我。

只要是知情人，可能他们也都觉得我要改行了，可是我自己的不甘心，不服输。我开始对自己执着地往外跑而忽视了本校的专业优势进行反省，怎么能不给自己争口气？该放手一搏了，我想我必须要投入陕师大母亲的怀抱了，于是最后还是厚着脸皮回到学院，厚着脸皮向辅导员老师认错，厚着脸皮跟着辅导老师向院长求助。如你所见，我和陕师大的缘分未尽，并将继续持续到未来三年或者更久。在学院老师和领导的宽容和帮助下，我有幸在人文地理专业继续硕士阶段的学习，谢谢他们！不知是哪位诗人说过，不是我选择命运，而是命运选择我，而我想说，不是我选择陕师大，是陕师大选择我，无论我经历了什么，又经历了多少，那都只是生命中必不可少的存在，存在即合理，不能将我打倒的终将使我强大。我们可以迷茫，可以暂时没有方向，但是必须感谢和珍惜生命中遇到的每个贵人和每段看似惨不忍睹的经历，也许不经意间目标就已经明确，谁说得准呢？

我想，更多的时候，我们不应该只顾着往前走，要适当地回回头。回头看看自己走过的路上有哪些风景，有哪些人曾在自己饥渴难耐的时候递过水，或者说又有哪些风雨和糟粕，是否真的应该勇往直前走下去；看看路上哪些地方是平坦的，哪些地方又布满了沟壑，在提醒自己的同时提醒走在自己后面的人，这样路才会越走越宽，心也会越走越坦然。

张甜歌，地理科学与旅游学院旅游管理专业2017届本科生。曾获"军训标兵"和"优秀学生"称号，多次获得专业一等、二等和三等优秀奖学金，两次获得国家励志奖学金。现保送至陕西师范大学读研。

从陕师大到中科大

◎ 庄璧洋

寄语：如果你热爱自己的专业，坚持下去，你将体会到学有所成带给自己的快乐。

时光过得飞快，转瞬之间，四年的大学时光即将过去。四年的时光里，是缘分，让我们从原来的陌生，到如今的彼此熟悉。站在毕业这样一个人生岔路之上，感慨颇多，我们也将做出自己的人生选择，而每一种选择，背后都是各种辛勤努力的付出。

我来自安徽省马鞍山市的一个教师家庭，父母深知兴趣的重要性，对我的兴趣爱好一直予以很大的支持，一直奉行"快乐学习"的理念。受益于此，我的学习成绩虽然算不上有多么拔尖，却也一直维持于优良的水平，且我对于化学和计算机的兴趣也十分浓厚，并曾在省级竞赛上获得过奖项。本以为，我能凭借自己的实力，升入一所水平拔尖的高校，继续按照既定的路线书写未来，却因高考的失利，无意之间开启了另外一段不同的人生。

回首2013年，当我来到西安——原本计划在2012年探访的古都，来到陕西师范大学之时，那一种失落感，不仅仅是因为高考的失利，更多的是因为一个喜欢化学的我却未能进入化学专业学习的痛苦。幸运的是，天无绝人之路，学校为每一位符合条件的同学都敞开了专业分流之门，而且原专业——食品科学与工程专业在大一时期主要开设的依然是化学课程，加上高中时期对大学化学知识的积累，凭借自己的努力，在2014年的夏天，化学化工学院终于对我敞开了久违的大门，我成为化学化工学院的一分子，和另外三位同学一起，来到了应用化学班，开辟了一条全新的道路。

然而，开辟一条道路虽易，但是想在这条道路上不回头地坚持，并且有一定的成就，却并非易事。

作为一位转专业的学生，大二的课程较为紧张，此外还需要自行补齐在大一时落下的课程，这让我对自己提出了更高的要求。较其他同学我需要付出更多的努力与坚持，牺牲自己一定的课余时间，要求自己更为自律以及更具毅力。当其他同学下课之后开心地去做自己喜好之事时，我却要辗转前往另一个教室去补上大一的课程；当夜已深，其他同学已然在宿舍里休息之时，我依然在灯火通明的实验楼里补齐落下的实验内容……然而，自己对化学充满了热爱，一切困难都无法阻挡自己前进的步伐。其他同学无法体会的"四大化学加四大实验"同步上阵的情形，在学期结束时，我交出了一份令人满意的答卷。

在常规的学习方面，依然和从前一样，有着一定的大学课程基础，所以这些知识对于我来说，并不是特别难以掌握，纵使是几乎全班都叫苦叫累的有机化学和物理化学。当然，随着学习的深入，之前的知识储备也快释放到了尽头，所以说一点没有压力，那也是一句玩笑话。从两次物化考试的不甚理想就能看出，自己依旧需要在求知的山峰上坚持不懈，学习这座山永远没有顶峰，每个人都是永远的挑战者，谁也不能说自己的造诣已经达到了登峰造极的地步。没有谁能永远保持领先，我也不会例外。从领导者到追随者（在原专业就已经有过一次"惨痛"的经历），心态的转变，淡然处之，保持自己高速前进的步伐，并时刻不忘保留一定的超前性，充满对未知及更深层知识的好奇心与探索精神。

我不求最好，却拥有一颗追求更好的心。

2015年秋季，进入大三的学习生活。补齐了大一课程，我和其他同学一样，站在了同一起跑线之上。直至此时，我已不再具备大学知识储备的优势，失去了此优势，唯有奋斗，方可获得最后的胜利，进入每一位同学都追求的推免名录中。化工知识，本就因为大量的数学计算而显得枯燥无味，对于数学功底较弱的化学生来说，更是一个不算小的挑战。然而，我一向是"埋头死学"的反对者，劳逸结合，才有更好地学习效果。我是坚持工作日里去定期自习的，在平时一点一点积累，在考试时从容应对。此外，坚持日常作息，也是我取得成功的重要一环。

进入2016年，通过之前近三年的成绩积累，参照过往的推免名额分配，我大致得出今年的推免形势，并得出结论：自己的成绩若可稳定保持下去，那么得到学校的一个推免名额并无太大障碍。有了这样的信心，当春末夏初各大高校和研究所的夏令营通知集体发布出来之时，秉持着"不攀绝顶，但求优秀"的原则，我在南京大学、武汉大学、华东师范大学以及中国科学技术大学的夏令营报名平台上提交了自己的申请。当申请被南京大学拒绝，我也曾失落过，自己并不是最优，我也确实存在需要提高的地方，因而很快便淡然处之。机会总是会眷顾那些有准备的头脑，华东师范大学、中国科学技术大学和武汉大学先后发来了录取我为夏令营营员的通知，因为时间冲突，我拒绝了华东师范大学的邀请，最终选定了武汉大学及中国科学技术大学作为参营对象。在夏令营中，是陕师大留给我的坚实知识，更是自己的一份拼搏与争取，最终博得了两校老师的赏识，获得了宝贵的"优秀营员"录取资格。

时年9月，我最终取得了这个推免名额，算是对我大学的学习生活的一种肯定吧。然而并不能因此而懈怠下来，完成最后一个学期的学习任务，依然是每一位学生的头等大事，不松懈，高要求，不忘初心，为自己的大学学习生活画上一个完美的句号，不给大学生活带来遗憾。

时光飞逝，我们终将站在人生道路的岔路之上，奔向各自的美好前程。不一味追求为他人带来什么，只求自己不辜负他人为自己的付出。未来的选择在我们自己的手上，我们要为自己的选择负责到底，不留下一丝遗憾。

也许，多年以后，曾经的同学，早已分布在全球各处，以自己所具有的化学知识，为人类社会做出自己应有的贡献。这贡献，或大，或小，或轻，或重……但是不论怎样，我们都是应化人，我对自己的选择感到万分的荣幸。

未来的道路，艰辛而漫长。站在这样一个承前启后的"桥头堡"之上，回顾过去，放眼未来，也许，那一丝光芒，就在不远的地方。

庄璧洋，化学化工学院应用化学201届本科生。现保送至中国科学技术大学读研。

其他篇

创业：让梦想照进现实

◎ 李玲慧

寄语：既然选择了远方，便只顾风雨兼程。

"走走听听"，带你聆听风景背后的故事。

课堂带我走出第一步

2015年初春，战略管理老师安排了学期任务，要求每个小组模拟运营一个公司。回去后，我不断思考：我们的生活还有哪些方面可以更加便利与有趣？怎样的服务是具有创新意义和实用价值的呢？联想到在旅途中的感受，一个智慧旅游产品的想法渐渐萌生。我为这个产品取了一个从未有过的名字——走走听听，最初的含义就是希望游客在欣赏风景的同时可以自由聆听它背后的故事。当我把"走走听听"的雏形在课堂上展示后，没想到在小组互评中竟获得了第一名，老师与同学的认可让我更加认真对待这个创意，并逐渐深入了解这个行业。正是这些最初珍贵的课堂机会，让我结合课程内容一步步深入思考"走走听听"的愿景、使命、商业模式、市场运作。

在比赛中打磨成长

11月份，"创青春"陕西省大学生创业大赛启动报名工作。当时我正在学院团委任职，对这个比赛比较了解，便首先报了名。大赛持续了整整半年，从初选到比赛，到盲审，再到省赛，足足有十来场，我们的团队也不断更换血液，加强竞争优势。我清晰地记得，好几个没有入睡的夜晚，我们反复修改二百多页的计划书，不断提出新的想法并不断论证，一次次地进行答辩模拟。在每一场比赛中，不同专家的意见使我们能够从各个角度对项目的每一个细节进行深入的思考与推敲，对作品不断打磨。

寒假，我接到了企业导师的电话，让我在了解了这个行业后，更加清晰地认识到这个产品未来的价值，于是准备投资创业。在之后的阿里云创客大赛上，我们也在一千多个项目中脱颖而出，率先拿到了投资意向书。我感谢"走走听听"一路遇到的伯乐，是他们给予这个产品最坚固且不可或缺的力量。

一种绚丽的生活方式

决定创业后，我们仔细筛选，确定了团队。2016年4月，正式进行软件开发工作，开发团队日夜兼程，争取以最快的速度进入市场。同时，负责市场的团队各地奔波，不断深入国内各景区进行调研、洽谈，时间无法协调的时候就利用远程设备介绍我们的产品。三个月，我们调研了二十多个景区，所收到的问卷达一米厚。

2016年6月17日，经过一系列的前期准备，西安"走走听听"信息科技服务有限公司成立。那天的庆祝宴上，我偷偷落了泪，从一个想法到一家公司，我参与着"走走听听"的成长过程，就像培育着一个生命，这个产品的每一个小小的进步，都给予我莫大的成就与幸福。

7月，我们的APP上线，与几个景区签订合同进行试运营。我们每天摆外展，向商店、游客推荐我们的产品。炎热的夏季，房间里只有一个破旧的风扇吱吱作响，大家却没有任何怨言，群里每天都在汇报进展，提出遇到的各种问题，思考如何解决。团队成员们的付出让"走走听听"怀揣更多情怀上路，在不断地摸索中，我们盈利了。

创业是和平时期最绚丽的一种生活方式。这一年，经历的喜怒哀乐、悲欢离合，让我不断挑战，不断收获，不断成长。这宝贵的历程，是我一生应珍惜的财富。

未来，已来

如今，队伍在不断扩大，用户日益增多。在深夜工作之时，读到用户在平台上用心的反馈，我们觉得，这一切都值得。每个人的出发点都来自内心深处强烈的驱动。从最初的一本计划书，到如今落地执行，其中的每一小步都有着许许多多的努力，克服了众多无法预知的困难。徐小平说过："创业这个事不能太冷静，要有信念，有激情，死而不悔！"这一路，在"走走听听"的成长中，我们没有辜负众人对它的期望，所做的每个决定都勇敢而决绝。

　　未来，已来。未来，可期。

　　李玲慧，国际商学院市场营销专业2017届本科生。大学期间曾担任国际商学院团委副书记，曾获国家励志奖学金、一等优秀奖学金、"创青春"创业大赛陕西省银奖，曾获"优秀毕业生""陕西省大学生自强之星"等称号。

转变思维，人生有多重可能

◎ 刘　茹

寄语：认认真真做事，踏踏实实做人。付出总会有回报，要相信，办法总比困难多！

四年前，怀揣着一颗激动澎湃的心，来到了离家千里之外的陕西师范大学，开启了一段平凡而又独特的旅程。之所以平凡，是因为和大多数同学一样，抱着教师梦来到这所闻名遐迩的师范院校。之所以独特，是因为和大多数同学不一样，在职业选择时却选择了参加公务员考试。

刚入学的时光轻松而又短暂，坚定着教师梦想的我，把考取教师资格证设为目标。虽然对外汉语在我们学校属于非师范专业，但同样有教育学、教育技术学、教育心理学等一些和教师职业技能相关的专业课。在这些课的课堂上，我听得格外认真。课后也把大部分的时间用在教师资格证的备考上。功夫不负有心人，我顺利通过了教师资格证的笔试和面试。

大三时，学校开设了就业指导讲座，学院也相继开办了几场学长学姐求职经验交流会。这些富有意义的课程与活动让我当老师的信念有了些许动摇。原来考进师范院校毕业后并不是一定要当老师，还有很多的职业可供选择并为之奋斗拼搏。公务员的工作稳定，薪资待遇较为丰厚。从个人层面而言，无论是工作还是生活都不会有太大压力，业余时间较多，能够很好地照顾到家庭，并且和教师一样受人尊重。虽然可能会感觉到自己是国家机器里的螺丝钉，但是那种为国家做事的荣誉感却不言而喻。我想，这大概就是我选择公务员这个职业的原因吧！

于是，着手准备公务员考试，我收集了一些关于公务员考试的资讯。公务员考试分为国家公务员考试和各省公务员考试，每年一次。国家公务员考试一般在10月左右报名，11月考试。省公务员考试各个地方有所差异，需要登录该省公务员考试网进一步查询。

"知己知彼，百战不殆。"面对考试也是如此。我买来历年考试真题兴致勃勃地做起来，对过答案后像被泼了一头凉水似的。也许"眼高手低"正是形容我这样看着题目简单做起来却都错了的人。在接下来的日子里，我鼓起勇气做了另外几套题，虽然每套卷子做错的题目依然很多，但是我欣喜地发现尽管每套卷上的题目千差万别，然而模块基本组成是一样的。行测卷共分五大模块：常识判断、言语理解、数量关系、逻辑推理、资料分析。

常识模块涉及时事政治、法律常识，还有历史、地理、化学、生物等学科，可以说是天文地理，无所不有。和我们平日的知识储备有很大关系，需要根据历年考试命题规律和个人薄弱环节进行有的放矢地学习。言语理解模块有两种题型：选词填空和段落大意。选词填空题要对题干的文本和选项的词语有基本的感知，可以根据一些转折词或者前后文确定正确答案。段落大意题要求我们正确理解作者写作文本的主要意图，可以用找关键词和关键句的方法大致并且快速地找出答案。很多人说数量关系题就是小学奥数题，但是作为一名文科生，数学简直就是我的软肋。不论是做模拟卷还是最终在考场上，我都把数量关系题放在最后做。毕竟行测这门考试的目的是在最短的时间内拿到最多的分数，而不是必须在规定的时间内将所有题目做对。逻辑推理需要掌握逻辑学科的基础知识，我们学院在大一的时候就开设了逻辑课，当初还抱怨我们学逻辑的意义何在，现在看来不论是考试还是日常学习，逻辑无处不在。资料分析一般有四到五个材料，先根据题目把式子列对，然后进行运算。因为一般给出的数据较大，要完全算出准确答案耗时耗力，所以运算时应该结合选项进行估测。

回顾这历时半年的公务员复习历程，从盛夏的炎热难耐，到寒冬的大雪冰封。现在回想起来，一点都不感觉到辛苦，反而是一段充实的幸福时光。有关怀我的室友、有爱护我的老师、有守望我的家人，我从未感到孤单。始终相信一句简单而又深刻的话："一份耕耘，一份收获。"在考场上的每一秒钟都是珍贵的，考卷上的每一个题目都是至关重要的，有时候可能零点几分之差就和自己心仪的职位失之交臂。抱着认真刻苦对待考试的学习态度，最终结果总是会好的。

2012年9月，我带着成为人民教师的梦想走进师大校园；2016年6月，即将以国家公务员的身份迈入社会。感谢母校四年的栽培，赋予了自由翅膀让我们在广阔天地尽情翱翔。感谢辅导员胡丹老师给我们无微不至的关怀与温暖。感谢这四年中为我们上过课的每一位老师，从现代汉语到古代汉语，从现当代文学到古代文学，从汉语课堂到外语课堂，我在其中积累了难以估量的宝贵财富。师大老师们的个人魅力与独特气质熏陶着我，必将使我受益终生！

刘茹，国际汉学院对外汉语专业2016届本科生。曾获"优秀辅导员助理"、暑期社会实践"先进个人"等称号。现就职于江苏省盐城市国家税务局。

守得云开见月明

◎ 王恒达

寄语：生活可能并不像你想象得那么如意，但是永远都不要放弃努力，关键时期要逼自己一把，也要为自己留有余地。

大学的学习时光其实在大三下半学期已经告一段落，一方面大四已没什么重要的课程，另一方面也即将进入实习阶段。一般说来，那时考研、考公务员，还是直接工作是我们基本的路向选择，所以整个暑假就是一个漫长而且痛苦的选择期。我当然也不例外。作为一名汉语言文学专业的学生，又是非师范生，就业在师范类院校应该是不占什么优势的。再说，毕业求职的黄金时期是10月和11月，可是那时我们正在实习。在这样近乎悲哀的求职环境里，想找到一份满意的工作是十分困难的。但是考虑到家庭，我决定以直接工作和考公务员为主要目标，做好全面准备。暑假和实习期间备考2014年国家公务员考试。

9月中旬，所有师范生已经返回到生源地进入实习，在实习动员大会后，我们实习小组终于顶风冒雨赶到青铜器之乡——宝鸡，进入宝鸡市文广局实习。随后就跟着各自的部门领导进入实习操练，第二天就投入忙忙碌碌的工作中去了。虽然在宝鸡实习，其间景物很多，却无暇顾及。倒是在宝鸡工人文化馆现场听的几场秦腔、话剧表演让我十分震撼，宝鸡青铜博物院深厚的历史积淀和强烈的历史代入感令人难以忘怀。

实习结束返校后便马不停蹄地进入教师资格证考试备战状态。同时完成了一份比较满意的求职简历，为即将到来的大型冬季招聘会做准备。

大型毕业招聘，终于到来了。不过来的大多数是学校，且第一选择是免费师范生。无奈只能转移至企业，那里人山人海，状况比教师资格证考试现场要拥挤得多。我也还是投了几份简历，结果大多石沉大海。我哭丧着脸，大多数人也似乎铩羽而归。

接下来我便更加认真地准备国家公务员考试了，内心十分忐忑。在一片期待和未知中，享受着学生时代的最后一个寒假。

回家前，教师资格证考试成绩已经公布，我很幸运全部通过。公务员考试成绩是在开学时出来的，我终于侥幸地通过了笔试，但是接踵而至的便是面试了，听闻许多人就是倒在面试这个关卡下的。为此，我报了北京的十分昂贵的面试培训班，接受了近乎两个星期的高强度训练。

回到学校不久，学校又举办了春季大型招聘会，这次来的学校不多，公司占大多数。因为觉得机会难得便到现场试试运气，先后投了诸如报社、出版公司、培训机构，当然还有部分学校，得到几个面试机会，不过太偏远，最终还是放弃了，一心一意准备国考面试。虽然十分忐忑，但是最终还是通过面试，经过体检，顺利地完成了自己最初的目标，也算是值得欣慰的。

这大抵是自己莽莽撞撞的毕业求职心影实录。一路走来，感慨颇多。学校的广阔平台，老师的耐心教诲，同学的热心帮助，父母弟兄的默默支持，使我完成了最初的梦想。然而，这仅仅是人生道路的第一步，在国家提供的岗位上，严于律己，尽职尽责，不负学校的栽培、父母亲朋的厚望，争取在走向社会的道路上取得更大的进步。

王恒达，文学院汉语言文学创新实验一班2015届本科生。现就职于绥德县国家税务局。

最美的年纪遇见最好的自己

◎ 王雯婧

寄语：愿在平凡生活中追寻初心和理想，愿在最美的年纪遇见最好的自己。

相信选择　相信期待

2016年9月，大四第一学期开始，几乎每一位大四的学生，都在争分夺秒地为自己的未来做选择：读研，工作，出国。9月下旬，我递交了一份承诺书——第十九届研究生支教团申请表。经过初步资格审查，我获得了下一轮考查选拔的机会。五分钟传统讲课、综合素质面试，每一环节我都全力以赴，盼望最好的结果，最终我成功入选，并顺利加入陕西师范大学第十九届研究生支教团。

听过父母对支教不确定性的担忧，听过老师对考研和工作的利弊分析，在递交申请材料的时候，我也曾犹豫过，可当我真正在协议书上签字的时候，我能感受到自己对于支教生活的憧憬和向往。

不负青春　努力吃苦

任何一件事情，只要心甘情愿去做，总是能够变得简单。已经大四的我，在谈起自己前三年的经历时，也会有些许感动。曾经性格内向、不善言辞的我，却因为大一一张《校学生会干事报名表》有了天翻地覆的改变。大一实践部干事，从最简单的语言交际练习开始，再到配合部长组织志愿者活动。大二实践部部长，开始学会倾听干事的心声，尽全力带好整个团队。大三校学生会常务副主席，每周固定的新老校区往返，也在思考怎样做一名全心全意为学生服务的学生干部。大四校团委助理，在发现自己的工作优势的同时，努力弥补每一块短板。

光鲜亮丽的背后永远藏着努力、吃苦，身为英语专业的我，课程学习的压力并不轻松。除了专业四八级考试以外，还有第二外语的学习。每天例行的单词打卡和听力练习，也成为我大学生活里的必备食粮。进入支教团之后，我又开始了英语教师讲课技能的训练。把每一天都用在刀刃上，这大概是青春剧场里主角的必杀技吧。

征程再　不负韶华

如果要让我说说大学生活最有趣的事，我会认真地跟学弟学妹说"利用课余时间，多参加实践活动吧"。从大二开始，我有幸参加我校70周年校庆志愿者活动，此后又参与我校暑期社会实践"三下乡"活动、中华两岸促进会台湾参访团接待活动；大三暑假，我利用假期在陕西省外事办礼宾处见习；大四又参与了第十一届中国艺术节志愿者的评审接待活动。每一次参与，都是一次全新的锻炼，更是认识一群志同道合青年朋友的机会。

也正是这些机会，让我深深感受到什么是"同辈压力"。幸得代表我校参加全国学联会议，让我感受到五湖四海青年朋友的朝气和韧性；当选我校研究生支教团团长，更让我明白什么是"责任重大、使命光荣"。毕业悄然只剩两个月，却愈发觉得时间不够用。

在最美的年纪遇见最好的自己，再过四个月，我将奔赴支教地开启全新的生活，正如我在研究生支教团面试时所说的那样：愿意在青春火焰燃烧之时，全力以赴不留遗憾；愿意用一年的青春时光，换取一生的留恋向往；愿意奔向心仪的讲堂，点亮故乡未来的希望。

王雯婧，外国语学院英语语言文学专业2017届本科生。曾任校第十九届研究生支教团团长、校学生会常务副主席，曾获校二等奖学金、校三等奖学金，获"优秀学生干部""优秀团干部"等称号。

生命不息，奋斗不止

◎王　尧

寄语：正午阳光来自最黑暗的宇宙。

　　从大三下学期我就开始思考毕业后的出路，与所有人一样开始在考研、找工作、考公务员诸多出路间认真选择。在这样的求索中，一个选择也许就意味着一个将来完全不同的人生。所以对在读书和各种考试中度过了二十多年的我而言，选择是艰难的，甚至是痛苦的。在经历了做何选择的煎熬，经历了选择之后重新选择的痛苦，经历了选来选去重回原点的纠结，我突然觉得考公务员或许是个不错的选择。如今扪心自问，如果不是有了这样一个相对理想的结果，我依然很难有足够的理由来证明我当时是做了一个稳妥的选择。公务员国考是异常激烈的，千军万马竞相追逐，往往几百甚至几千人竞争一个岗位，所以很难说选择参加国考就一定是明智的选择。但是如果你真心愿意去追求一个目标，去实现一个梦想的话，你就会去做一个大胆的选择，甘愿冒一些风险，然后为之付出自己全部的努力。虽然过程无比艰辛，但是回头看来那是一段无比美妙的旅程。

　　既然选择了国考这条路就得开始各种各样的准备工作。在国家公务员局公布了今年的国考职位表后，我又面临一个很痛苦的抉择，那就是在岗位的选择上，我该选择竞争压力比较大的三亚海关，还是该选择竞争压力比较小的其他省的某个岗位。犹豫是因为在选择考公务员还是找工作时，我就有去南方的想法。记得那是一个下午，我和几个发小一起聊天，突然不知道怎么就提到了我们生活的范围问题，然后我才突然悲哀地发现我甚至都没有独立离开过关中地区。作为一个陕西本地人，我生于斯，长于斯，学于斯。对，我是无比地热爱我的家乡，可我真的是发自内心愿意留在关中工作，然后终老于此吗？就在那天我才意识到我是真的愿意去远方，去内陆孩子无比羡慕的滨海地带，去开开眼界，去看看世界，去面朝大海，让春暖花开。当然和预料中是一样，选择一个竞争超级大的、在全国只录取两个人的岗位受到了家人、朋友、老师、同学的各种善意的劝导，我很感谢他们对我的关心，但是我不愿意在这关乎理想、关乎未来的时刻因为自己的懦弱而做出妥协。虽然内心忐忑，但当提交报名信息、缴费、资格审查这些程序逐一完成后，面前也就只剩一条道了，就是挑战自己，征服它。

我在每本公务员辅导书的扉页上都写了"生命不息，奋斗不止"，因为当年就是这句话支撑我度过了高考前的艰难岁月。在这次新的征程中，我用旧时座右铭自勉，希望自己能回到那个虽然无比艰辛，但是单纯奋斗，甚至让自己都深受感动的时光。

刚开始确实出现各种不适，大学闲散的三年很难让自己一下子找回当年"厉兵秣马，挑灯夜战"的感觉。于是在起床后我做的第一件事就是大喊几句"生命不息，奋斗不止"，日日如此乃至于后来我的舍友们都对这句话感到反胃。在经过了几天的调整和自我激励之后，我终于习惯了每日清早即起，习惯了为省时而吃最简单的早餐，习惯了在小树林里狂背书，习惯了在图书馆里做各种模拟题。当你将一个好的生活模式坚持下来时，好运就会跟上来。

笔试顺利过了。

对，就是这样。如果你愿意付出你全部的努力去追求你的理想的话，一般都会有一个不错的结果。

接下来就是面试复习准备，当时我在犹豫要不要报一个面试辅导班，但最后还是决定自己复习，毕竟几万块的学费对我的家庭而言还是很大的一个数目。重要的是我相信自己的力量，拥有自信对我们完成任何一种挑战都是十分重要的。所以，同学们要积极培养自己从内心散发出来的那种自信，对我而言这是得以通过面试的最为重要的因素。

其间，老师和同学都给了我很大帮助。满携温暖与关怀，让我去面试时内心充满了幸福和自信，为自己坚持走完这样一段艰苦的路途，为自己遇到了这么多可敬的老师和可爱的同学而感到幸运。

所以当一个人内心充满幸福感，充满了自豪时，就是一个成功的人，周身散发的气质就能让别人感到舒服。大概正因如此，在进行面试时虽然对手都是来自复旦大学和上海外国语大学的高手，我还是以全国第一的成绩通过，综合分数也拿到了全国第一的优秀成绩。

这是一段骄傲、幸福、充满感恩的旅程。谢谢期间帮助过我的所有人，也谢谢自己。

王尧，外国语学院俄语专业2014届本科生。2014年参加国家公务员考试，以面试第一、综合成绩第一的分数考取三亚海关。

年轻无谓失败，努力终将成功

◎ 吴浩平

寄语：做出抉择固然重要，但更重要的是走好脚下的每一步。愿大家都能找到自己的路，不忘初心，勇于前行。

一年前的此时，也就是人社部宣布"2016年高校毕业生765万人，就业形势依然严峻"后不久，我和千千万万的大三学生一样，陷入了自己毕业后将何去何从的迷惘，乐观自信的我甚至也对自己的就业产生了怀疑。所幸，一个月的徘徊期过后，我找到了求职目标，最终也通过国家公务员考试，实现了自己的职业梦想。

经过和家人再三衡量，在2016年的5月，我做出了参加国考的决定，在班级同学当中较早地确立了职业目标。做出这一选择的原因有以下几点：一是就业的严峻形势在短期内无法改变，应届毕业生的人数在逐年上升，不管是选择读研还是选择所谓的"慢就业"，我的就业问题依旧难以逃避，既然如此，那不如在自己还是一名应届毕业生，还有机会提升的时候，勇敢地面对就业。二是对公务员职业的一种认同和向往。自己的公务员情结源于每次见父亲穿上一身税务制服，就梦想着未来某天能和父亲一样，肩负起"为人民服务"的神圣使命。通过了解，我知道了自己即将选择的税务部门的基本情况，相信通过自己的努力能够充分适应基层国税部门的岗位要求。三是基于自己的实际情况。经过一番自我审视，我放弃了考研，也不打算进入企业。放弃考研是因为虽然我具备一定的英语应试能力，但是我的专业课成绩在班级的排名并不靠前，每到期末，不知要花费比其他同学多几倍的时间用在复习和背书上，考研对我而言并不轻松。而权衡再三，我认为企业虽好，依然存在着一些不稳定的因素。同时，我想先通过大四上学期的实习深入了解一些企业的情况，如果真的觉得适应企业的工作环境再做去企业就业的准备。综合来看，准备也是一条迫切而正当的道路。

当然，这只是我个人当时的一点想法，倘若进入企业是就业意愿的首选，我建议大家最好还是尽早行动，化被动为主动，积极找寻在优秀企业面试和实习的机会，多多锻炼自己。学校的就创网、招聘会等都为大家提供了很好的平台，我也见过很多通过校招找到理想工作或实习机会的同学，希望大家能够好好利用这些渠道。就业无小事，对于每位同学而言，职业选择都须谨慎，我徘徊了近一个月，才终于做出了参加国考的决定，在这里也想提醒大家，切莫不要把大三的时光都放在考证或娱乐上，留一些时间给自己思考，关于未来，关于就业。

确定了参加国考，我很快就开始准备笔试了，从买教材到报名培训班，从上网逛公考论坛到请教已入职的学姐，从看不进去书到每天坚持学习九小时，从逃避到面对，从不懂到深入，从懒怠到专注，直到现在我还清楚地记得那几个月认真复习的日子。我先从看行测和申论的两本教材着手，用了大概两个月的时间把教材吃透，感觉比较吃力的模块就再专项练习。我也非常感谢一名可爱的直系学姐给了我许多国考的视频教程，在看书疲倦时看一看视频，也能有所收获。

在2016年的7月末，我自学了一段时间以后，参加了一个公考培训机构的封闭课程，对已经学到的知识做进一步的梳理和强化，通过培训班的模拟考试大致了解了自己的水平。参加公考培训并不是必须的，如果认为自己足够自律，在看书和整理笔记的过程中能够对原有的知识加以巩固，那么全程自学也是很好的选择。

在8月份补习班结束以后，我又陷入了短暂的迷茫，不知自己的公考复习之路该如何走下去，所幸积极请教学姐，还有现在已经入职几年的国税部门的工作人员，他们都非常耐心细致地告诉我他们在这一阶段的复习计划，还有他们在整个复习阶段的心得体会，让我找到了继续复习的头绪。复习路上，如果有问题不妨多问问其他有经验的人，可能会比自己摸索更省时省力。时间紧迫，我充分利用8月份的时间把各个模块自己用笔记抄录下的难题又做了一遍，每个模块大概三至五天，做完这项任务，就进入了9月，离考试还有三个月的时间。在这三个月里，我每天的复习非常规律，从晨读开始，以总结试题收尾，上午进行行测真题模拟，下午是申论真题模拟，每天坚持，自己也都感觉到进步之快。

11月中旬到考试前夕，因为深知自己还有提升的空间，我参加了考前冲刺培训班。七天七晚，每天早上8点到晚上10点的连续讲课和学习，三次全班排名次的模拟考试。如果没有真实地体验过，我不敢相信自己能承受住这么高强度的训练。这种学习方式也许不是最佳的，却是短期内最能激发我潜能的。犹记得行测老师们在课间还在耐心地帮我们释惑答疑；下课后同屋的姑娘始终坚持插上耳机看申论的网课视频；11月的东北总是飘雪，但宾馆的会议室很热，我和那位为女朋友而参加国考的同桌总是不约而同地撸起袖子加油做题。最后成绩出来，我的分数是140.5，位列本岗第一。回想自己这几个月的复习时光，只觉得印证了一句我自己非常喜欢的话：年轻无谓失败，努力终会成功。

国考政审在前一段时间已经结束，意味着我的公考之路也即将成为过去。路上没有大风大浪，也并不总是布满荆棘，但我确信自己每一天都在这条路上留下了足迹。沿途风景很美，我虽偶尔驻足欣赏，但始终没有忘记自己是一名赶路人，所以才得以有这样的机会和大家分享我的故事，得以离自己成为人民公仆的理想越来越近。总之，不管最终读研也好，就业也好，每个人都会开辟出一条自己的道路，我相信大家都能够走好前方路上的每一步，加油！

吴浩平，哲学与政府管理学院行政管理专业2017届本科生。在校期间曾获校级优秀奖学金、全国大学生英语竞赛三等奖。现就职于吉林省长春市双阳区国家税务局。

漂洋过海去实习

◎夏　静

寄语：敢于追求自己的梦想，不要因自己或别人所预设的各种困难而退却。

初见卡城

2016年的暑假漫长而煎熬，手忙脚乱地准备着出国实习，筹备着各种材料，经历着各种人情冷暖，终于在距离起飞前四天拿到了心心念念的签证，办好了VISA卡。然而刚好赶上了中秋节，各种工作单位都在放假，遇到了钱不能及时到账、兑换外汇的种种问题，第一次觉得三天小长假是一件令人痛苦不堪的事。好事多磨，我们十个终于拎着行李，带着忐忑与期待坐上了飞机。

飞机穿过太平洋、北冰洋终于到达了卡尔加里，大家一起跟着人群往前走，周围熙熙攘攘的外国人以及他们各种口音的英语使我确信自己是在大洋彼岸的另一个国家。远远地看见拿着欢迎标语的卡尔加里大学老师，终于舒了一口气。走近后，我的目光顺着一张写着我名字的白纸移到了它的主人身上——一个中年白人妇女，神色焦急且略带紧张，她便是我寄宿家庭的母亲。简单的自我介绍后，她笑着买给我了一个Tim Horton的松饼和一瓶水，后来才知道Tim Horton就像中国的沙县小吃，无处不在。

出了机场，吸着卡城清冷的空气，看着那一团团的云朵与广袤的土地，欣喜、好奇而且满怀期待。寄宿家庭是一个五口之家，一对中年夫妻和他们三个十二岁的孩子，他们是三胞胎，两个小男孩，一个小女孩，都上初中，正是调皮与叛逆的年纪。他们的房子是两层的小别墅，前后都是花园，是卡尔加里典型的民居。加拿大果然是地广人稀，绿化面积大。安顿好一切后，熟悉了通往卡尔加里大学的轻轨与公交，正式开启了实习生活。

缤纷实习

第一周在卡尔加里大学度过，在简短的欢迎仪式之后，实习项目负责人Cyndie老师带我们熟悉了迷宫一样的校园，留下了一张张欢乐的合影。Pam——一位满头银发、热情幽默的老太太，我们的指导老师，拥有丰富的教学经验，热爱理科与教育，用她的善良与用心彻底赢得了我们所有人的心，以至于最后所有人都泪流不止。Cam——一位极具绅士风度，特别有耐心，担任过各种学校校长的老师。他们和我们分享了卡尔加里的教育体系、历史，谈论了教师应该具备的素养。

第二周至第五周是去中小学实习，我选择去了初中。学校都有中英双语项目，每个人都有一个指导老师。我们协助指导老师批改作业、试卷，管理课堂，向学生们展示了中西文化的差异；听不同科目不同老师的课，观察学习不同老师的上课技巧与管理方式；还参加了学校各种各样的活动。

最后一周是参观不同类型的高中，我们参观了特许公立中学（Charter School）及其他私立中学和公立中学，还有一些特殊学校，比如英语西班牙语双语学校，以及拥有独特理念的学校。

倒数第三天，每个人向Pam和Cyndie老师展示了自己的TPGP（Teacher Professional Growth Plan），也就是每个人的教师成长计划，反映每个人对四周实习成果与自身成长结合的体会。倒数第二天是欢送仪式，亲爱的Pam老师为大家颁发了实习证书，在Pam老师讲话时，大家眼眶都湿润了，她一一讲述着每个人的特点，甚至清晰地叫出了我们的中文名字，啜泣声此起彼伏。我们真真切切地爱着她，与她相处的每一天都被她感动着。是她用自己的休息时间为我们一遍又一遍地编辑TPGP，是她事无巨细地帮我们准备了给中小学老师的感谢会，是她担心当我们需要帮助时万一找不到她而留下了自己的私人邮箱，是她为每个人准备了捕梦网来赶走所有人的噩梦。

西方教育

在国内时，听到的多数是外国孩子如何轻松、外国教育多么先进云云，这次总算是切身体会了一次，从幼儿园到大学。

学校类型：这里最独特的学校就是特许公立中学。这是公立学校的一种，由政府支持，为有特殊天赋的学生服务。每个学生在进校前都要由心理医生进行智商测试，智商130以上才可以在那学习。但智商超群并不代表成就不凡，很多学生都有各种问题，比如社交困难或者自闭症，这类学校更加关注个体，满足了不同学生的需求，有利于学生成长。

学校体制：有的学校会有一些不同的项目，比如中英双语项目、传统项目和常规项目供家长选择。中国移民或者一些对中国感兴趣的外国小孩通常会选择中英双语项目来学习汉语和中国文化。这样的设计体现了加拿大特有的移民文化。

学科设计：除了像英语、数学、科学、社会科学这四门必修课外，每个学校有丰富的选修课，比如设计、木工、园艺、做饭等等。木工课很是有趣，教室里是各种机器，比如打孔机、电锯，还有各种木材，学生上课时戴着防护眼镜，设计着自己的作品。体育课内容也多种多样，学生可以根据自己的喜好选择飞镖、排球、足球、篮球等等。国外的数学课本设计偏向图形，比如他们会通过坐标来记忆九九乘法表，但大多数学生、家长甚至老师都不喜欢这种方法，学生感到更加困惑。

上课时间：每节课之间的间隔非常短，二至五分钟不等，只够学生换教室。中午只有四十分钟左右的休息时间，不管学生还是老师的午饭都非常简单，一般都是用微波炉加热。这样才能保证下午3点放学。大多数的校足球队、排球队就在放学后训练。

校长：大多数的校长每天都穿梭于学生和老师之间，他们可能会突然在某个教室里听一节课，或是与学生交谈，我甚至看到一个校长放学后拿着夹子清理校园垃圾。每个学生几乎每天能见到校长，听到校长在广播里通知事情。

老师：国外老师可以用"一专多职"来形容，一个老师除了带自己的专业课外还要带一些别的课程，尤其是幼儿园老师到初中老师。比如一个七年级英语老师可能还是做饭课老师或设计课老师，而做饭或设计需要老师自己去学习再传授给学生。老师会鼓励学生去探索，给学生一些创新性项目来完成。他们会根据大纲自己设计课程而非遵循课本，他们觉得课本大多数比较陈旧，不够与时俱进，只适合初级阶段的教学。令人印象深刻的是，一个高中历史老师在教完第一次世界大战后，让学生独自或组成小组编一个故事，以图书的形式展现他们对一战的理解，而学生的作品也极具创造力，其中一组学生编的漫画集非常引人入胜。

学生：学生们在课堂上比较随意，多数学生有不同的见解时会举手示意，他们勇于表达自己的想法，即使与他人不同，而老师也鼓励这种独特的见解，而非随波逐流。但这种随意也会加剧课堂的混乱，有时课堂会吵成一团。

国外的家庭作业非常少，但他们的作业通常要很用心才能完成。比如当他们学完第一次世界大战时，作业就是把第一次世界大战的相关内容用生动有趣的方式表现出来。大多数学生都会参加类似高考的考试，也会像中国学生一样努力复习，并不轻松；还有一些学生会去一些职业学校。

去不同的国度，体验不同的教育、学习和生活，接触不同的文化。漂洋过海去实习，有艰辛，却很有意义。

夏静，外国语学院英语专业2017届本科生。曾担任心理委员，成功举办多次心理班会，团结同学，增强班级凝聚力。在大四上学期赴加拿大卡尔加里进行教育实习，学习国外教育理念、教育方式。曾获明德奖学金、一等专业奖学金，曾获"优秀学生""优秀毕业生"等称号。